愛の裁きを受けろ！

樋口美沙緒

白泉社花丸文庫

愛の裁きを受けろ！　もくじ

イラスト／街子《まちこ》マドカ

愛の裁きを受けろ！

郁《いく》が最初で最後の恋をしたのは、二年前の春だった。

二十歳《はたち》も過ぎていたけれど、体が弱く三年進学が遅れていた郁はまだ高校生で、そしてとても幼く見えた。

ただ何度も死に近づいた床で郁は諦観《ていかん》を培《つちか》い、それが大きな黒い瞳の光を老いさせていたけれど、気がつく人は少なかっただろう。

その頃、もうあと一年高校三年生をすることが決まって落ち込んでいた郁を、父は慰めたかったに違いない。

「美味《おい》しい料理がたくさん出るし、お父さんの友人に郁を紹介したいんだ」

そう言う父の気持ちが嬉しくて、郁はあまり乗り気ではなかったが、父の仕事上で付き合いのある、とある名家のパーティーに出席した。

「まあ……こちらが蜂須賀《はちすが》さんの再婚相手の……小さな息子さんだこと」

夜になって、郁が連れて行かれたのは大きなお屋敷だった。

そこには美しく着飾った男女が溢《あふ》れかえり、料理は美味しく、病院と学校と家しか知らない郁には目新しい世界だったけれど、父は数人の友人に郁を紹介するうちに、郁を連れてきたことを眼に見えて後悔しはじめたようだった。

それもそのはず——郁は、小さく弱いカイコガで、完全なロウクラス種だったから。

紹介された人たちは、じろじろと郁を見て、おざなりな感想を置いて立ち去ってしまう。

この世界の人間は、二種類に分かれている。

一つがハイクラス。そうしてもう一つが、ロウクラスだ。

遠い昔、地球に栄えていた文明は滅亡し、人類は生き残るために強い生命力を持つ節足《せっそく》動物と融合《ゆうごう》した。今の人類は、ムシの特性を受け継ぎ、弱肉強食《じゃくにくきょうしょく》の『強』に立つハイクラスと、『弱』に立つロウクラスとの二種類に分かれている。

カイコガは、蚕《かいこ》の成虫の名前だ。

家畜化された唯一のムシで、足は弱く口は退化し、翅《はね》はあるが飛ぶことはできず、寿命は短く、自然界の中に放り出されたら一日ともたずに死んでしまう。

そのカイコガを起源種に生まれてしまった郁は、ある時から口がきけなくなった。

パーティーに集まっている人々は、上流階級の人ばかり。

すなわちハイクラス種ばかりだった。

カマキリ、カブトムシ。クワガタ、アゲハチョウ、タランチュラ。

彼らは人としても体格や美貌に恵まれ、ロウクラス種の多くに比べて能力も高い。

ロウクラスの中でも特に弱い種であるカイコガの郁からすれば、集まったハイクラスの男女は塔のように背が高く美しく見え、あまりの華やかさに息が詰まりそうだった。

なぜ郁がハイクラスのパーティーに来られるかといえば、母の再婚相手であり郁とは血のつながらない義理の父親が、ハイクラス種のオオスズメバチだからである。

その父は、弱い郁がかわいそうで可愛くてたまらないらしい。

小さな頃、郁が母と住んでいた汚いアパートを引き払って継父の大きな邸宅へ引っ越した時から、父は自分の子ども以上に郁を可愛がってくれた。

しょっちゅう寝込む郁のために、ふかふかのベッドの周りに可愛いおもちゃを溢れさせ、高価な洋服をクローゼットに並べ、たくさんの絵本を積みあげた。

優しい家庭教師が毎日少しずつ勉強をみてくれ、父は家に帰ってくると真っ先に郁の部屋にやってきて郁を抱きしめ、

「可愛い郁、郁はお父さんの天使だ」

とこぼれるほどの愛の言葉を囁《ささや》いてくれた。

郁が入院し、採血のために注射を打たれて腕中注射針の痕《あと》でいっぱいにしているのを見て、父は枕元で男泣きに泣いたりもした。そんな父に母は感謝して、いつでも郁は、

「お父さんのいうことは、なんでもきいてあげなければなりませんよ」

と言い聞かせられていた。

だから父がこのパーティーに誘ってくれた時、郁は、行っても楽しめないだろうと分かっていながら、にっこり笑って、父の手のひらの上に指で書いた。

『お父さんと行けて、嬉しいです』

父はオオスズメバチの大きな体で、郁の小さな体をぎゅっと抱きしめて喜んでくれた。

郁は、父の喜ぶことをしたかった。

父の愛し方が大切な愛玩《あいがん》動物へのそれと変わらないと郁は気づいていたし、ほんの小さな水たまりさえ郁に踏ませようとしない――二十一歳ならば当たり前のように経験してい い苦労さえも、すべて郁の前から取り除こうとする――父の愛に時折、息が詰まることはあったけれど、それでも郁の小さな世界には、自分を愛してくれるのは父と母の二人しかいなかったのだから。

「悪かったね。気晴らしになるかと思って連れてきたのに、あまり楽しくないだろう」

今、パーティーの最中、父は悲しそうな顔をしている。

いいえ、と郁が首を振ると、そこに「蜂須賀さん」と声がかかった。見ると郁とさほど年の変わらない、美しい男が一人立っていた。

それはいかにもハイクラス然とした男だった。長身に厚みのある体、息を呑《の》むほどの美貌。黒髪に切れ長の瞳。タキシードを着た颯爽《さっそう》とした姿。郁は自分のスーツ姿は、この人に比べて七五三のようだ、と思う。

父は男を「澄也《すみや》さん」と呼んだ。

「いらしてくださったのですね。そちらは、お噂に聞く息子さんですか？」

「え、ええ……妻の連れ子です。けれど私は実の子以上に可愛くて……」

父は郁がまた傷つけられないように、慎重に言っている。澄也と呼ばれた人は、父のそんな心配をよそに丁重に郁にお辞儀をした。

「私は七雲《なぐも》澄也と申します。今夜はうちの会にお越しくださって、ありがとう。分家の身ですが、本家当主にかわってお礼を申し上げます」

そういえばこのパーティーは、七雲家の主催だったと、郁は思い出す。

（あ、それじゃあこの人、タランチュラなんだ……）

父親が選んで入れてくれた私立高校もハイクラスばかりだが、郁はタランチュラ出身者とこれほど間近に接したことはなかった。

タランチュラは大きなクモだ。彼らは数あるハイクラス種の中でも指折りの種になる。けれど七雲澄也は他のハイクラス種と違って、郁を見る眼に蔑《さげす》みがまるでない。優しい笑顔で、そっと郁の手をとり握手をしてくれた。その姿に、郁よりも父親のほうが感動していた。

「どうぞ楽しんで。私の妻を連れてきていたら、紹介したかったですね」

笑ってその場を辞《じ》した澄也のことを、父親がやや興奮した口調で「澄也さんはね、つい最近ロウクラスの人と結婚されたんだ」と教えてくれた。

ああそれで、と郁は納得した。ロウクラスを愛するハイクラスは——郁の父もそうだが——時々いる。

父が澄也との出会いですっかり気分を持ち直したので、郁は一人で庭を散歩したいと頼んでみた。

パーティーといっても、会社を経営する父にとっては社交と仕事の場でもある。郁が金魚の糞《ふん》のようにくっついていると邪魔なことは確かだったし、郁も少しだけ父から離れて自由になりたかった。父のことは大好きだが、郁も二十一歳の男として、普通よりはわずかだろうが自立心がある。一人でなんでもしてみたいという欲求があるのだ。

父は三十分で戻ることを条件に、郁の単独行動を許してくれた。

お屋敷は洋風で、会場から出ると広々としたテラスになっていた。庭には外灯が点々と置かれ、月も出て明るい晩だった。テラスからおりると、会場の華やかな音楽が少し遠のき、マロニエの木立が美しく林立する夜の庭に涼しい風が渡って、木の葉の擦《こす》れる音がさやさやと耳に響く。

郁は喋《しゃべ》れないといっても、小さな頃は喋れた。今も、聞き取りは問題がない。けれどこの耳も眼も、いつまで使えるものだろうか、と郁は不安になることがあった。

カイコガは一万人に一人くらいの割合でしか生まれない、ほとんど淘汰された種だ。症例は少ないが、寿命は短いのが普通で、中には口どころか耳も眼も足も弱り、若くして死んでしまうこともある。

一人で庭を歩いていると、郁はいつも胸の奥に感じている、漠然とした不安に襲われる。

（おれはいつまで、生きてられるのかな……）

それ以上に、今生きていることが、本当に生きるということなのか自信もなかった。胸を焦《こ》がすほど打ち込めるものも、郁はなにひとつ持っていない。

日々は穏やかに過ぎ、郁は父と母の作ってくれた繭《まゆ》に包まれている。このまま羽化することのないサナギのように、繭の中でゆっくりと死んでいくのだろうか――。

（やめよ、そんなこと考えたって仕方ない。優しいお父さんとお母さんに囲まれて……これ以上望めないくらい、幸せなはずなんだから）

――幸せなはず。幸せなはずなんだから。

ふとその時話し声が聞こえてきて、郁は立ち止まった。庭の向こうから、背の高い若者が二人連れだって歩いてくるところだ。たぶん、同じパーティーに出席していたのだろう。礼服を着崩して、なにか喋りながら歩いてくる。

「あれ、七雲家の使用人かい？　こんな時間にお庭の掃除でもしてるの？」

一人が郁に気づいて声をかけてきた。ロウクラスの郁が招待客とは思わないのだろう。彼らはこの屋敷の使用人と郁を間違えて、ニヤニヤと笑っている。彼らからは酒の匂いがする。どうやら酔っぱらっているらしいと、郁は気づいた。

「ねえ、話しかけてるんだから、旦那様方こんばんは、くらい言えないの」

そんなふうに言われて、メモ帳とペンを持ってくるのだったと、後悔した。郁は喋れないし、彼らは手話を知らないだろう。困っていると、急に男の一人が「おい、無視かよ」

と不機嫌そうな声を出した。

(えっと、違うんです。ああ、どうしよう……)

郁は自分でも自覚があるのだが、普通の人に比べて行動が遅い。内心ではとても焦っているのに、その気持ちが上手に出せず、彼らをますます不機嫌にさせる。

「ロウクラスのくせに、お高くとまってるのか？　教育的指導が必要だな」

「旦那様への口のきき方を覚えさせないと」

(あの、そうじゃなくておれは口がきけないので、教わってもできないんです)

郁は口を小さく動かしたのだが、出た声は「あ、あ、あ」というただの音だった。酔った彼らには聞こえないらしく、いきなり腕を摑まれ、引っ張られて郁はびっくりした。

「あっ」

次の瞬間、郁は叫び声をあげた。突き飛ばされて、庭の芝生の上に転がったのだ。なにがなにやら分からずに眼を白黒させているうちに、男の一人が覆《おお》い被《かぶ》さってきた。

(あの、なにするんですか。やめてください)

思っても、言葉は出ない。驚きすぎて固まっていたら、押し倒してきた男は舌なめずりをした。

「ロウクラス食うのって初めて。あーなんか無性に壊してやりたいね」

その瞬間、郁は自分の状況を理解した。

しょっちゅう寝込む郁は世間知らずでも、読書の量だけは多かった。だからどんなことでもある程度は知識がある。そうだ、こんなふうに主人公がいわれなく襲われるような小説を、今までにも読んだことがある——乱暴されるのは大抵女の子だったが。

（こんなことしちゃだめです……それにおれ、男なんだけど……）

不意に男が、郁の衣服を荒々しくはぎ取ってきた。首筋に噛《か》みつかれ、郁はようやく危機感を覚えて叫び声をあげた。

「あっ、あーっ、あっ、あ」

「なんだ、もうそんなに感じているの？」

男は郁の叫び声をなにか別のものと勘違いしたらしい、胸をまさぐり膝を持ち上げてくる。怖くて、気持ち悪くて、郁は涙ぐんだ。

（いやだ、やだ、やめて）

けれど男の胸を叩いても、郁の弱い力ではなんの抵抗にもならない。その時だった。

「おい、うちの敷地内でなにやってるんだ？」

声が聞こえ、郁を押し倒していた男が硬直した。

「と、陶也《とうや》さん！　いえ、違うんです。お宅の使用人をからかってただけで……」

男は飛び上がり、ぺこぺこと頭を下げてもう一人の連れと一緒に脱兎《だっと》のごとく逃げていった。郁がシャツを押さえて上半身を起こすと、先ほど郁に乱暴しようとした男たちよりも背が高く、分厚い胸の若い男が一人、立っていた。

陶也——と呼ばれていた男だ。

（あ、さっきの澄也さんて人と、少し似ている……）

彼は七雲澄也と同じくらいの背丈で、同じような肩幅、そして印象的な琥珀《こはく》の瞳をしていた。そして同じように鼻筋の通った、日本人離れした美貌。違うのは、陶也はブロンドでやや甘めの眼許をしていること。そして七雲澄也の穏やかな雰囲気とは違う、物淋しくどこか恐ろしい神秘的な空気をまとっていることだった。

こんなに美しく、恐ろしげな人には出会ったことがなく、郁は陶也に見惚《みと》れてしまった。

郁を一瞥《いちべつ》した陶也は、くるりと背を向けて庭の奥へ歩いて行く。お礼を言いたくて、そしてなにか抗えない引力のようなものを感じて、郁は陶也を追いかけていた。

陶也は庭の奥にある丸い噴水の縁に座って酒を飲んでいた。近づくと、夜気《やき》に紛れて甘い酒気《しゅき》が香ってくる。よく見れば、陶也の足下には洋酒の瓶がごろごろと転がっていた。

「なんだお前。誰だよ」

郁が近づくと、陶也は胡乱《うろん》な眼を向けてきた。どう伝えたものか郁は困ったけれど、訊《き》いた後ですぐ、陶也はどうでもよくなったらしい。

「ああ、いい。いい。別にお前になんか興味ねえよ」

と手を振った。そうして小さな声で、

「……お前にも、なににも、興味ねえよ。俺自身にも……」

と呟《つぶや》いてうなだれた。どうしてなのか、郁にはその声が淋しげに聞こえた。

なぜか離れがたくて、郁は陶也の横に腰を下ろした。陶也はかなり酔っぱらっているようで、体が揺れ、眦《まなじり》がウサギの目のようにまっ赤になっている。

「……なんだお前。ロウクラスが、なんでここにいる？　神が俺によこした厭味《いやみ》か？」

ちょっと笑いながら言い、陶也は持っていた酒をあおると空《から》になった瓶を投げた。

「こんなところフラフラしてんじゃねえよ。さっさと行っちまえ。またバカどもに襲われるぞ。俺はしねえよ、お前みたいな小さい、ガキっぽいヤツは好みじゃない。……お前みたいなのを好きになるヤツの気が知れない……」

陶也は独《ひと》り言《ごと》のようにぶつぶつと言っている。

（どうしよう、お礼を言いたいけど……）

郁は困ってしまった。しかしそれよりも、ひどく酔っぱらっている、この男の体が心配にもなってきた。

「俺は澄也じゃねえからな、弱いからって守ってやりたいなんて思わない……」

澄也、という名前を陶也が口にしたので、郁は二人は親戚か兄弟だろうか、と思った。

（だってなんだか二人とも、よく似てる……）

「……分からねえな、なんで澄也は、ロウクラスなんかと結婚したんだろうな。それがヤツの幸せか？　……幸せ、幸せなんてあやふやな言葉、俺には分かんねえ」

ぽつりと言った陶也の横顔を、郁は思わずじっと見つめた。酒……と呟き、新しい酒を探すようなそぶりをした陶也が、立ち上がった瞬間よろめく。

（危ない！）

郁は咄嗟《とっさ》に立ち上がり、陶也を支えようとした。

しかし郁の小さな体で、大きな陶也の体軀《たいく》を支えられるはずもなかった。体重をかけられた郁は呆気《あっけ》なく足を滑《すべ》らせ、後ろへ倒れる。大きな水音があがり、郁は陶也もろとも冷たい噴水の中に落ちていた。けれど痛みはなかった。大きな腕が、落ちる寸前に郁を庇《かば》うように抱き込んでくれたからだ。

「あ〜、畜生、なんなんだ」

頭上で悪態をつく声がした。見上げると、陶也が片腕で郁を抱いて、濡れた髪をかきあげていた。

助けるつもりが、どうやら陶也に助けられたらしいと郁は気づいた。守るつもりなんかないと言いながら、どうして咄嗟に庇ってくれたのだろうと思ったが、陶也は郁がそこにいることなど忘れたように舌を打っている。

じっと見上げていたら、陶也はようやく気がついて郁を見下ろしてきた。

陶也の頭上には白い満月が見え、逆光を受けた彼のブロンドが水を弾いてきらきらと輝いていた。それはまだ郁が小さな頃、ベッドの上で読んだおとぎ話の絵本の中から飛び出してきた、美しい王様のようで、郁の胸はどきどきと高鳴り、ときめいた。

「お前、白いなあ……なんでこんなに白いの？」

陶也は今初めて見るような顔でしげしげと郁を見つめ、親指の腹で郁の頬を撫でた。

郁はカイコガ。白い絹糸を作り出すカイコガは、眼と触覚以外はすべて純白だ。郁もまた、まっ黒な眼と桃色の唇以外はどこもかしこも色素が薄かった。

やがてどうしてなのか、陶也の顔がゆっくりと近づいてきた。

「……眼、閉じてみ」

そっと言われて、郁は素直に閉じた。唇になにか柔らかな感触があり、それが陶也の唇だと気づいたのは、離れてからだった。ハッと眼を開けると、信じられないくらい間近に陶也の美しい顔があった。郁の白っぽい睫毛《まつげ》に、陶也の睫毛が引っかかっていた。

今度は陶也が、じっと郁の眼を見つめながら舌を差しだしてくる。分厚く熱っぽい舌でそうっと薄い唇を舐《な》められて、郁は赤くなり、ふるっと震えた。陶也が微笑し、その気息《きそく》が郁の唇を撫でていった。そうしてもう一度、唇を深く重ねられた。

互いの唇がぴったりとくっつくと、吐息までも奪われそうだ。開けた唇から陶也の舌が侵入し、郁は出せない声で「ん、ん」と甘く鳴いていた。強い腕が、細腰を抱き寄せてくる——。甘い蜜のようなものが口の中に広がって、郁は体が溶けたように、力を失うのを感じた。

いつだったか読んだ本に、確か、タランチュラはとても強いフェロモンを持っていて、体液から相手を誘惑する媚薬《びやく》のような毒を出すのだと書いていなかっただろうか。

「澄也はこんなふうに、あのロウクラスにキスすんのかね」

けれど陶也は唇を離すと、自嘲するように言った。それが幸せ、幸せなのか……？　と上《うわ》の空でぼやいている。

「俺だって、幸せに似たようなもんならいくらでも持ってるさ……セックスも、キスも、幸せのまがいもんだろ……」

ぶつぶつと言ううちに、陶也はまた郁の存在を忘れたらしい。やがて郁を置き去りにして、よろよろと立ち上がってしまう。けれど郁はしばらく、動けないでいた。

――幸せに似たようなもの……。

もしも郁が喋れたなら「おれも」と言っていた。

(おれも……おれの持ってるものも、幸せに似たようなものかも……)

陶也は噴水を出ると下に転がった瓶を取り上げて、酒の入っているものを探し当てるとその栓を抜き、「つまんねえな」と言った。

「つまんねえ。生き飽きたな……」

陶也の言葉はなにもかも、独り言のようだ。陶也はもう郁を見ないし、郁がそばにいる

ことなど忘れているようだった。郁とした口づけさえも、彼にとっては暇つぶしにさえなっていないのだと気づいたけれど、郁はどうしてか怒れなかった。

（この人も、おれと同じなのかな）

郁はそう感じたのだ。陶也はハイクラスで、美しく、強い体の持ち主。郁と違ってなんでもできるけれど、郁と同じように不自由なのかもしれない。なにが不自由かは分からない。けれど、と郁は思う。

郁のベッドの周りには、なんでもある。父が買ってくれないものはなに一つなかった。けれど郁は知っている。本当はどんなにたくさんのものに恵まれていても、それは幸せのようなものでしかなくて、本当の幸せはもっとべつのところにあるということを。もう少し自由に、喋れない口と小さく弱い体のままでも、幸せになる方法がある気がしている。けれど繭を破れば外の世界はきっと厳しいから、その生き方を選ぶのはとてつもない勇気が必要だった。

父の望むように生きてあげたいという情と、傷つくことへの恐怖が、郁を不自由にしている。けれど積み上げられた幸福のまがい物に、本当は、倦《う》んでいるのだ。

それと同じ不自由さと退屈を、眼の前のこの陶也も感じているのかもしれなかった。

郁は陶也の横に腰掛けると、そっと手を伸ばし彼の膝の上に置いた。濡れた郁の手は冷たくなっていて、陶也は今になってようやく郁に気がつくと、おかしそうに郁の手を握ってくれた。

「喋らないのな、お前。うるさくなくていいよ……それに、お前の眼、口よりたくさん喋ってる。……そんなに俺がかわいそうか？」

郁は眼を瞠った。どうして陶也には分かったのだろう。

「はは……ロウクラスに心配されるなんて、俺も墜《お》ちたな。……澄也のことを嗤《わら》えない」

ふと陶也はうなだれ、それから小さな声で「澄也」と呟いた。

琥珀色の彼の睫毛に、たった一粒だけれど涙が引っかかっていた。

不意に、郁の胸はつぶれそうなほど痛む。

どうして泣いているのと訊きたい。慰めの言葉をかけて、彼を癒《いや》してあげたいと思ったけれど、郁は声が出せない。

声を失ってから、郁は何度も喋りたいと思ってきた。けれど今ほど強く、口のきけない淋しさを感じたことはなかった。

月の光の下、郁は心配した父親が自分を探しに来るまで、このかわいそうなハイクラスの王様のそばに、影のようにひっそりと寄り添っていた。

一

（つまらねえなあ……）

七雲陶也はホテルに連れ込んだナミアゲハの男とセックスをしながら、内心そんなことを考えていた。

「あっ、ああっ、ああっ、大きいっ」

ナミアゲハの男はアゲハチョウの名に相応《ふさわ》しい美男で、クラブの薄暗い照明の中、胸に指を這《は》わされて『ね、俺、タランチュラのアレでイカされたいな……』と、誘われた時は久々に興奮したのだが、ホテルに入り、いざ挿入するあたりで陶也はすっかり気分が萎えていた。

どこのAV女優だというような大げさな喘《あえ》ぎ声にも、以前は興奮していたはずなのにまるでそそられないのだ。

それでも陶也は、ブラジリアンホワイトニータランチュラである。

ハイクラス屈指《くっし》のタランチュラは、強力な誘引《ゆういん》フェロモンの持ち主でどんな相手でも籠《ろう》絡《らく》でき、陶也はベッドの上でも王者だ。だから萎えたといってやめるのも癪《しゃく》で、仕方なく男の後ろに自分の性器を突き刺し、事務的に擦っている。

けれど男が嬌声《きょうせい》をあげ、もっともっとと喘ぐのを見ていると、陶也は、

（やっぱり、つまらねえ……）

と、よけいに冷めていくのを感じていた。

もっとしたい、と言う男に用があるからと断り、二時間の休憩でホテルを出た陶也は、街路を歩きながらむしゃくしゃしていた。

昔はセックスが最高の暇つぶしだった。しかしこの頃の陶也は、誰と寝てもすっきりせず退屈している。

（俺もとうとう、枯れたか？　まさか。まだ二十二だぞ……）

季節は十一月、夜は急に冷え込むようになった。

寒風が頰を撫でて、陶也はマフラーを巻き直すとコートのポケットから煙草を取り出す。時刻は夜の十一時を過ぎているが、都心の繁華街はネオンに包まれてやかましい。

（今からクラブに戻るか、家に帰るか……どうする？）

コンビニエンスストアの店先で立ち止まり、陶也は考え込む。と、携帯電話が鳴ったので見ると、先ほど別れたナミアゲハの男からメールが届いていた。

『すごくよかった。またやろうね』

陶也は鼻で嗤って返信しなかった。

ポケットに電話を落としたとたん、さっきまで抱き合っていた男の存在は脳裏《のうり》から消えてしまい、陶也はもう思い出しもしない。そういえば名前も訊いていなかったが、そんなことは陶也にとってどうでもいい。

さしあたって興味のあることは、今から寝る時間までの数時間をどうつぶすか、だった。明日は授業が午後からなので、すぐに帰って寝る気にもなれない。

陶也は都内有名大学の法学部生で、将来は多分弁護士になる。とはいえ、なりたいわけではなかった。

長身に広い肩幅、ブロンドに琥珀の瞳なのはハーフだからだが、ブラジリアンホワイトニータランチュラという外来種が出身種のせいでもある。

タランチュラばかりの一族、七雲家本家の末息子である陶也は、その美貌と体格に恵まれているだけではなく、ありあまるほどの金も持っていたし、特別な勉強をしないでも法科大学院の試験にパスしてしまう頭脳の持ち主でもあった。

タランチュラとは、そういう種だ。

（落として落ちない相手がいるわけでもなし、努力しても手に入りそうにないもので、欲しいものもない。毎日がくだらなさすぎて吐き気がするぜ……）

溜息まじりに煙草をつけようとして、陶也はコートに入れていたはずのライターがないことに気がついた。ホテルで吸った覚えはないから、多分、さっきのナミアゲハをひっかけたクラブに置いてきたのだろう。

舌打ちしたものの、戻っているうちに時間がつぶせると思い直し、数時間前出てきたばかりの店に戻った。

地下一階にあるクラブホールに入ると、脳に直接響くリズミカルな音楽が聞こえてきた。色とりどりの電飾がフロアで点滅し、踊り狂う男女の影がホールに舞っている。

「陶也。今夜のお相手は決まってるの？」

顔見知りの女や男が、すり抜けていく陶也に声をかけてくる。美しい女に華やかな男――このクラブには、ハイクラス種しかいない。高校時代、陶也はよくこのクラブに足を運んで男女を問わず抱いていたが、最近はここに来るのもつまらなくなっている。

出る前にナミアゲハの男をひっかけたカウンターに戻ると、探していたジッポライターが見つかった。ウェイターにジンを頼んでスツールに腰掛けたところで「陶也クン」と声をかけられた。見ると、幼なじみで同い年の、兜甲作《かぶとこうさく》が立っていた。

「なんだ兜。来てたのか」

珍しいな、と思いながら陶也は隣に座った兜を眺める。

甲虫目《こうちゆうもく》の中でも特に巨大なヘラクレスオオカブト出身なだけあり、兜は大柄な陶也と並ぶ長身に、厚みのある体をしている。アーモンド型の眼と通った鼻筋、癖のある黒髪に眼鏡をかけていて、陶也よりもいとこの澄也と仲がよく、以前は澄也と同じ大学に通っていた。だが最近、陶也の通う大学へ編入してきた。

将来は政治家の父親の跡を継ぐべく法学部に通っていた兜だが、陶也の大学で教鞭《きょうべん》をとっている教授の大ファンらしく、ただそれだけの理由らしい。

「いや～、誘われたから来てみたんだけどさ。相変わらず、くだんないとこだね、ここ。陶也クンは？　ナミアゲハの子と出てったって聞いてたけど。もうご休憩終わりなの？」

「つまらなかったから出てきた」

そう言って煙草に火をつけると、兜は肩を竦《すく》めた。

「最近、陶也クンの評判悪いよ。エッチしてもすぐやめちゃうって。枯れちゃった？」

「バカ言うな。この年でそんなわけねえだろ。誰とヤッてもつまらないんだよ、単に」

「じゃあ、ロウクラスとか抱いてみたら？　それだけはやったことないでしょ」

勧められ、陶也は無言で兜を睨《にら》みつけた。

どういうわけか、ハイクラスの中にはとりわけロウクラス種を好んで抱く嗜好《しこう》の持ち主が結構いる。胸の大きな女がいいとか、がっしりした男が好みだとか、そういった趣味と同じレベルだ。ロウクラス好きは特にハイクラスの男に多い。というのも、ロウクラス種のほとんどがハイクラス種に比べて小さく華奢《きゃしゃ》で、下手をするとハイクラスの女のほうが逞《たくま》しいため、庇護欲がそそられるらしい。だが、陶也はまるで興味がなかった。

「俺はああいうガキみたいな体型には興奮できねえんだよ」

「ロウクラスの子って、ハイクラスに対する誘引フェロモンがものすごいって知ってた？　エッチしてるうちに、めちゃくちゃいい匂いするの。それにねえ、俺の知ってる子で陶也クンのこと、好きって子がいるんだよね。紹介しようか？」

「はあ？」

陶也は思いきりしかめ面《つら》をした。兜はなにを言っているのだろう。

「ほんと、『はあ？』だよね。俺も、何度もあんな最低男はやめておけって言ったんだけど、その子ったら一途《いちず》でさあ。陶也クンなんかのどこがいいんだろうね」

「……」

なんとなく貶《けな》されている気がするが、陶也は取り合わないことにした。

兜の出身種であるカブトムシは、同じ昆虫類の中には天敵がいないと言われるほど強固な体を持ち、大きなツノとその体格で他の虫を押しのけて悠々《ゆうゆう》と樹液を吸うような種だ。そのせいか、カブトムシが起源の者はたいがい大らかな性格をしている。兜もそうだ。タランチュラと同格のハイクラスであるにもかかわらず、陶也のいとこである澄也の妻とも仲が良く、ロウクラスそのものを気に入ってもいる。

「でもいい子なんだよ。後生一生《ごしょういっしょう》の夢とばかりに思い込んでるから、いとあわれっていうの？　少し付き合ってあげてよ」

「……だから言ったろ、そそられねえんだって」

「セックスしなきゃいいじゃない。ごく普通の交際ってしたことないでしょ」

食い下がってくる兜がうっとうしく感じ、陶也は眉を寄せた。

「それに付き合ったら、澄也クンの気持ちも分かるかも」

兜はさらりと地雷《じらい》を踏んできた。陶也は兜が確信犯だと分かっていたので、なにも言わない。兜は陶也の煙草を勝手に一本抜き取ると、「澄也クンとこ、赤ちゃん産まれたねえ。もう抱っこした？」と続けた。

「見てもねえよ」

「そろそろ仲直りしたらいいのに」

兜がにやにやと肩を竦めたが、陶也はこれ以上その話をする気はなかった。

その時、「陶也！」と声をかけてくる男がいた。人ごみをかき分けてやって来るのは、陶也よりやや背が低くやや細身の男だった。鋭《するど》く切れ上がった目尻と薄い唇に、ニヤケた笑いを浮かべていてどこか酷薄《こくはく》な雰囲気がある。

「篤郎《あつろう》だ。俺はイチ抜けよ」

近づいてくる男を見て、兜が席を立ってしまった。

「なんかモメてんのか？」

「今日、あいつらドラッグパーティーやってるって。面倒になる前にずらかるよ」

兜に耳打ちされ、陶也は近づいてくる篤郎をちらっと見た。

篤郎は昔から陶也や兜が出入りしているクラブの常連で、陶也は誘われて、数回寝たことがある。一方的に好意を寄せられているが、面倒なのでこの頃は寝ていない。

篤郎のことは同じハイクラス種で年齢も同じくらい、としか知らない。他に知っていることといえば、ドラッグ漬けのジャンキーで、時々行きつけのクラブでドラッグパーティーを開いて乱交しているらしいことくらいだ。

その篤郎がへらへらと笑いながら近づいてくる。眼許には酔ったような色があり、兜がいうように、クスリを呑んでいるようだ。

「陶也くんも引きずり込まれないようにね。あいつら、今日もそのへんからロウクラスの子引っ張って連れ込んでたから、警察が来たら一気に豚箱だよ」

「……興味ねえから行かねえよ」

陶也は肩を竦める。

よくは知らないが、ハイクラスジャンキーのパーティーでは、時折なにも知らないきれいめのロウクラスを誘拐同然でパーティーに連れ込み、シャブ漬けにして飛ばせた後、輪姦や暴行をくわえて楽しむことがあるらしい。大抵の事件はもみ消されているが、終わった後、それを苦にして自殺したロウクラスもいたという。

篤郎にそんなパーティーへ誘われるなど面倒で、陶也は立ち上がった。

「陶也、おい、帰んなよ」

声をかけてくる篤郎に片手をあげ、陶也は兜について店を出た。兜はちょうどタクシーを拾っているところだった。

「明日大学でしょ。さっき言ったロウクラスの子の話、考えといてよ。健全なお付き合いのほうが、少なくともパーティーで暴行するよりは楽しいから」

「俺が暴行してもいいなら、考えといてやる」

陶也が言うと、兜はニヤニヤと肩を竦めた。

「四年前の陶也クンなら冗談じゃなかったろうけどね。今の陶也クンは——もう、そんなことしないでしょ？」

「俺は今も昔も、ロウクラスが嫌いだけど？」

そうだろうねえ、と呟きながら、兜は静かな声で、陶也に返してきた。

「ハイクラスだけでいると、歪《ゆが》んでくる。……ノブレスオブリージュっていうのかな。守る相手がいないと、持てる者は腐ってくる気がするんだってさ」

「なんだそりゃ……」

「そもそも、人類が節足動物と融合した時から——ハイクラスはロウクラスを守り、ロウクラスはハイクラスを癒すために存在したって説、知ってる？」

「いかれた意見だな」

「そう？　結構言い得て妙だと思うけどねえ。オレたちには、守りたい本能が備わってるんだよ。ただ人間って、本能に逆行して迷走する生きものだから」

兜は眼鏡の奥で、眼を細めて微笑んだ。

「どっちでもいいけどな。じゃあ俺は、帰るわ」

これ以上兜の会話に付き合う気はなかった。素っ気なく手を振ると、兜が背中から、

「今のは、全部澄也クンが言ったことだよ」

と、言った。陶也が振り返ると、兜はタクシーに乗り込んだところだ。

――守る相手がいないと、持てる者は腐ってくる気がするんだってさ。

なぜか、兜の言葉が耳の奥に返ってくる。

陶也は大通りまで出ると、最初にやってきたタクシーを捕まえて自宅マンションの住所を告げた。ここから車で十五分の場所だ。

ふと陶也の脳裏には、二年前に結婚し、つい最近子どもをもうけた七雲澄也の顔が浮かんできた。

切れ長の琥珀の瞳に、真っ黒な髪。美しいいいとこだった。

ブラジリアンホワイトニータランチュラと近似種の、メキシカンレッドニータランチュラの澄也。お互いに親が留守がちで、同い年だったから兄弟同然、双子同然に育ってきた。

陶也がこの世で愛していた、たった一人の身内が澄也だった。

その澄也はロウクラスを選んで結婚し、子どもまで作った。

もちろん、澄也がロウクラスを相手に選ぼうとした時陶也は妨害し反対した。けれど最後には澄也は陶也ではなく、ロウクラスの妻を選んだのだ。

決別したのはもう四年も前。最後に話した時、澄也は陶也を前にして、怒りに震えながら言ったのだ。

——陶也。俺たち、タランチュラは……守る者がなければ死んでいるのと同じだ。食う側は食われる側がいなければ生きていけない。守ることができなければ、救われない。俺は、翼に救われたんだ……。

あの時、陶也は暴力事件のかどで、自宅の部屋の中に謹慎させられていた。

入り口に立った澄也は怒ってはいたが、同時にどこか淋しそうだった。淋しそう、いや、むしろ哀れむような顔だった。

お前には分からないだろうな、と呟き、澄也は陶也の部屋を出て行った。

あれが、澄也と言葉を交わした最後だ。

(兜のヤツめ、澄也のことなんか思い出させやがって……)

——澄也クンの気持ちも分かるかも。

兜の言葉が、サイレンのように陶也の耳の奥にこだました。

決別し、もう四年も口をきいていないいとこと、この先分かり合えることがあるのだろうか。あいつの気持ちを、理解できる日などくるのだろうか？

ここ数年まるで揺れ動かない陶也の心が、澄也のことを思い出す時だけざわめく。けれどそれきり、先を考えることを拒んで、硬い石のように心が冷えて動かなくなり、ただ退屈な気持ちばかりが残る。

タクシーは夜の街を滑っていく。

陶也は、生きることに飽きていた。


翌日、陶也は午前中から大学に出て授業までの時間を図書館でつぶすことにした。書庫から判例集を借りていると、携帯電話に兜からメールが届いた。

『おはよ。さっきたまたま聞いたんだけど、やっぱり昨夜篤郎たちが警察にパクられたらしいよ。俺たちは出てきておいて良かったね』

（へえ。そりゃ、ご愁傷《しゅうしょう》様）

昨夜振り切って出てきた時の篤郎の、眼の下のクマを思い出しながら陶也は思った。もっとも、クラブだけで付き合いのあるよく知らない知人がどうなろうと、陶也にはあまり関係もないし興味もなかった。

昼の二時十五分、授業のない陶也は手持ちぶさたで、なんとなく文学の棚を眺めていた。

分厚い小説でも読めば、退屈も紛れるだろうか。しかし陶也は小説というものには、ほとんど興味が湧《わ》かない。

(しょせん作りごとなんか読んでもな……)

「……っ、あ」

面白くもない気持ちで棚を眺めていたその時、陶也はふと息を漏らすような声を聞いて振り向いた。同じコーナーに、一際《ひときわ》小柄な男が一人、立っていた。

ロウクラスだ、と陶也は気づき、久しぶりに少しだけだが、興味をひかれた。

(珍しいな。うちの大学にロウクラス種がいるのは……)

陶也の通う大学は国内でもかなり有名な一流大学で、学費も高い。ロウクラスの多くはハイクラスと比べると平均して学力が低く、家庭も中流以下のことがほとんどなので、有名私立大学にはあまり入学してこない。退屈だったので、陶也はまじまじと男を見た。

(小《ちい》せえ)

ハイクラス種の男は平均身長が百八十を越えるが、ロウクラスの男は百七十あるかないか。横に立っている男もそんなもので、陶也とは二十センチは差がある。

しかしそんなことより陶也の注意を惹きつけたのは、男の色の白さと薄さだった。

肩幅も身幅も細くて華奢。そして肌は青いほどに白く、髪も琥珀をさらに薄めたような淡色で、薄暗がりの図書室でもこれなら、外に出て光にあたると色がなくなるのではないか、と思われた。

その白い男はほっそりした腕に分厚い本をいくつも抱え、背伸びをして最上段の本をとろうとしているところだ。けれどどう見ても背丈が足りない。やがて男は姿勢を崩し、腕の本をすべて床に落としてしまった。

「……っ、……っ」

男は声にならない声を出す。小さくて青白い顔が、慌《あわ》てたから赤くなる。しゃがみこみ、陶也のそれと比べると子どものような小さな手で、本をかき集めている。

その時、どうしてそんなことをしたのか分からない。

陶也は白い男に近づいて、書棚の最上段から男がとろうとしていた本を引き出していた。古い英国文学だ。恋や愛について書かれた戯曲で、有名なので陶也もタイトルくらいは知っていたが、まるで興味のない分野だった。

「これか？」

なんの気なしに男へと差し出したのにも、やはり、特別な意味はなかった。

白い男はよほど鈍《どん》くさいのか、跳ねるように立ち上がった勢いでよろめき、書棚に薄い肩をぶつけた。小さな顔をまっ赤にし、男は陶也をびっくりした様子で見上げてくる。

（でかい眼……こぼれそう）

男の顔を真正面から見た時、陶也はまずそう思った。

白い肌や白茶の髪という、どこをとっても色の淡《あわ》い男だが、瞳だけが真っ黒だった。大きくて今にもこぼれ落ちそうな瞳は、うるうると潤《うる》んでいる。

「これじゃねえの？」

もう一度差し出すと、男は慌てたように陶也から本を受けとった。そしてもの言いたげに陶也を見つめるのに、なぜか「ありがとう」とも言わずにぺこぺこと頭を下げてくる。

（なんだこいつ。礼くらい言えないのかよ）

ただでさえ、陶也にとってロウクラスなど煩《わずら》わしい存在だ。気まぐれに親切にしてやったのに失礼な態度をとられて本を元に戻してやろうかとも思ったが、それもまた馬鹿馬鹿しい。冷たく見下ろすだけにして、背を向けた。

けれど図書館を出た後、背後から「あ！　あ！」と叫び声がして陶也は振り向いた。見ると、先ほどの白い男が図書館の外階段を慌てて走り降りてくるところだった。

途中つまずき、小さな体はあっという間に転んだ。男の持っていた本がばらばらと道路に飛び散る。男はまっ赤な顔をしてそれを拾い集めている。

相当急いでいるつもりなのかもしれないが、やたらとのろい。行動そのものがとろいらしい。腕に詰め込んだ本が、慌てるあまりに次から次にまたこぼれているのだ。

（なにやってんだ、あいつ……）

立ち去るのも忘れて眺めていたら、白い男はやっと腕に本を抱え直し、またしても必死

に陶也のほうへ走ってきた。よたよた、という言葉が似合いの、いかにも危なっかしい走り方だった。

たった数メートルの距離なのに、男は陶也のところまでたどりつくと汗をかき、ぜいぜいと息を乱している。呆気にとられて眺めていると、男はホッとしたように笑いかけてきた。まるで水面で息をする鯉《こい》のように、小さな唇を音もなくぱくぱくと動かす。まっ白な顔の中でその唇と口の中だけが朱色で、雪原《せつげん》に落ちた金魚のように見える。

あ、り、が、と、う。

声には出さず、唇の動きだけで何度も何度もそう言ってくる。その時になって、陶也はようやく気がついた。

「……お前、口がきけないのか？」

男はやっと通じたと思ったのか、安心したように微笑み、こくりと頷《うなず》く。陶也はその時初めて、男の眼をしっかりと見つめた。

外見は幼いのに、その大きな瞳だけは凪《な》いだ湖面のように静かで落ち着き、老いている。こいつは見た目より年をとっているのかもしれない。なぜか陶也はそう思った。

その時、図書館から見覚えのある男が出てきた。

「あれ、陶也クン。それに、郁ちゃん。なんだあ、知り合っちゃったの？」

「兜……」

白い男は兜を振り向くと、嬉しそうにぺこりと頭を下げている。眼鏡の奥で、兜のアーモンド型の眼が急に優しくなった。

「郁ちゃん、本重そうじゃない。鞄《かばん》に入れたら？」

カブトムシ種の兜は、面白ければなんでもいいという性格をしているが、基本的に弱いものに優しく甘い。いかにも政治家向きなのだ。

この時も郁、と呼んだロウクラスの男の鞄を持って広げてやり、持っている本を鞄に詰め込むのを手伝っている。郁が片手で兜にいくつかのサインを送った。手話、というものらしい。すると兜が急にニヤついて、陶也を振り返ってくる。

「なんだ、陶也クンも隅《すみ》に置けないねえ。郁ちゃん、親切にしてくれて嬉しかったって」

「……べつに」

兜にニヤつかれるとなんとなく腹が立ち、陶也は踵《きびす》を返した。すると、兜が「まあ待った待った」と言って陶也の腕を摑んできた。

「次の授業、Ｆ講堂でしょ。俺も郁ちゃんも同じのとってるんだから、一緒に行こうよ」

陶也はあからさまに嫌な顔をしたが、兜は勝手に決めてしまい、陶也の腕をがっちり摑んだまま歩き出した。もう片手は郁の荷物を持っている。

ちらりと振り返ると、郁と眼が合った。郁は頰を淡く染め、嬉しそうに微笑んだ。

講堂につくと、なぜか兜は郁を陶也と挟んで座る形にした。

「郁ちゃん、この人に自己紹介したら？」

(いらねえよ、クソ兜)

と思いながらも、陶也は喋るのも面倒くさいので特になにも言わなかった。郁という男は喋れないが聞き取りはできるらしい。もたもたした様子でノートを開くと、そこに、

『蜂須賀郁、といいます。はちすが、いく、と読みます』

と、きれいな字で書いてきた。

『さっきは、ちゃんとお礼が言えなくてごめんなさい。ありがとうございました。こうしてお話ができて、嬉しいです』

一字一字丁寧に書かれた文面からは、郁の礼儀正しさが伝わってくる。ロウクラスと話すのも煩わしかったが、無視をするほど子どもでもないから、陶也は一応、「どうも」とだけ言った。

するとと郁の白い頬は桃色になり、もとから潤んでいる瞳はいっそう潤んで小さな顔に満面の笑みが浮かんだ。それはなんというのか、かじかんでいた指先に湯の温かさがゆっくりとしみていくような、穏やかな笑顔だった。

お礼を言うと郁は満足したらしい。それ以上話しかけてくることもなく、授業中は静か

に真剣に教授の話を聞いていた。

（へんなやつ）

と、陶也は思った。

今まで自分の周りには、一人もいなかったタイプだ。ロウクラスだからかとも思ったが、いとこの澄也と結婚したロウクラスはこの郁と違ってもっと元気のいいタイプだった。

（こいつはなんで、俺と話せて嬉しいんだ？）

そう思うとなぜか教授のつまらない話よりも隣の郁が気になり、陶也は何度か郁を眺めてしまった。そのせいで、郁が途中から困った顔でまばたきを繰り返していると気づいた。どうやら黒板が遠くて、板書が見えないらしい。

（こいつ、眼も悪いのかもな）

そう思った陶也はこの日、二度目の気まぐれを起こした。いつもは板書などノートにとらないのだが書き写し、郁に見せてやった。郁は大きな眼を丸くして、陶也を見上げた。

「いいよ、写せよ」

小声で言うと、郁の顔全体にじわっと滲《にじ》むように笑顔が広がった。

写し終えた郁は、陶也のノートの端っこに、小さな字で『ありがとうございます』と書いてきた。陶也はなんとなく、郁のノートに返答を書いた。

『お前の起源種ってなに？』

階級を直截《ちょくさい》に訊くような質問だが、失礼だとは思わなかった。大体、陶也にはロウクラスがハイクラスの質問に答えるのは当然のことだという頭がある。郁は少しためらった後、

『カイコガです』

と書いてよこした。

カイコガ、と聞いて陶也の脳裏に浮かんだのは、絹糸を取り出すまっ白な繭だった。確かカイコの成虫は、翅も胴体もなにもかも白い。なるほど、だからこいつはこんなに髪も肌も色が薄いのか、と合点《がてん》がいく。

『カイコガは口が退化してるので』

『それで口がきけないのか？』

『小さい頃はきけたんですけど、だんだんダメになりました』

と書いて、郁は小さく首を傾《かし》げた。淡い色の瞳には、優しい色が浮かんでいる。口がきけなくなったことを嘆いていないのか、郁は陶也と眼が合うとこの上なく幸せそうな、嬉しそうな顔でにっこりと微笑んだ。

「郁ちゃん、可愛かったろ？　どう。あの子」

授業が終わり、文学部の郁と別れると、兜が訊いてきた。その口調で、陶也は郁が先日

兜の言っていた相手なのだと気がついた。

　陶也はもうこの後授業はない。四年生で、法科大学院に進学が決まっている陶也と兜は既に単位を取得しているし、卒論も終わってしまったのだが、お互い暇つぶしのために様々な授業をとっている。ちなみに郁は進学が遅れ、二十三歳にもかかわらず、まだ一年生らしかった。

「……あいつか、俺のこと好きなロウクラスってのは」

「いい子なんだよね。なんできみなんか好きなんだろ。俺なら大事にしてあげるのにい」

兜はハァー、と深くため息をついている。

「まあでも紹介する手間が省けたや。前も言ったけど、郁ちゃんにとっては後生一生の夢なんだよ。一回くらいデートしてあげて。きみの好きな暇つぶしでもいいからさ」

　それだけ言うと、兜は道をそれて去っていってしまった。

　講堂と講堂の間、半地下のようになった屋外にある喫煙所へ、陶也は一人で降りていった。十一月も半ばを過ぎ、大学構内に林立する銀杏《いちょう》は黄金に染まっている。

（暇つぶしだろうがなんだろうが、ロウクラスと仲良しごっこする趣味は俺にはねえよ）

内心兜に毒づきながら、陶也はふと足を止めた。

「陶也。よかった。いたんだな」

見ると、覚えのある男が喫煙所のベンチで手を振っている。どうしてこんなところにいるのか。それはあのクラブでの顔見知り、篤郎だった。

いかにも着の身着のままという風体《ふうてい》で、値の張っていそうなミリタリージャケットもくたびれ、うっすらと無精髭《ぶしょうひげ》まで生えている。そういえば、篤郎は昨夜クラブでドラッグパーティーを開いて、警察に捕まったはずだ。それがどうして、陶也の大学にいるのか。

「……お前、パクられたんじゃないのか？　まだ保釈には早いだろ」

煙草をくわえながら篤郎の隣に座ると、篤郎はへへへ……と媚びるように笑った。

「ひでえよなあ、陶也。昨日俺が声かけようとしたらさっさと帰っちまって。でも正解。あの後、奥の部屋にサツがなだれこんできたんだ」

肩を竦め、篤郎は陶也に一本くれよ、と煙草をせがんだ。

「仲間はみんなしょっぴかれたんだけどさ……俺は事前にトンズラできたんだ。昨日の踊り子さんが死にかけちゃって……仲間がゲロったら俺、本気で数年ぶちこまれそう」

踊り子――というのは、多分、いたぶるためにパーティーに連れ込んだロウクラスのことだろう。

「死にかけたって……ヤクの打ちすぎか？」

「ラリったところでこうさあ……ちょっと殴ったりね。打ちどころが悪かったみてえ。急に泡吹《あわふ》いちゃって、仲間の一人がビビリでさ、救急車呼ぼうって騒ぎ出したから、俺冷めちゃって外に出たの。や、それが拾いもんだった。その後警察入ってきたから」

「へえ……」

陶也は、兜やいとこの澄也と違ってロウクラスになんの思い入れもない。だがわざわざ大勢でよってたかってロウクラスをいじめぬくことにも興味はない。ちょっと殴った、というが実際には相当な暴行を働いたのだろう。そんなくだらないことで暇がつぶせるなら、こいつはまだ幸せものだ、という気がする。

ふと脳裏に、先ほど会った郁の白い顔が浮かんできた。

ああいうのを捕まえてシャブ漬けにして殴って犯すんなら……そう思うとなぜか陶也は気分が悪くなり、その想像を追いやった。

「……で、俺になんの用だよ」

「もう、陶也しか頼れるやついねえの。親父もさ、俺にはほとほと呆《あき》れてるみたいだし」

陶也は篤郎の名字も知らないが、篤郎の父親は大会社を経営していると聞いたことがある。これまでも篤郎がなにか問題を起こすたび、彼の父は保釈金を支払ってきたはずだ。

「親父は俺と違ってロウクラスが好きなんだよ……。だから俺のしたこと許せねえんだって。なあ陶也、お願い。お前マンションいっぱい持ってたろ？　一室貸してよ」

つまりは匿《かくま》えということだ。陶也は家が大金持ちで、自分でもかなりの資産を持っている。特に興味もないので数えたことはないが、不動産もいくつか所有していた。

篤郎の魂胆《こんたん》を思わず嗤うと、篤郎はますますへつらう顔になった。

「なあ……なんでもするよ。俺のこと好きに抱いてもいいぜ」

（お前にそこまで興味ねえよ）

と、陶也は冷たい眼を向けた。しかし篤郎はその眼つきにさえ興奮したように頬を火照《ほて》らせ、へへへ……と上擦《うわず》った嗤い声をあげた。

「俺さ……お前のこと好きだぜ。お前は、文句のつけようもないハイクラスだろ。世の中みんな、陶也みたいなやつらで埋《う》め尽くされてたらいいのにな」

篤郎は十一月で肌寒いというのに、じんわりと額に汗を浮かべていた。

（こいつ、まだラリってるな）

その眼がうつろでぎらぎらと不穏な光を宿しているのを見て、陶也は気がついた。

「俺みたいなやつばかりでも、つまらねえだろ」

「……そうかな。ロウクラスなんてものが生きてるよりよっぽどいいよ。なあ、あいつら、進化の過程でいらないはずのものだろ？　なんで生きてんだろ？　意味が分かんない」

篤郎は無邪気な様子で肩を竦め、陶也の腕にしなだれかかってきた。陶也よりいくぶん細い肩に、細い腰。ハチ種特有のねばっこく甘い匂いが、咽《む》せるように香ってくる。

「……薬が抜けたら電話してこいよ。どっか貸せるかどうか探しといてやる。ただし俺を巻き込むなよ。面倒だからな」

煙草を消して立ち上がると、篤郎は一瞬淋しそうな顔をしたが、部屋を貸してもらえると聞いて笑みを浮かべた。

「サンキュ、やっぱり俺、お前にむちゃくちゃにされたい」

酔ったような顔で言う篤郎に苦笑し、陶也は背を向けた。

（あいつは、イカれてんな）

喫煙所から立ち去りながら、陶也は思った。いかれている。だが、陶也は篤郎の言葉の意味が分かってしまった。

――ロウクラスはいなくていい。いる意味が、分からない。

陶也も同じように思ってきたし、今でも思っている。思っているはずだ。

昔からロウクラスに、興味も関心もなかった。同じ人間だと意識したこともなく、空気のように眼に見えないものだった。それなのに、いとこの澄也がロウクラスを選んだ日から、陶也の世界にその存在が浮かび上がってきた。

瞼《まぶた》の裏に、どうしてかさっきまで講堂で一緒にいた郁の姿が浮かんできた。春の陽《ひ》のような笑顔で、陶也を見つめていた男。

どうしてあんな生き物が、存在するのだろう。いなくてもいいのに、と思う。

（俺もたいがい、イカレてるのかもな……）

秋の風が陶也の頬をすり抜けていく。篤郎の前で吸った煙草がまずかったので、もう一本吸い直そうと、陶也は別の喫煙所に向かって歩き始めた。

二

断るのが面倒だった、というのが主な理由だったが、一応貸してやると言った手前、自分の所有する不動産資産の状況を調べに、陶也は翌日通学前に実家へ寄ることにした。

陶也の実家――七雲家本家は都内某所《ぼうしょ》に居を構えている。七雲家は全国にある総合病院を経営する家であり、亡父も、陶也の六人の兄たちの半分も医者である。末っ子の陶也は将来なにになるのも自由だったが、弁護士を選んだのは家の仕事を手伝うためでもあった。

本家邸宅に着いたのは午前十時頃のことだった。陶也が正面玄関前に車を停《と》めると、邸宅から六十路《むそじ》を過ぎた執事が出てくる。

「これは陶也様、お久しぶりでございます。お車は駐車場までお回ししますか？」

「三十分で出るからそのままにしてろ。兄さんは？」

「書斎にいらっしゃいます」

六人の兄のうち、今この本家邸宅に住んでいるのは二年前亡《な》くなった父の跡を継いで当主になった長兄だけだ。長兄は陶也より十七歳年上で、医者をやめて経営側に回っている。

西洋のカントリーハウス並に広い玄関ホールを過ぎて、兄の書斎へ向かう。扉をノックするまでもなく、使用人から陶也の来訪を聞いていたらしい兄は、タランチュラの持つ特殊能力である糸を指先から出し、ドアノブにひっかけて扉を開いてくれた。どうも、と言いながら陶也が入室すると、兄は大きな執務机に腰掛けて仕事をしているところだった。

「久しぶりだな、どうした。お前が家に戻ってくるなんて珍しい」

三十路《みそじ》後半とはいえ、兄はまだ若々しい。陶也と同じように堂々とした体格に、細いフレームの眼鏡をかけている。父の血を濃くひいたせいで、兄の髪は陶也と違って真っ黒だ。

「俺の所有するマンションの、空《あ》き室状況を調べてほしくて。刺野《しの》を借りていいですか」

兄の雅也《まさや》の横には、秘書の刺野がひっそりと影のように付き従っていた。背が高く細身、どこか不気味な雰囲気のある三十代の男で、出身はアシダカグモ。無口だが仕事は的確で兄の気に入りだ。日本種のクモは外来種に比べると小さいが、十分なハイクラスであり、かつ勤勉でおとなしく、ハイクラスの多くが自分の秘書として使いたがる。

雅也はなにも言わずに刺野を一瞥した。刺野はそれだけで察したらしく、頭を下げて部屋を出て行く。雅也が内線電話をとり、使用人に「紅茶を二つ」と命じた。

無愛想ではあるが、長兄の雅也が基本的に弟思いなのを、陶也は知っていた。

「煙草吸ってもいいですか？」

上着のポケットから煙草を取り出すと、兄は執務机の上に置いてある灰皿を見た。了承の意だろう。

兄の机からガラス製の灰皿をとろうとして、ふと陶也は手を止めた。

机の隅に置かれた一葉《いちよう》の写真に眼が留まった。

それは澄也の写真だった——正確には、澄也とその家族の。

黒髪に琥珀の瞳、陶也とよく似た背格好のいとこが、ロウクラスの妻の肩を抱いている。

彼の妻の腕には、小さな赤ん坊が抱かれていた。

澄也は、陶也がこれまでに見たことのない満面の笑みを浮かべていた。幸せというものがもしあるのなら、これ以上ないというほどの幸福そうな笑顔だ。

陶也は言葉を失い、しばらくその写真を凝視《ぎょうし》してしまう。

「…お前は、澄也くんの息子にはまだ会ってないんだったな」

陶也の視線に気づいた雅也が、ふと写真を取り上げて陶也に渡してきた。

「彼の妻は頑張った。小さな体で……タランチュラを産んでくれた。元気な男の子だ」

差し出された写真を、陶也は受け取らなかった。気持ちのどこかが濁ったように感じ、煙草を吸う気も、ここで長兄と呑気《のんき》に紅茶をすする気も失《う》せた。ただ一刻も早くこの話題から、澄也の幸せそうな笑顔から逃れたくなり、陶也は兄に背を向けた。

「急ぎの授業があったのを思い出しました。悪いんですが、刺野に俺の自宅ファックスに報告を送るよう言っておいてください」

部屋を出て行こうとすると、雅也はそっとため息をつき「陶也」と呼び止めてくる。

「時代は変わったんだ。ハイクラス種だけで生きていくには、限界がある。我々は救われねばならないんだよ。お前も、なにか守るものを手に入れなかったら、退屈と階級に腐らされるぞ」

陶也は思わず立ち止まった。

なぜ兄が突然こんなことを言うのか、分からなかった。口の端にわざと神経質な笑みを浮かべ、陶也はバカにするように唾棄《だき》した。

「……兄さんは、澄也に毒されたようですね。誇り高いタランチュラの血統に、ロウクラスの下等な血が注ぎ込まれた。七雲家がついえるのも、そう遠くはない」

「ならお前は、澄也くんの相手が選ばれたハイクラスだったなら、認めたのか？」

切りかえされたけれど、陶也はもうなにも言わずに兄の書斎を出た。

玄関に向かいながら、むしゃくしゃして仕方がなかった。手当たり次第を壊してまわりたい気分だった。玄関前に停めたままの車に乗り込むと、乱暴に発進させて私道へ出る。

（兄さんまで、どうかしてる。いくら分家とはいえ、澄也は長男だ。そいつがロウクラスと結婚して、ガキまで作ってるのを歓迎するのかよ）

兄のその考えが分からない――。

陶也は苛立《いらだ》ち、規定より速いスピードで道路を抜けた。瞼の裏に、写真の中で幸せそうに笑う澄也の顔がちらついて離れず、それがうっとうしくてならなかった。

生まれた時からハイクラスの中で育ち、恵まれた血統になんの疑問も抱かずに生きてきた陶也にとって、ロウクラスは特別憎くもないが、興味もない存在だった。それが初めて憎悪の対象になったのは、陶也にとってたった一つの拠《よ》りどころでもあったいとこの澄也が、ロウクラスを選んだ時だ。

七雲澄也は、分家の長男だった。小さな頃に父母がそれぞれ家を出て行ったせいで、澄也は同い年だった陶也を兄のように慕ってきた。陶也もまた、年の離れた兄たちに囲まれ、家族皆が忙しかったせいで、家には一人でいることが多く、自然澄也とべったりになった。

自分とそっくりだった澄也。陶也はまるでもう一人の自分のように、澄也を愛した。

セックスは二人で覚えた。陶也の最初のキスは澄也だったし、澄也の相手も最初は陶也だった。互いの絆《きずな》は恋愛などではなくて、もっと強いものだった。陶也の気持ちを誰よりも理解してくれたのは澄也で、その逆も同じだった。

陶也が初めて、澄也に疑問を持ったのは、彼がロウクラスを愛したと分かった時だ。

陶也は澄也の選んだロウクラス、『青木翼《あおきつばさ》』を澄也から引き離そうとした。そのために青木翼を脅《おど》し、監禁して痛めつけた。もう少しで殺していたかもしれない。

――殺してやる！

陶也の耳の奥には、今でも時折澄也の怒鳴り声が蘇ってくる。もしも翼を殺したら、お前を殺してやる、と澄也は言ったのだ。陶也は澄也に殴られ、遠のく意識の中でその怒鳴り声を聞いた。

そうしてその時はっきりと、いとこの澄也が、片割れだった澄也が、陶也にとってたった一人の愛していた人間が、自分よりも別の相手を選んだのだと気づいた。

あの時の絶望感を、どう表現していいか分からない。

真っ暗な穴の中に、永遠に突き落とされるような感覚だった。

自分の四肢《しし》をばらばらに裂かれて、百回も千回も心臓を刺し貫かれるような苦痛だった。

あの時澄也を失い、陶也の心は半分に欠けたのだ。あの時からなに一つ楽しいことはなくなった。

薄暗い路地裏のゴミ捨て場に、石のように動かなくなった陶也の半身がうち捨てられている。残りの人生は死んだように生きるしかない。陶也は、そんな気がしている。

それなのに、亡霊を引きずるように生きている陶也と違って澄也は妻と子どもに囲まれ、幸せそうな顔をして笑っているのか――。

兄の部屋で見た写真を思い出すたび、絶望と怒りが陶也の胸に満ちてきた。

いつの間にか大学に着き、陶也は学内の駐車場に車を停めると苛立った気分で屋外の喫煙所に向かった。喫煙所には人がいなかった。ベンチに腰を下ろして煙草に火をつけていると、隣に誰かが腰を下ろしてきた。

(なんだよ、他のベンチに行けよ)

苛立っていた陶也がぎろりと睨みつけると、ベンチの端っこに人形のように、ちょこんと座っていたのは郁だった。

郁はそろえた膝の上に行儀よく両手を置き、陶也と眼が合うと白い頬をうっすら染めて微笑んできた。その瞬間、どうしてなのか、陶也は毒気がぬかれていくように感じた。あまりにニコニコしている郁に、脱力したのかもしれない。

「……なんか用?」

訊くと、郁は持っていたノートになにか書き付けて、陶也に見せてきた。

『歩いていたら、いらっしゃるのが見えたので。ご迷惑ですか?』

(相変わらずやけに丁寧な訊き方するな、こいつ)

迷惑かと問われて迷惑だ、と追い払うことはできたし、ロウクラスなどと喋るのは面倒くさい。しかし陶也はそうしなかった。

突然頭の中に、兜の言葉が蘇ってきたのだ。

——澄也クンの気持ちも分かるかも。

その言葉はまるで天啓《てんけい》のように、陶也の脳裏にひらめいた。

郁は缶コーヒーを持っていて、それを陶也に差し出してきた。俺に? と訊くと頬を染めてこっくり頷く。それはまだ温かかった。缶のコーヒーは味が雑で好きではないが、大学内には店がないから、普段仕方なく陶也が選んでいるのと同じ銘柄《めいがら》のものだった。横を見ると、郁はただ嬉しそうに陶也を見つめている。陶也は変なヤツ、と思う。

（俺にコーヒー渡すのが、そんなに楽しいか？）

薄曇りの空から射す弱い秋の陽に、郁の柔らかそうな前髪や大きな瞳の虹彩《こうさい》が、麦穂のように淡く光っている。穏やかな眼を覆う長い睫毛までもが淡色だ。

喫煙所のコーナーをぐるりと囲む銀杏から、黄金色の葉が風に乗って飛んでくる。

「お前……俺が好きなんだっけ？」

気がつくと、陶也はそんなことを訊いていた。

とたん、郁の小さな顔はみるみる赤くなった。まっ白な耳やうなじにまで、刷毛《はけ》で刷《は》いたように赤い色が広がる。うつむいて恥ずかしそうな顔をしている郁を見ていると、陶也はにわかに胸の奥が騒いだ。

それはここ三年、いとこの澄也を失ってから、一度も陶也の胸に湧いたことのない愉悦《ゆえつ》だった。

（へえ、こいつは本気で俺が好きなのか）

どうしてなのか、それが面白く感じられた。郁がなぜ自分を好きなのか、陶也は深く考えなかった。こんなふうに恋心を寄せられたことは何度もあるし、それはいつも大した理由ではなかった。どうせ俺がハイクラスのタランチュラだからに決まっている、と思う。

「なんで俺のことが好きなんだよ？」

まだ気持ちを確かめてもいないのに、断定して訊く。けれど郁は否定するわけでも、怒るわけでもなく、ますます顔を赤らめるだけだった。

「なあ、なんで？　会ったのは昨日が初めてだろ？」

教えてもらえないとなぜか妙に気になり、陶也はうつむいている郁の顔を覗きこんだ。おとなしげな顔の中で、郁の大きな瞳がうるうると揺れている。

どう追い詰めれば、こいつはもっと俺を楽しませてくれるだろう。久しく覆いかぶさっていた倦怠感が、今眼の前の、この小さな男のおかげで晴れていた。

その時、郁の膝の上に広げていたノートに、滴が落ちるのが見えた。郁が大粒の涙をこぼしていたので、陶也は予想していなかった出来事に驚いた。

（なんで泣くんだ、こいつ……）

わけが分からない。郁は小さな頭を横に振って、眼許の涙を拭《ぬぐ》った。

『ごめんなさい』

震える指で、郁はゆっくり言葉を書き足す。

『言うつもりなかったんです。こうしてお話しできるだけで、十分すぎるほどです』

（いや、俺が訊いたんだろ。うっとうしいやつだな……）

そう思うが、なぜか悪い気はしなかった。泣いている郁を見ているともっといじめてやりたくなる。頭の隅には、幸せそうに笑う澄也の姿がちらついた。

殺してやる、と言った澄也。

殺してみろ、殺されたっていい。

（退屈な人生を生きるより、お前に殺されたほうがいい）

残虐《ざんぎゃく》な気持ちが陶也の胸を騒がせた。いたいけに涙をこぼす郁を捕まえ、優しくなぶって一本一本手足をもいでやりたいような気持ちが湧いてくる。このロウクラスといれば、暇がつぶせるだろうか？　そして澄也の気持ちが――分かるだろうか。

もっとも、分からなくてもいいのだ。分からないほうがいい。分からないで、最後にはやはりロウクラスなどつまらなかったと、みじめな郁を捨ててやりたい。

そうすれば陶也は、どこかにうち捨てられたままの自分の半身を取り戻せるような気がした。

「……なあ、俺と付き合ってみるか？」

考えるより先に、思わず陶也は口にしていた。聞いた郁はハッとしたように眼を瞠る。

「ただし、暇だからってだけだ。それでいいなら、しばらく付き合ってやってもいい」

（もっとも俺はお前を捨てるけどな）

その続きは口の奥に消して、陶也は甘やかな笑みを浮かべて郁の顔を覗きこんだ。

郁はまっ赤になり、大きな瞳を潤ませている。目尻にかかった大粒の涙を、陶也は優しく、親指の腹で拭ってやった。

そんなわけで、陶也は郁と付き合うことになった。

とはいうものの、陶也は今まで、いわゆる「恋人付き合い」を誰ともしたことがなかった。セックスならば腐るほど経験があったし、デートもしたことはある。が、それこそ特定の誰かとわざわざ前置きをしたうえで、付き合ったことはなかった。

もっとも、陶也には郁とセックスをする気は毛頭ない。

(欲情しねえ相手を、わざわざ抱く必要ないだろ)

というのが、理由だ。そうでなくてもセックスの相手などいくらでもいる。陶也が郁に求めているのはセックスや、ましてや恋愛の楽しみではなく、暇をつぶすことだ。

とりあえず付き合うことになった週の土曜に、陶也は郁をデートに誘うことにし、金曜の夜、郁の携帯電話にメールを送った。

郁は喋れないので通話はしないが、メールは打つことができるから、携帯電話は家族との連絡用に持たされているらしい。

お互いのアドレスを交換した時、郁には登録がほんの数件しかないことを陶也は知った。病気がちで高校はまともに通えず、大学に入ってからもあまり友達がいないのだという。

だからなのか、郁は陶也のアドレスを登録した時、白い頬を桃色に上気させて、とても幸せそうに見えた。

それから、陶也の携帯電話には日に二度、郁からのメールが届くようになった。

朝の挨拶――『おはようございます』というメール。それから、夜の『おやすみなさい』というメールだ。どちらにも、いつも一文だけ、他愛《たあい》のない言葉がくっついている。

今日は暖かいですね、とか、レポートがやっと終わりました、とか。陶也にとってはどうでもいいことだから、返信はしない。

だからデートに誘ったメールが、陶也から郁への初めてのメールだった。郁はすぐに返事をよこしてきた。

『嬉しいです。楽しみです。なにか持って行くものはありますか？』

郁のメールには、絵文字などは一切ない。アドレス登録の操作さえもたついていたから、こうした端末を使うのは苦手なのだろう。けれど短く丁寧な文章の中に郁の人柄がじんわりと滲んでいるようで、つっけんどんには感じない。

持って行くものって、遠足じゃあるまいし、と呆れながら、陶也は『なにも。それじゃ明日』と短いメールを送った。

翌日、陶也は待ち合わせに指定した駅前に、車を停めて郁を待った。が、時間になっても郁が現れなかったので、陶也は次第に苛立ってきた。

(この俺が、わざわざロウクラスのあいつと付き合ってやってるってのに)

遅れてくるとはなにごとか。五分待ったところで、陶也は帰ろうかと思い始めた。

その時、改札のほうからもたもたと走ってくる郁に気がつき、陶也は携帯灰皿に吸っていた煙草を捨てた。

(おっせぇ……)

郁を眺めながら、ある意味陶也は感心してしまう。改札から、陶也が待っている場所までほんの十メートルもない。その距離を郁はとろとろと走り、陶也がどこにいるのか見つけられずにきょろきょろし、歩いてきた男にぶつかってぺこぺこ謝ったりしている。

(……今からでも一本くらい吸えそうだな……)

意地が悪いという自覚もなく、陶也は郁に声もかけずに様子を見ていた。

そのうち、郁は陶也を見つけ、春の陽が射しこむような笑顔になった。

会えて嬉しい。待っててくれて嬉しい。

郁は顔中にそう書いて、やっぱりもたもたと陶也のもとまで走ってきた。それを見ていると、どうしてか陶也の心には苛立ちが浮かんできた。郁の喜びを踏みにじり、笑顔を泣き顔に変えてやりたいような——暴力的な欲求だった。

「おせえよ」

開口一番陶也が言うと、郁はさあっと青ざめ、ぺこぺこと頭を下げる。声にならない声で、ごめんなさい、と謝ってくる。

よく見たら、郁の着ているショート丈のコートとズボンが土に汚れていた。

「お前、もしかしたら転んだのかよ？」

郁が困ったように微笑んだのを見て、陶也は（まじかよ）と呆れた。

「信じらんねえ……ガキじゃあるまいし、お前って本当にトロいな」

転んだから待ち合わせに遅れたらしい。こんな生き物が二十歳を超えているとは思えず、陶也は辟易《へきえき》した。

「……昼、レストラン予約してたんだけどな。そのナリじゃ入れないな」

わざと大げさにため息をつくと、郁はまた焦ったようにぱくぱくと口を動かした。その様子から、ごめんなさい、とかどうしたらいいですか、と言っているのはわかったが、陶也は取り合わなかった。

「いいよ、予約キャンセルするから」

わざと不機嫌に言い、カード会社のコンシェルジュサービスに電話をして予約を取り消す。その間、郁はおろおろとしている。しかし陶也には、ちらりともかわいそうだという気持ちは浮かばなかった。むしろよけいにうっとうしくなった。

「車に乗れよ。転ぶなよ、面倒だから」

すげなく言うと、郁は慌てて助手席に回った。陶也のように大きな体の持ち主でも余裕を持って乗れる大きな外国車だ。助手席におさまると、郁の体は実にちんまりしていた。

(俺は早まったか？　こんなに面倒くさい相手だとは……)

既に陶也はそう思っていたが、一応、デートは続けるつもりだった。どうせ暇なのだ。

「で？　お前はどこか昼飯で行きたいとこあるか？　連れてくから、希望言えよ。その汚れた服でも入れるとこにしろよ」

そう言うと、郁はしばらく考えはじめた。郁のペースは陶也にはひどくのろく感じられる。数秒待ったらもうイライラして、陶也は「早くしろ」と急《せ》かした。

郁は困ったように微笑んで、そうっと指を伸ばしてきた。陶也がハンドルに置いていた手の甲に人差し指を乗せると、郁は行きたい店の名前を書いてきた。


(なんだって俺がこんなとこに来なきゃならねえんだよ)

陶也はうんざりした気分で、脂《あぶら》っこい匂いのする店内を見渡した。

郁が行きたいと言った場所は、庶民にとっても実に安い、外資系のハンバーガーチェーン店だった。けばけばしい外装に、いかにも添加物満載といったハンバーガーや炭酸飲料がメニューの中心で、陶也は来たことがないわけではなかったが、基本的にはこの安っぽい味は苦手だった。

店内には、やはりロウクラスが多い。ハイクラスの陶也は珍しいらしく、入店した時には一斉《いっせい》に注目を浴びた。

そのうえどうやら、郁はこういう店は初めてのようである。

「ご注文はお決まりですか」

ロウクラスの女性店員は、突然現れた陶也に頬を染めながら訊いてくる。

「おい、どれにするんだ？」

陶也は自分の横でメニュー表を一心に見つめている郁に訊いた。郁は口が聞けないのだから、当然自分が頼んでやらないといけない。

郁は陶也を見上げ、嬉しそうに一番スタンダードなハンバーガーセットを指さした。飲み物は、サイドは、と陶也が訊いてやる。郁が指さすものを店員に伝え、自分は一番大きいバーガーセットを頼んだ。味はともあれ、腹は減っているから満たしたい。

（こいつ、着てるもの見る限り金がないわけじゃないだろうに、なんだってこんなもんおごるのもばかばかしい金額だったので、陶也はデートとなれば相手に払わすことなどないのだが、ここでは郁が差しだしてきた千円札を返さなかった。

大体、陶也はカードで支払いをするので、普段現金などほとんど持ち歩かない。しょっぱなからペースが狂い、なんとなく不愉快だった。しかし眼の前の郁は、嬉しそうにしている。小さな口で、一本一本フライドポテトを食べ、それがまたうんざりするほど遅い。陶也が食べ終えても、まだ半分も食べきっていない。

「あ、あ」

待たせていることに気づいたらしい郁が、意味不明の声を漏《も》らすと慌てて食べ始めた。

しかし陶也はいいよ、と言った。

「ゆっくり食えよ。喉に詰まって倒れられたら困る」

喫煙席に座っていたので、煙草に火をつけると、郁はじっと陶也を見つめていた。なんだよ、と陶也が振り向くと、郁はとろけるような優しい笑みを浮かべて、唇を、

『あ、り、が、と、う』

とゆっくり動かした。陶也は眉をしかめて顔を背けた。

嬉しそうな郁を見ると、うっとうしく、面倒な気持ちになる――そして同じくらい、自分でもよく分からないこそばゆい奇妙な高揚《こうよう》を感じた。

ただ陶也はその気持ちを見ないようにしていたから、それがなにか、考えもしなかった。

陶也にとっては苦痛きわまりないファストフード店を出ると、すでに一時間が過ぎていた。喋れない郁を相手に会話などなかったのに、食事に一時間である。これはひとえに郁の行動が遅いせいだった。

（ハンバーガー食べるのに、一時間かよ）

陶也はそれだけでかなりイライラしていた。

郁を車に乗せ、とりあえず手近な駐車場に車を入れて、よく行くインポートのブランドショップに入った。陶也にとってのお決まりのデートコースだ。

高級レストランを予約して、ブランドショップでなにかプレゼントをし、夜景を見ながら食事をして、ホテルへ行く。そして翌朝はドライに別れる。郁とはセックスをするつもりはないが、最後のホテル以外はお定まりのコースに乗っ取るつもりだった。

（こいつは垢抜《あかぬ》けてはないが、着てるもんは値段がよさそうだからな……）

誰が選んでいるのか、郁の服装はいかにもお坊ちゃま然としたお利口な雰囲気の服ばかりだ。ショート丈のコートも外国の老舗《しにせ》ブランドのもので、それにおとなしいチェックのズボンなど穿《は》いている。どちらにしろ、実にリーガルなラインだった。

「お前、多少遊び心みたいなのつけたら？」

陶也は派手めのブランドショップに連れて行き、色目の強いシャツや文字盤が特殊な時計などを見せた。郁はファッションには疎《うと》いらしい。陶也が見せても、なんとなく困ったような顔をしていた。

「七雲様、お待ちしておりました」

陶也と顔なじみの店員が、御用聞《ごようき》きのためにすっと後ろに控える。

「今季の新作で、彼に似合うものがなにかあるか？」

陶也が訊くと、店員は郁に合いそうなものを見立てて持ってくる。

「ほしいものは？」

陶也が訊くと、郁は困惑顔になった。時計やシャツを合わせてやり、買ってやると言ってもぶんぶんと首を横に振られ、陶也は気分が悪くなった。

「なんだよ、買ってやるよ。それとも他にほしいものがあるのか？　汚れたみたいだから、コート買ってやろうか」

数十万もの値札を見た郁が顔を真っ青にしたが、それも陶也には気にくわなかった。

結局何店舗か回ったものの、郁はどこに連れていっても遠慮するばかりで、店員の前で恥をかかされたような気分になり、陶也はだんだん腹が立ってきた。

（普通は喜ぶもんだろうが。恋人らしいことの一つでもしてやろうと思ったのに）

わざわざ連れてきた自分が、バカらしくなってくる。

「服や時計がいらないなら、車か家でもやるか？」

どこにいっても郁がなにもほしがらないので、陶也は店を出たところで思わず訊いた。

郁は困惑した顔で首を横に振り、口をぱくぱくと動かしたが陶也にはなにを言っているのか分からなかった。

「なに言ってんのか分かんねえよ」

　ぶつけるように言うと、郁が慌ててノートを取り出す。けれどそれももたもたと遅くて、陶也は大げさにため息をついた。郁の小さな肩が、それに怯《おび》えたようにぴくんと動く。

「あら、買い物？」

　その時、声をかけられた。モデルのように背が高く、日本人離れした顔立ちの女が一人、たった今陶也が出てきた店から同じように出てきたところだった。彼女はハイクラス種の女性で、何度か寝たことのある知り合いだ。カジュアルなジーンズ姿に顔を半分覆うような大きなサングラスをかけているが、持ち物はどれも値が張るブランド品でかためている。

「……今日の恋人はずいぶん可愛いじゃない」

　隣に立っている郁を見ると、彼女はまっ赤なルージュをひいた唇で、くっと笑った。並ぶと、彼女より郁のほうが小さい。郁は一瞬気後《きおく》れしたように大きな瞳をしばたたいたが、すぐに微笑んでぺこりと頭を下げた。

「そのコート、去年の商品でしょ？　弟が同じの持ってるわ。といっても、弟は十二歳だけど。キッズサイズしかないと思ってたけど」

　冗談とも厭味ともとれる発言をしながら、彼女は郁の汚したコートをニヤニヤと見た。普通なら腹をたてるか厭味を言い返すものだが、喋れない郁はただ微笑んでいるだけだった。陶也には、その郁の態度が気に障《さわ》った。こんなことを言われて笑っているだけとは、頭の中身が相当おめでたいのだろうと思ってしまう。

「ね、これからクラブに行かない？　今日、あたしの知り合いが回すの。そこの子も来たらいいわよ」

彼女はきっと、陶也の連れているロウクラスが珍しく面白いのだろう。そんな誘いをかけてくる。クラブなど行っても、陶也はもうちっとも楽しめない。しかしこの時は、郁に意地悪をしてやりたいような気持ちが湧きあがった。

「……そうだな。郁、行くか？」

訊くと、郁はクラブの意味も分かってないらしく困ったような眼をした。女は陶也の腕にしなだれかかり、郁へ身を乗り出した。

「行きましょ。陶也と付き合うなら、ハイクラスのあたしたちと同じ遊びをしなきゃ」


クラブは、そこから車で五分ほどの距離にあった。

日が暮れたばかりの時間帯で、まだ店内はさほど混んでいなかった。中にいるのはハイクラス種ばかりで、アップテンポな曲が大音量でかかっている。カウンターで酒をもらい、ボックス席に入ったが、その時にはすでに郁は緊張と戸惑いでおろおろしていた。

「陶也にこんな可愛い恋人がいたなんてね」

女は面白そうに言い、それでいて陶也にべったりとしなだれかかったままだ。郁はそれが気になるらしい。甘いカクテルのタンブラーを両手で包み持ちながら、ちらちらと陶也と女を見ている。その小さな顔には、張り付いたような笑みが浮かんでいるが、困っていることはすぐに分かった。

(俺と付き合いたいんなら、これくらい合わせられねえとな)

陶也はそう思って満足した。昼食でもブランドショップでも、ことごとくペースを乱されたせいで高まっていた苛立ちは、困っておろおろしている郁を見ているうちにだんだんおさまってきた。

なぜか郁がもっと傷ついている顔が見たくて、陶也は女の腰に腕を回し赤い唇にキスをした。女は笑いながら、陶也の舌に舌をからめてくる。

郁はとたんに青ざめ、大きな黒い瞳を悲しそうに潤ませた。小さな唇がかわいそうなくらい震えているけれど、陶也が視線を合わすと弱々しく微笑んでくる。

(なんで笑ってんだ。嫌なら嫌だと言えばいいだろ)

自分がいじめていることを棚に上げ、微笑まれると逆に腹が立つ。

「陶也じゃん。ここに来るの珍しいな」

「やだ、なに、その子。ロウクラス?」

やがて客足が増えてくると、陶也の知り合いも何人か来店してきた。彼らは陶也がロウクラスを連れていることを面白がり、同じテーブルに座ってくる。ハイクラス五人に囲まれた郁は戸惑ったような眼をしているが、小さく微笑んで律儀《りちぎ》に頭を下げている。

「陶也の今の恋人なんだって。ハイクラスの流儀《りゅうぎ》を教えてあげてるの」

女が言うと、周りは陶也そっちのけで郁にからみはじめた。

「じゃあ郁ちゃん、まずは酒を飲まないと。これくらいすぐに飲めなきゃ、陶也の相手はつとまらないよ？」

男に煽《あお》られ、郁は「そうなのか？」というような眼で陶也を振り向いた。そんなわけがない。たんに男は郁を酔いつぶしてみたいのだ。分かってはいたが、陶也は郁の視線を無視した。とたん、郁は意を決したように持っていたタンブラーの中身を空《あ》けた。

「ははは、いい飲みっぷり。可愛いじゃん。なあ、俺のお膝に座って」

べつの男が郁の細い腰をとって自分の膝にあげてしまった。郁が顔をまっ赤にし、助けを求めるように陶也を見た。

「郁ちゃん、ハイクラスのセックスは恋人でも貸したりしあうの。陶也とセックスしたいなら、俺らともセックスしなきゃ。陶也はそういうの好きだもんなあ？」

男は適当なことを言い、郁がわずかに身じろぎしたのを抱き込んで封じてしまう。郁は大きな眼に「そうなの？」「そうなの？」という疑問を浮かべている。陶也はそれも無視したが、なぜか急にイライラしてきた。

そんな陶也の気も知らず、女が二人、男たちの言動を裏づけるように、

「そうよう。郁ちゃん、あなたの恋人、今は貸してね」

と言って、対面になって膝に乗り上げてくる。郁の眼には傷ついたような色が浮かんだが、観念《かんねん》したのか納得したのか、抵抗をやめておとなしくしている。とたん、郁を膝に乗せている男が郁の薄い胸と腰を撫ではじめた。

「あ、意外とエロい。それにいい匂いするねえ、郁ちゃん。小さいお尻に入れたいなあ」

触られた郁がまっ赤な顔をし、ぎゅっと眼をつむって震え始める。男はそれに興奮したように、郁の細いうなじにねっとりとキスをした。陶也の膝に座った女は、陶也の性器の上に自分の股を合わせるような格好で面白がるように腰を揺らしてきたが、陶也はどうしてかその女のことはちっとも頭に入ってこなかった。ただ自分でも信じられないほどの怒りが、腹の底からむかむかと湧きあがってきた。

(バカか。なんなんだあいつは。簡単に言いくるめられやがって)

郁の単純さに呆れ、そして今男におとなしく触らせている郁に吐き気がするほどむかついていた。まっ赤な顔で震えているくせに、されるがままになっている郁がなにを考えているのか陶也にはまったく分からない。分からなくて腹が立った。

とうとう、男が郁のシャツをたくしあげて中に手を入れた。直《じか》に肌を触られても、郁は耐えていたが、だんだん息が荒くなっている。男は腰を振って、衣服越しに自分の性器を郁へ押しつけ始めた。

突然、陶也は我慢ならなくなった。

「おい、もうそのへんで……」

やめろ、と言いかけた時だ。郁を触っていた男が「あれ？」と素《す》っ頓狂《とんきょう》な声を出した。

同時に、郁の頭ががくりと前のめりに倒れる。

「あれ？　郁ちゃん？　ありゃ……陶也どうしよう。この子、気絶しちゃった」

男は拍子抜けしたように、郁に触るのをやめて衣服の乱れを正した。郁はぐったりとして、苦しそうに荒い息をしている。

「やだ、熱があるわよ。陶也、病院につれていきなさいよ」

悪のりしていた女たちもすっかり興が冷めたらしく、気を失った郁の体は不要になった人形のように、無遠慮に陶也の膝の上に投げ捨てられた。

（なにやってんだ、こいつ……）

気を失っている郁を見て、陶也は唖然《あぜん》とした。どうしてここで倒れるのか。

「おい、お前なにしてんだ、起きろ――……」

陶也は郁を起こそうとうなじに触れて、ハッとなった。まるで焼かれたように熱かった。

不意に郁は薄く眼を開き、小刻みに震えながら口を動かした。薄い唇の間に、金魚のように赤い舌がちらついて、その瞬間どうしてか陶也は息を詰めた。

郁は繰り返し、同じ言葉を言っている。ごめんなさい、と言っているようだ。他にもなにか言っているようだが、口の動きだけでは、はっきりとは分からない。

「分かんねえよ、なに言ってるんだ？」

郁の言葉が分からないことに妙な焦燥《しょうそう》を感じて、陶也は舌を打った。やがて糸が切れたように、頭を仰向《あおむ》けにがくりと落とし、郁は本当に気を失ってしまった。


（なんなんだ、一体？　なんでいきなり熱出してんだ。なんでいきなり、倒れるんだ？）

陶也にはわけが分からなかった。分からないまま、もうすっかり郁に興味を失ってしまった身勝手な知り合いたちを置いてクラブを出た。その頃には得体《えたい》の知れない怒りで、陶也はすれ違う人間も街もすべて破壊してまわりたいほどの嫌な気分だった。

とりあえず郁の小さな体を抱き上げ――驚くほど軽かった――陶也は、他に思いつかず、兄の秘書である刺野に電話をし、住所を告げてクラブの出入り口前まで来てもらった。

ちょうど都心に用事があって出ていたらしい刺野は、すぐにやってきた。刺野の乗ってきた車の助手席に郁を寝かせると、郁がロウクラスだからだろう、刺野は一瞬驚いた表情を浮かべたものの、その後はいたって平静に郁の様子を調べ始めた。

「……発熱されてますね。お酒が飲めない方なのに、飲まれたのが原因でしょうか。このお洋服の汚れは？」

「待ち合わせに来る前に転んだと言ってたけどな。それがなんだよ？」

陶也はひどくイライラし、つっけんどんな調子で言った。

刺野は「ちょっと失礼いたします」と、郁のズボンの裾《すそ》をたくしあげ、やがて「ああ、これですね」と声を漏らした。陶也が見ると、郁のほっそりした白い脛《すね》に擦《す》り傷ができて血がにじんでいた。

「……転んですりむいたんだろ？　それがなんで発熱して倒れる原因になるんだ」

「炎症しています。彼は……この身なりはカイコガの方ですね。カイコガの方は、通常より非常に体が繊細なのです。転んですぐに消毒しなかったので傷が炎症し、お酒を飲まれて体がついていけなくなったのでしょう」

陶也は言葉を失って、ぽかんとした。

（……すりむいて酒飲んだら倒れる？　その程度で？　じゃあなんですぐに病院に行かなかったんだ？）

考えられるのは、陶也との待ち合わせに遅れていたから、だろう。

バカか、メールでもなんでもすりゃよかったろ、と陶也は思う。酒だって、飲めないなら飲めないと断ればいいのだ。

「とにかく病院に運びましょう」

刺野はそう言って、郁の衣服を直している。陶也は言葉にならない疲労を感じた。

「……お前一人で連れて行け。俺はいい。眼を覚ましたら、適当に家に送ってやれ」

気がつくと、陶也はそう言っていた。刺野がちらりと陶也を見た。なぜか非難されているように感じたが、もうこれ以上郁とかかわるのが面倒だったし、嫌だった。すりむいただけで発熱して、失神するような弱い生き物を陶也はこれまで一度も見たことがなかった。ハイクラス種が本気になれば、たった数秒で押さえつけて好きにできるほど、弱い生き物。その弱さにどう対処していいのかもよく分からないし、対処したいとも思えない。陶也は弱さなど好きになれない。

刺野がおとなしく「分かりました」と引き下がり、ついでなので、とマンションの空き室の鍵を渡してきた。陶也が以前、篤郎に頼まれていたものだ。

とにかく一刻も早くこの場所を離れたくて、陶也はまるで郁から逃げるようにタクシーを拾った。

いや、そんなんじゃない、逃げたわけじゃない、と陶也は胸の内で否定した。

（やっぱりロウクラス相手なんざ、無理だ。俺と違いすぎる……）

頭の奥になにか晴れない黒い靄《もや》のようなものがかかっていたが、その靄がなにかは分からなかった。

「お客様、どちらに行かれますか？」

運転手に訊かれたのと同時に、携帯電話が鳴った。刺野かと思ったが、ディスプレイに表示されていたのは知らない番号だ。運転手を待たせて出ると聞こえてきた声は篤郎のものだった。

「携帯、変えたのか？」

訊くと、篤郎が『足がつかねえようにさ』といつものへらへらした調子で応える。

『陶也さ、こないだ頼んだ話、どうなった？　二日か三日でいいから匿ってくんね？』

ちょうど、刺野から鍵を預かったところだ。陶也は「いいぜ」と了承した。

不意にこの苛立ちを、篤郎で晴らしてやれという気がした。

「今から指定するホテルに来られるか？」

陶也がそう言うと、篤郎が嬉しそうな声を出した。

『……まじで？　行くよ。陶也大好き。ひどいことしてくれ』

こいつ、今もラリってんじゃねえか、と思いながら陶也はやっと少し、気持ちが落ち着くのを感じた。

——愛のないセックスと好色、こいつは俺が好きといいながら自分のほうが可愛いだろうし、俺もそうだ。俺も、もし自分のほうが危なくなったなら、今この瞬間にもこいつを売ることができる。

それでいい、そのほうが落ち着くと、陶也は思う。

眼を細めて嗤い、陶也は近場のホテルを指定した。

篤郎とホテルで二時間半ほどセックスをし、鍵を渡して別れた頃には、陶也はいつもの自分のペースを取り戻し、不可解な苛立ちはかなり和《やわ》らいでいた。

自宅マンションの前でタクシーを降りると、霧のような雨が降りしきっていた。

正面ロビーに入りかけた陶也は、思わず足を止めた。霧雨《きりさめ》の中、うっすらと髪を濡らした郁がロビーの前に立って待っていたのだ。

それを見たとたん、忘れていた怒りがぶり返してきた。

（なんでいるんだ？）

郁は小さな体を寒そうに縮こませて、ロビーからの明かりを横顔に受けて震えている。まだ熱があるのか、顔は赤い。所在なげな様子が、まるで捨てられた子猫のように見えた。

やがて郁は陶也を見つけ、こんな時でも春の陽が射しこむように優しい笑みを浮かべた。会えて嬉しい、という顔だ。

不意に、陶也は苦い気持ちになる。苦いだけではない、熱くたぎるような怒りでもある。この気持ちごと無視してしまいたくて、なにも言わずに横をすりぬけようとしたら、郁は慌てた様子で陶也の腕に触れてきた。細い指先がかじかんでまっ赤になっていた。そんなことにさえ腹が立ち、陶也は冷たい眼差《まなざ》しで郁を睨み下ろした。

「なに？　お前、具合悪いんだろ？　家に帰って寝ろよ」

郁は困ったような顔で、ぱくぱくと口を動かしている。必死な姿を見ているうちに、陶也の中で怒りが頂点に達した。

「あのなあ、お前、なにか言いたいことあるなら紙に書け、メールでもいい。俺が努力しなきゃなんねえのか？　面倒くさいんだよ」

面倒くさい――。

口にしたとたん、その気持ちは陶也の胸中ではっきりと形になった。暇つぶしと思って付き合ったものの、たった一日で陶也は辟易していた。郁が陶也に合わせられないなら、この付き合いを続ける気はない。

さっさと帰れ、と言って陶也は郁をはねつけ、マンションの中に入った。セキュリティのため、住人以外は入ってこられないマンションだから、郁はガラスの自動扉の向こうで立ち往生《おうじょう》している。それを尻目に、陶也はエレベーターに乗り、自室に戻った。

せっかく忘れていたのに、また自分に苛立ちを思い出させた郁がうっとうしい。

（ああもう、やめだやめ。もう別れよう。考えるのも面倒くさい）

しかし部屋に着いたところで電話が鳴り、陶也はイライラしながら通話ボタンを押した。相手は刺野だった。

「なんだ？　あのロウクラスのことなら、特に報告は必要ない」

陶也は切り捨てるように言ったが、刺野のほうは気にした様子もなく続けた。

『家にお送りするとお伝えしても断られましたので病院からタクシーにお乗せしました。陶也さんのご自宅の住所を確認されましたが、お会いになられましたか？』

刺野は兄の秘書であり、陶也の秘書ではない。だから、陶也の命令をなんでもきくというわけではない。そのせいか、かまわず郁のことを報告する刺野にはむかついたが、陶也は「来たよ」と応えた。

「追い返した。それだけか？　それだけなら切るぞ」

刺野は電話の向こうでしばらく黙った。それから『飼い犬を……』と言ってきた。

『飼い犬を、ちょっと飼ってみて思っていたのと違う、とすぐに棄《す》てるのは子どものすることですね』

陶也はむっとした。

「なにが言いたい？」

『大人の男として、少々度量が狭いように感じます。それだけでございます。こんな雨のなか追い返されては、カイコガの身で、どこでまた倒れられるか……』

それではよい週末を、と言い残して刺野が電話を切ってしまい、陶也は切った電話を衝動的にベッドに投げつけていた。それから、腹立ちまぎれに玄関へとって返し、傘立てから ひったくるように傘をとる。

（タクシーでも呼んで乗せりゃいいんだろ）

仕方なくもう一度エレベーターに乗り込み、一階に降りる。しかしロビーを抜けると、もう郁はいなかった。

（一応降りてやったんだ。もういいだろ）

そう思って引き返そうとしたが、その時、マンションのコンシェルジュが「七雲様」と言ってカウンターから出てきた。

「先ほどまでマンションの外で待たれていた方から、ノートをお預かりしましたが……」

コンシェルジュの眼に、やや責めるような表情が浮かんでいるのを陶也は見た。このコンシェルジュは陶也と同じハイクラスに属しているはずだが――とはいえタランチュラのようにハイクラス上位者ではないが――雨に濡れながら待っていた郁に知り合いでもないのに同情し、陶也が追い返したことに小さな憤《いきどお》りを感じているらしい。

（知るか。あいつが勝手にやったことだろ）

そんなことにも腹を立てながら、陶也は差し出されたノートをひったくるように取った。

それは雨に濡れたらしく、湿っている。開くと、一番最後のページに郁からの伝言が書かれていた。いつもは丁寧に、美しくそろえられている字が、立って書いたからなのか、そのページだけ乱れている。

『陶也さんへ

今日はありがとうございました。途中でご迷惑をかけてしまって、ごめんなさい。いろいろと伝えたいことを、喋れないせいで、すぐに伝えられなくてごめんなさい。

でも、一緒に過ごせて嬉しかった。ハンバーガーショップは、ずっと行ってみたかったんです。ありがとうございます。とても楽しかったです。

おれが、ハイクラスの方のようにできなくて、ごめんなさい。

嫌われたくなくて謝りたくて来てしまいました。

たくさん一緒にいられて嬉しかったです。ありがとうございました。さようなら』

読み終わった後、陶也はどうしてか、もう怒ってはいなかった。郁の嬉しそうな笑顔が瞼の裏を横切っていき、そうして——いつだったか、大学構内で郁に会った瞬間毒気が抜かれて、それまで感じていた怒りが和らいだことを思い出した。あの時と同じように、陶也は拍子抜けしていた。

ノートを開く瞬間まで、陶也はここに郁のいいわけや弁解がずらずらと書かれているものと思っていた。けれど郁はそんなことはなにも書いていない。謝罪の他にはありがとうと、嬉しかったと、さようならと書いてあるだけだ。

嫌われたくないと言いながら、嫌わないでとは書かずに、さようならと書いている。

（なんだそりゃ。自分から、別れるつもりか……？）

セックスだけのつもりが、なぜか相手だけが本気になってしまってすがりつかれた経験は、陶也にもある。陶也は郁がそれと同じようにすがってくるのだと思っていた。それなのに郁は、あっさりと身を引いた。

ハイクラスのようにできなくてごめんなさいと書いているから、クラブで男に触られるのを我慢していたのは陶也のためだったのかもしれない。

だがそうだとしても、陶也には郁がなぜそこまでするのか分からなかった。

（俺といて、そんなに楽しかったのか？）

ハンバーガーショップに行ったくらいで、べつになにか大したことをしたわけでもない。ブランドショップでは、郁は始終困った顔をしていたし、だから陶也は腹が立って郁をいじめたくなった。けれどブランドショップに連れて行ったのは、ただ単純に、

（……喜ぶかと思ったんだよ）

今まで適当に付き合ってきた、ハイクラスの男女のように。

（いじめたのだって、べつに倒れさせるつもりはなかった。それに……）

あの男に本気で郁を渡すつもりもなかった。なぜか、男に触られていた郁を思い出すと陶也の胸には怒りが湧き、その後倒れた郁を思い出すと胸の奥がしぼられたように息苦しくなった。自分がこんな感情になる理由が陶也には、分からない。

陶也はためらった後、マンションの外へ出た。住宅街にあるマンションだから、正面の道路をタクシーが通ることは稀《まれ》だ。大通りに向けて歩いて行くと、その途中で、うずくま

っている郁の姿を見つけて、陶也はどきりとした。

細かな雨に打たれて濡れそぼった髪が、街灯に照らされて白く見える。

「おい」

迷った末に声をかけて屈《かが》みこむと、郁はまっ黒な目を大きく瞠った。街灯の光がその瞳に差しこみ、きらきらと輝いて見える。

郁は驚いたように、陶也を見つめている。赤い唇を小さく動かしてから、郁はなにか思い出したように鞄の中を探った。メモとペンを探しているのだろう。ついさっき、口で言っても分からないと陶也に言われたことを、気にしているのかもしれない。

(こいつはなんで、俺なんかを好きなんだ?)

不意に陶也は、分かりたい、と思った。

この不思議な生き物がなにを考えているのか、知りたいと。

気がつくと、陶也は「いいよ」と郁のメモを探す行動を止めていた。

「後でいいから。冷えただろ。家にあがって、温まってから帰れよ」

そんなことを言うつもりなんてなかった。家にあげるつもりも、もちろんなかった。けれど陶也はそう言っていたし、いつの間にか、郁の細い背中に腕を回し、抱き上げるように立ち上がらせていた。

三

陶也は都内に、数軒のマンションを持っている。それに、カード会社のコンシェルジュに電話をすれば、一流ホテルのスウィートをすぐさま押さえてくれる。だから自宅にセックスの相手を入れたことはなく、幼なじみの兜などごく限られた知人をあげたことがあるだけだ。もちろん、郁を入れる予定など初めからまったくなかった。

それなのに陶也は郁を部屋に連れて行き、風呂に入らせた。

風呂上がりの郁に温かいミルクをやり、ソファに座らせて着替えも貸した。郁には陶也のバスローブは大きすぎて、腰のベルトを二重に巻いている状態だった。その間にランドリーサービスを頼み、郁の衣服を出した。できあがるまでに少しかかるらしいから、それまで部屋で待っていろと言ったものの——陶也は自分で自分の行動に困惑していた。

（なにしてんだか、俺は……）

けれど郁に対する怒りは、今はもうなかった。小さな体をソファの上にさらに小さくし、マグカップを両手で持って少しずつ飲んでいる郁の姿はちょこんとしていて、邪魔には思えない。陶也は自分にはコーヒーを淹《い》れて、少し迷った後、郁の隣に腰を下ろした。陶也を見上げて、郁は申し訳なさそうに微笑んでいる。

しばらく沈黙が続いた後、陶也はしぶしぶ、郁がマンションのコンシェルジュにことづけていたノートを取り出した。郁に見えるようにページを開くと、陶也はそこに『俺と別れたいのか?』と書いた。

郁はびっくりした顔で、けれどすぐに悲しそうに眉を寄せて頭を横に振った。

無言でペンを差し出すと、ややためらいながらマグカップをテーブルに置き、郁は陶也が膝に乗せたままのノートに返事を書いた。

『別れたくありません。もっと一緒にいたい。でも、今日一緒にすごして陶也さんはおれとはいられないと思ったでしょう』

その通りだった。

しかし郁がそれに気づいたことよりも、あまりにストレートに『一緒にいたい』と書くことに陶也は驚いた。郁の手からペンを取り、陶也はそれに対する返事を書いた。

『正直、お前の考えてることは分からない。俺とお前は違いすぎると思ったし、お前は俺がしてやろうと思ったことは迷惑だったみたいだな』

陶也は返事を促《うなが》して、郁にペンを渡す。

『お買い物の件ですよね。でも、買ってほしいものがなかったんです。おれはただ、陶也さんと過ごすのが楽しくて……陶也さんがほしいものを一緒に選ぶほうがよかったです』

おとなしそうな外見だし、悩みながらゆっくりではあったけれど、郁はやはりとてもストレートに自分の気持ちを書く。喋れないぶん、言葉を弄《ろう》して飾るということを、もしかしたら知らないのかもしれなかった。

『クラブで男に触られるのは、よかったのか？』

陶也はやや意地の悪い訊き方をした。郁は青い顔になった。

『違います。だけど我慢できないと、陶也さんに嫌われると思って。ハイクラスの方は、我慢するんでしょう？』

『あんなもの、あいつらの嘘に決まってるだろう。次からは断れよ』

『はい。ごめんなさい。陶也さんは不快だったでしょう』

陶也はぎくりとした。郁を触られて、陶也は不快だった——不快だったのだと、今気がついた。それを言い当てられて、なぜか気まずくなる。しかし郁はその後、

『大事なお友達に、ロウクラスのおれと付き合っているのを知られて』

と続けたので陶也はなかばホッとし、なかばムッとした。

（なんでそうとる。俺が知られたくないって言ったかよ）

けれど陶也は、その気持ちは書かなかった。

『ハンバーガーショップ以外なら、どこに行きたいんだ？』

陶也がそう書くと、郁は不思議そうに眼をしばたたいた。少し困惑したように陶也を見つめ、返事を書きあぐねている様子だ。だから陶也は郁の手からもう一度ペンを奪い、

『次はお前の行きたいところに行ってやるよ』

と書いた。郁は大きな眼を、ますます大きく見開いた。

『また会ってくれるの？』

ペンを渡すと、郁が震える字でそう訊いてくる。陶也はうんとは言わない。うんとは言わずに、

「お前、俺が好きなんだろ？」

と質問で返した。郁は白い頬を赤く染め、黒い瞳を潤ませた。その表情が郁の気持ちを雄弁《ゆうべん》に語っている。けれど陶也はそれだけではなく、もっとはっきりと郁から気持ちを引き出したかった。だからノートに『俺が好きなんだろ？』と書いた。

やがて郁は小さな文字で、その陶也の字の下に、『好き』と書き加えた。

それはただの書き文字でしかないのに、陶也は郁の唇から自分の耳へ、直接聞かされたような気がした――。

たとえようのない満足感が、陶也の内側にじんと広がっていった。クラブで郁に意地悪をしたら、郁が傷ついた顔をした。それを見た時に感じた胸の空《す》くような思いとは比べものにならないほど、深く温かな満足感だ。

陶也は無意識のうちに郁に体を傾け、細く頼りない顎を指で持ち上げていた。

「眼、閉じてみ」

耳元で囁くと、郁はうるうると潤んだ大きな瞳をそっと閉じた。薄い瞼がひくひくと震えている。それがとても可愛い。

陶也は優しく、翅が触れるような軽さで郁の瞼に口づける。そうして次に、赤い小さな唇をゆっくりと食べるように自分の唇で挟んだ。

郁の細い肩が、ぴくりと震える。少し体重をかけただけで、郁の体は呆気なくソファに倒れ込んだ。肩を抱くとあまりに小さくて驚いた。口を開けて重ねると、郁の唇は陶也の唇の中に簡単にしまいこめたし、腕を回すと細い体はすっぽりと収まってくる。こんな相手を抱いたことはない。

性欲の対象でさえないはずの、子どもっぽい体。けれど厚い舌を口の中に差しこみ、そっとかき回し、可愛い歯を撫でるように舐めると、郁が「ん……」と息をもらした。

その瞬間、陶也はごくりと唾を呑んでいた。熱いたぎりを下半身に感じ、性器がどくりと脈打って硬くなる。

一瞬我を忘れかけ、郁が着ているバスローブの合わせ目にそっと手をかけたその時――部屋のインターホンが鳴り、陶也はハッとなって飛び起きた。

『七雲様、クリーニングができあがりましたが』

ドアホンを取ると、コンシェルジュからの連絡だった。ランドリーサービスに至急で依頼した郁の衣服が洗い上がってきたらしかった。

「服ができたとさ。今もらってくるから、着替えろ。タクシー呼んだら帰れるな？」

振り返ると、郁は耳まで赤くして恥ずかしそうに微笑み、こくこくと頷いている。乱れた襟元《えりもと》をきゅっとおさえている、その手までが赤くなっていて、陶也はなんとなく見てはいけないものを見たように、眼を逸《そ》らしてしまった。

タクシーに乗せて、郁の住所を告げて送り出した後、陶也はしばらくマンションの外で細かな雨に濡れていた。先ほど抱き寄せた時の、郁の細い体の感触が腕に蘇る。

（……ばかばかしい。ちょっと気分がおかしくなっただけだろ）

陶也は自分の中に湧き上がってきた不可解な感情を、そう片付けた。

「いや……まさか陶也クンが郁ちゃんとここまで続くとは思わなかったよ」

午後の授業が終わった後、同じ授業をとっていた兜がそうため息をつくのを陶也は聞き流していた。

「一回くらいデートしてあげてとは思ったけどさあ。もう三週間でしょ？」

季節はすっかり秋を過ぎ、冬の入り口にさしかかっている。街中にはクリスマスソングが流れ、繁華街に大きなツリーが出現した。街ゆく人も薄手のコートから冬用の分厚いコートに着替え、大学も冬休み前の試験が始まろうとしている。

陶也はこの頃、ほぼ毎日郁と会っている。セックスこそしないが、付き合いは一応のこと続いていた。

「どういう風の吹き回し？　正直陶也クンが、ロウクラスの子と、それこそ恋人なんて一日ももたないと思ってたんだけど。やっぱり郁ちゃんがそれほど可愛かった？」

ニヤニヤして訊いてくる兜へ、陶也は「まさか」と素っ気なく返した。

「暇だからだよ。あいつは無理な要求もしてこねえし、言うこときくし」

「ふうん……、毎日公園やカフェで仲睦《なかむつ》まじくお話ししてるの見るけどねえ。ま、そういうことならそれでもいいや」

兜が広い肩を竦め、陶也はもう兜を無視してポケットから携帯電話を取り出す。教室の外に出ると、廊下に授業を終えた学生たちが溢れている。携帯電話にはメール受信のマークが出ていて、開けると、やはり郁からだった。

『授業お疲れ様です。いつものカフェで待っていますね』

短いメール。陶也はなにも返さず、ポケットに電話をしまった。

「返してあげないの？」

「必要ねえだろ、返さないのは了解って意味なんだから」

「そういうとこは陶也クンだねえ。それで、ちょっとは澄也クンの気持ち、分かった？」

兜に訊かれて、陶也は顔をしかめるだけにした。

郁と付き合って三週間――なにをしているかというと、実のところなにもしていない。毎日会ってはいるが、近くの公園やカフェで二時間ほど一緒に過ごし、郁の時間が許せば陶也の家に来て夕飯をともにし、夜の十時前には郁の家に送っていく。

そうやって過ごすことを郁はとても喜んでいるようだし、陶也も面倒が少なくていいと思っている。面白いかと訊かれるとよく分からないが、少なくとも退屈はしていない。郁は陶也とは違いすぎて、いまだに驚かされることが多いせいだ。

しかし澄也の気持ちが分かるかというと、陶也は郁の考えや生活態度に驚くことに忙しく、そこまで頭が回らなかった。もっとも、理解できなくてもいいと思っている。

とはいえ、この三週間、郁と近しく過ごして分かったことは多かった。

郁はやはり家が裕福らしい。母親の再婚相手である『蜂須賀』の継父はオオスズメバチで、ハイクラス種。大きな会社を経営しているという。そして郁のことを、とてつもなく可愛がっているようだった。

陶也が驚いたのは、夜八時を過ぎると必ず郁の携帯電話に継父からの連絡が入ることだった。郁が丁寧に返信をしても、心配らしく何度もメールが送られてくる。女でもなければ子どもでもないのに、郁には門限があった。夜十時を過ぎると継父がひどく心配するのだという。

　そこで、陶也は毎晩十時を過ぎないように郁を自宅へ送ったが、たしかに蜂須賀の家は大きな洋館で金には困っていないようだった。

　けれど郁は、その継父へ複雑な感情を抱いているのだという。

『普通の二十三歳なら経験していてもおかしくないことも、父はさせようとしないんです。それが時々、息苦しく感じて……』

　陶也は最近よく利用している、大学近くのカフェで、郁と並んで座っていた。

　二人の会話はノート越しなので、向かい合うより隣り合ったほうがいい。店内は若者のお喋りの声で溢れているが、郁と陶也だけは喋らずに書いて会話をしている。そうすると陶也には、自分の周りの音がどんなに大音量でも遠のいて感じられ、不思議と気持ちが落ち着いていく。

『じゃあお前の継父に言えばいいだろ？　もうちょっと自由にさせろって』

　陶也が郁の字の下に書くと、郁は困ったように微笑んだ。

『父は愛情深い人なんです。でも、おれのせいでもう一人の息子とうまくいってなくて』

「もう一人の息子って？」

　陶也が思わず声に出して訊くと、郁は『お父さんの連れ子です。ちゃんとしたハイクラスで、血はつながらないけどおれの弟です』と書いた。

「それとお前がどう関係してるんだよ」

『お父さんはおれやお母さんを愛してくれるあまりに、同じハイクラスの息子には厳しくなってしまって……それで弟はお父さんに反抗して』

陶也はそれ以上聞かずに、ふうんと相づちを打った。そんなものか。しかし、その息子の気持ちは想像がついた。

（つまり、いじけたわけだろ……自分の親が自分よりロウクラスを可愛がるから）

ふと陶也の脳裏には、いとこの澄也の姿が浮かんだ。自分よりロウクラスを選んだ澄也のことが……。

郁に視線を戻すと、郁はなにか思うようにじっとノートを見つめている。

『で、なんでお前がそれで、継父に遠慮するんだ？』

陶也には本当によく分からなかったから、ストレートに訊いた。郁はなぜだかおかしそうに微笑み、首を傾げた。

『おれがいなかったら、おれのもらってる愛情は弟だけのものだったろうから……』

「なんだそれは。妙な理屈だ。そんなたらればの話、しても仕方ないものだろ」

陶也は呆れた。郁の思い込みは筋が通っていない。しかし陶也がそう言うと、郁はやっぱり困ったように微笑んで、首を傾げるだけだった。

こういう時、陶也は郁と自分の違いを痛感する。郁の物の見方や考え方は、陶也のそれとはかなり違っていて、予想もつかない方向へ飛んでしまう。悪く言えば非合理的だし、よく言えば情け深いのかもしれない。

一番はじめに郁とデートをした日は、こうした違いを感じて苛立っていたが、今では怒りは感じない。ただ理解ができないと思うだけだ。

（こいつはどうせ、弟とやらのことも好きなんだろうな）

陶也はふとそう思う。きっとそうなのだろう、と。だから弟に気がひけて、父親に申し訳なくて、遠慮をしているのだろう。そう考えるとどうしてか、面白くない気分になった。

郁のことでもう一つ、陶也が知ったことがある。

郁はやたらと字がきれいなのだが、これはきちんと習っているらしい。喋れない郁は、将来普通の仕事にはつけない。例の継父は定職につかなくていいと言っているが、郁はなにかして働きたいと言う。そこで給料は少ないが、筆耕《ひっこう》の仕事ならできそうだからやりたい、と郁は嬉しそうに打ちあけてくれた。

『これならできる、って仕事がおれにもあるかもしれないって知った時は、夜も眠れないほど嬉しかった』

と書いた郁に、陶也はやはり驚いた。

（そんなたいそうなことか？）

と思った。陶也はなろうと思えばなんにでもなれる能力を持っているが、なりたい職業もなかった。実家の邪魔にはならないだろうという理由だけで弁護士を目指しているが、特に目標があるわけでもない。それでも、試験に通る自信はある。

陶也の部屋で一緒に食事をする時、陶也はデリバリーでよかったが、郁は作りたがった。レシピ本を持ってきて、スーパーに買い出しに行き、切ったり煮たり焼いたりの過程を子どものように楽しんでいる。

陶也は手先も器用なので、さほど料理に興味はなくても、本を見ればその通りに作れた。郁は一生懸命やっても陶也ほどは上手くない。しかしただただ、『やったことのないことをする』のが楽しくて仕方がないようだった。

三週間一緒にいて気がついたが、郁はブランド品を買うように、金で簡単にできることを喜ばない。なんでも自分でやったり、陶也がやることを手伝ったりが楽しいらしい。

陶也は素人が作った下手な料理よりも、一流シェフが作った高級デリバリーのほうがいいし、公園でボートを漕《こ》ぐよりも、ブランドショップで新作を買うほうが面倒がなくていいと思う。けれど郁が喜ぶように合わせてやることは、気がつくと苦痛ではなくなっていた。一流シェフのデリバリーより台所で一緒に料理をし、ブランドショップを巡るより公園でボートを漕ぐほうが郁が笑顔になるのだから、まあいいかと思って付き合った。

これはなにもかも暇つぶしで、いずれは郁と別れてまた自分のもといた生活に戻るのだから、一時の気まぐれ、たまのことだと、そう自分に言い聞かせて。

日も暮れて、そろそろカフェを出て陶也の家に行こうかと話していた時だった。

「あれ、陶也。それに、えーっと、郁ちゃんだっけ？」

カフェにいた客の一人が立ち上がったタイミングで陶也と郁を見つけたらしく、声をかけてきた。振り向いた陶也はとたんに嫌な気分になった。それは三週間前、クラブで郁を膝に乗せて触った男だったからだ。

「えー、驚き。陶也、まだ郁ちゃんと続いてんの？　まじで付き合ってんのか」

男が興味津々《きょうみしんしん》というように郁の顔を覗《のぞ》いてきて、郁のほうは体を竦めている。逃げるように陶也のほうに寄ってきたので、陶也は思わず郁の肩を引き寄せた。それを見た男が、眼を丸めた。

「なんの用だ、帰るんだろ。さっさと行け」

「ええ？　いや、そんな、そういうことならもう悪さしないって」

男はニヤニヤ笑いながら、口の中で「へー」「意外～」と呟いている。

「あ、そういえばさあ。abeja《アベハ》で篤郎見たって話、したっけ？」

男がふと話題を変えた。abejaとは、篤郎がよくドラッグパーティーをしているクラブの一つで、陶也も何度か行ったことがあった。

「警察から隠れてるんじゃなかったのかよ？」

陶也は三週間ほど前、郁との初めてのデートの時に篤郎と会ったきりだ。雲隠れのためにマンションを貸してやったが、あれから連絡はとっていない。郁といるからクラブに顔を出すこともなく、自然と噂話からも遠のき、篤郎がどうしているのかは知らなかった。

「それが、全員出所したって。今回のことはうまいこともみ消されたらしくって、篤郎も堂々とクラブに出入りしてるぜ。で、また乱交パーティーするってさ」

男が「電話してやってよ」と言う。

「あいつ、陶也の大ファンなんだからさ。あ、でも郁ちゃんと付き合ってんのは黙っておいたほうがいいぜ」

なにしろロウクラスが大嫌いなんだから、と付け加え、男は店を出て行った。

(誰がわざわざ篤郎と会うか……。適当なところで部屋の鍵は返してもらうけどな)

内心でそう思いながら、陶也は伝票を持って立ち上がった。けれど郁を振り返った陶也は、思わず眉を寄せた。郁は視線が定まらず、硬い表情でじっと体を縮こませている。いつも白い顔が普段以上に青ざめていて、まるで幽霊のように血の気がない。

「郁？　おい、どうした。あいつならもう行ったぞ」

以前に触られた男だから、怖かったのだろうか。

そう思ったが、郁はハッと顔をあげるとまるですがるような眼で、陶也を見つめてくる。なにか言いたげな眼差しに胸をつかれ、陶也はもう一度郁の隣に腰を下ろした。

「どうかしたか？」

「……」

郁は思い詰めた顔をしていたが、やがてノートに書き込んだ。

『今話していたクラブ？　というところに、連れてってください』

「はあ？　abejaにか？」

郁のような人間がクラブに行きたがるはずなどないと思っていたから、陶也は素っ頓狂な声をあげた。けれど郁はごく真面目な顔で、こっくりとうなずく。

『お願いします。どうしても行きたいんです。お願いします』

「……そりゃ、そこまで言うなら」

あんまり真剣な顔で頼まれて、陶也は訝《いぶか》しく思いながらも了承した。郁はホッとした顔になって微笑んだが、陶也にはどうしても違和感が拭えなかった。


陶也は車を置いてタクシーを拾い、郁と二人でクラブabejaを訪れた。久しぶりに来ると、クラブの喧噪《けんそう》は今までより一層うるさく感じられた。

まだ時間は早かったが店内は思ったよりも混んでおり、テンポの速い音楽が耳をつんざくほどの音量でかかっている。フロアにはライトと一緒に人影もくるくると踊り、煙草と酒と香水の匂いが充満していた。

郁はクラブになんの用事があるのだろう、と陶也は訝しんでいたが、案の定とても楽しみに来たという様子ではなく、入店した時から緊張した面持《おもも》ちできょろきょろとしていた。

「あれっ、陶也クン。郁ちゃん」

偶然にも、店には兜も来ていた。聞けば、また友人に誘われたのだという。陶也はちょうどいいと思い、兜に郁を預けて飲み物を取りに行った。

「お前、兜といろ。一人で動くなよ」

念を押していると、兜がニヤニヤと面白そうな顔をしている。

「結構大事にしてるんだねえ」

耳元でからかうように囁かれ、陶也はじろりと兜を睨んだ。おお怖い、と肩を竦めて、兜は郁をボックス席のほうへと連れて行った。

(大事とかじゃねえよ、一人にしたらあんな弱々しいヤツすぐ輪姦されちまうだろうが)

誰にともなく言い訳している自分に、陶也は気がついていない。

カウンターで飲み物をもらっていたら、すぐ後ろから興奮した声がかかった。

「陶也。やっぱり陶也だ。連絡しようと思ってたんだぜ」

振り向く前から、陶也には声で相手が分かった。ついさっき、カフェで聞いた篤郎が、仕組んだかのようなタイミングでクラブに来ていた。

「お前の仲間、全員豚箱から出られたって？　お前も晴れて自由に歩けるようになったらしいじゃねえか。よかったな」

陶也が飲み物を受け取り、兜と郁が待っている方角に歩いて行くと、篤郎もそれについてきた。

「へへ……親父に頼み込んだら、揉《も》み消してくれてさ。これが最後だって言われちまったけどな……、ま、おかげで自由になれたし仲間にも貸しができたからさ。またパーティーするんだ。陶也も来ねえ？」

「……興味ねえな」

こいつ、まだ懲《こ》りないのか、と陶也は呆れた。

（やっぱり性根《しょうね》からシャブまみれだな）

こんなどうしようもない男だが、父親はどこかの会社の社長らしく、これまでも何度も篤郎の不祥事を揉み消してきた、と聞いたことがある。大学もまともに行っていない篤郎でも、そのうち適当な時に父親の会社に就職し、適当に役員などに就《つ》き、金には困らないで生きていくだろう。

そんなことを考える陶也の脳裏には、ふと郁の姿が浮かんだ。筆耕の仕事など小遣い稼ぎにしかならないだろうに、自分にできそうな仕事だからと筆耕の通信教育を受けている、と楽しそうにしていた。

なんでもいい、自分で仕事をして、好きなものを買ってみたい。それが自分の夢だ――

と話していた郁。

（つまらねえ夢……）

そう思うのに、郁よりも篤郎のほうがつまらなく思えるのはどうしてだろう。郁よりも篤郎、郁よりも、自分のほうがつまらなく思える。

「あ、兜じゃん。陶也、兜と来てたの？」

ボックス席に兜を見つけた篤郎が、手を振ってそちらに近づいていく。陶也はハッとなって篤郎を止めようとした。郁に会わせたくないと思ったのだ。

「そういえばさー、親父に陶也の部屋にいたって言ったらすげえ怒られた。七雲家と付き合いあるらしいんだよ、知ってる？　うちの親父、蜂須賀っていうんだけどさ……」

言いかけた篤郎が、途中で言葉を切った。兜の横に座っていた郁が立ち上がったのだ。郁が大きな黒い瞳を潤ませて、ボックス席から篤郎のほうへ駆け寄っていく。

陶也には郁が、あつろう、と言ったように見えた。

「郁……、なんでいるんだよ」

篤郎のほうは、近寄ってくる郁と反対に完全に立ち止まっている。いつもは締まりのない笑顔を浮かべている篤郎が、今や青ざめ、やがてまっ赤になって眉をつりあげた。

「触るなよ！」

駆け寄ってきた郁がなにか言いながら篤郎の腕にしがみついた瞬間、篤郎は郁の細い腕を振り払った。思い切りだったので、郁はよろめく。それでも必死な様子で、もう一度篤郎になにか訴えていた。唇しか動いていないのに、篤郎には郁の話していることが分かるらしい。ますますまっ赤になり、歯ぎしりをして「うるせえな、俺はあんな家、帰らねえって言っただろ」と噛みついた。

郁はふるふると首を横に振り、今にも泣き出しそうな顔でもう一度篤郎の腕にしがみついた。篤郎はカッとなったのか、郁の小さな体を突き飛ばした。

「郁！」

陶也は咄嗟に郁の体を抱き留めていた。それを見て、篤郎が一瞬愕然《がくぜん》としたように眼を瞠った。

「あっちゃん、いきなりなに怒ってんの～？」

場を和《なご》ませるつもりなのか兜が呑気な声をあげたが、篤郎にはなんの効果もなかった。

「……どういうことだよ？　郁と陶也、知り合いなのか？　なあ、郁。なんで陶也といるんだ？　陶也、なんで郁なんか庇ってんだよ」

郁は困惑したような顔で唇だけ動かしてなにか言ったようだが、篤郎は「うるせえ、黙れよ」と怒鳴って踵《きびす》を返してしまった。そのまま、店を出て行く。

「……ありゃあ。ねえ、郁ちゃん。もしかしてって思ってたけど、篤郎って郁ちゃんの義理の弟？」

篤郎を見送った後、兜が身を屈《かが》めて郁の顔を覗き込んだ。郁はまだ篤郎が出て行ったドアを見つめていたが、細い顎をわずかに動かして、兜の言葉に頷いたのだった。

「あっちゃんの病的なまでのロウクラス嫌いの謎が、ちょっとだけ解《と》けたねえ。お兄ちゃんとの確執《かくしつ》、ってわけかあ」

すっかり消沈してしまった郁を家に送った後、タクシーの中で陶也と二人きりになると、兜はそう言ってきた。

篤郎が帰った後、郁は落ち込んでずっとうつむいているし、陶也にしても兜にしてもクラブにいてもなんの楽しみもないので、三人でタクシーに相乗りして帰路《きろ》についたところだった。

「それにしても、郁ちゃんの落ち込みようったらすごかったね。あの兄弟にも、たいそうな事情があるらしいね」

兜が脳天気に言うのへ、陶也は「そうだな」と曖昧《あいまい》に返した。

先に兜がタクシーを降り、一人きりになると、陶也は昼間のカフェで義理の弟のことを話していた郁を思い出してしまう。

郁は自分のせいで、弟から、父親の愛情を奪ってしまった……と言っていた。

ハイクラスの中には、ロウクラス種に傾倒《けいとう》するあまり、同じ階級の人間には厳しくなるタイプがいる。だが篤郎があれほどの問題児でも、金と権力に物を言わせて不祥事を揉み消しているらしいから、郁の継父は篤郎のことをそれなりに愛しているのだろう。それにしても、息子可愛さのあまりに犯罪を揉み消すような父親だとは、郁は知らないに違いない。

（温室育ちの可愛いカイコガ……か。世の中の汚ねえとこなんて、半分も知らなさそうな顔してるもんな……）

篤郎はろくに実家に帰っていないとのことだから、郁は今日、陶也の知人がたまたま篤郎のことを話すのを聞いてクラブに行きたいなどと言い出したのだろう。そして実際篤郎に会えたから、帰ってくるよう説得した――想像は容易についた。それを、篤郎が突っぱねた。そんなところだ。

それがどうした、と陶也は思う。

ハイクラス種がロウクラス種と再婚することはままあるのだから、世の中にはそんな話はいくらでも転がっている。

たいして面白い話でもない……そのはずなのに、興味もないのに、陶也の胸の内には自分でも判別のつかない妙な感情が燻《くすぶ》っていた。

（……なんで俺には話さなかったんだ）

言葉にすれば、それはそんな感情だった。郁にとって、篤郎の問題はかなり重たく大きな問題だったに違いない。郁の小さな胸の中に、いつでも小骨のように引っかかって取れないものだったろう。

（話す機会はいくらでもあったろ？　そもそも、クラブに行きたいって言った時に話せたはずだ……）

陶也の瞼の裏には、篤郎に向かって今にも泣きそうな顔をしていた郁の顔が浮かんでくる。郁にあれほど悩んでいることがあるとは、知らなかった。そのことがどうしてか、陶也は気に入らなかった。

それに、小さな頃から付き合いがあるからなのか知らないが、篤郎は郁の唇の動きだけで郁の言葉が分かるらしい。陶也はそれにも、おかしなほど苛立った。

（なににイラついてんだ、俺は……）

自宅マンションの正面玄関前でタクシーを降りた時、コートのポケットに突っ込んでいた携帯電話が振動した。見ると、郁からのメールだった。

『今日はごめんなさい。ちゃんと話しておけばよかった……。明日、時間があったら、弟のことを聞いてくださいますか？』

文面を見た瞬間、それは郁のきれいな字で陶也の眼の前に浮かび上がってきた。心配そうな眼をして、自分の顔を覗き込んでくる郁の小さな顔も――。

とたん、陶也は怒りが消えていくのを感じた。それよりも、郁が今、一人きりの部屋の中でこのメールを打ちながらどんな気持ちでいるのだろうと思った。それは陶也には想像がつかない。

エントランスに向かいながら、陶也は普段なら返さないメールの返事を書いた。

『分かった。早く寝ろ』

素っ気ない返事。しかし送るのはどうしてか抵抗があり、しばらくためらった後、結局陶也は返信しないで携帯電話をポケットに落とした。いつもほとんど返さないのに、今だけ返すのは妙な気がした。

ふとロビーに入ったところで、陶也は足を止めた。自動扉の前に、篤郎が立っていた。

「……よ、さっきはどうも」

篤郎は口の端を歪めて嗤った。壁にもたれていたが、ふらりと陶也に一歩近づいてきた時、足下は覚束《おぼつか》なく、その眼は血走っていた。

（ラリってんな）

陶也はすぐに気がついた。冬だというのにずいぶん薄いコートのポケットから鍵を取り出して、篤郎が陶也に差しだしてくる。

「これ、返そうと思ってたんだよ。陶也のマンションの鍵。もう、いらねえからさ」

「今はどこにいるんだ？」

なにげなく訊くと、篤郎は充血した眼を細めた。

「訊いてどうすんの？　郁に教えてやるわけか？」

エントランスロビーには、陶也と篤郎以外誰もいなかった。コンシェルジュは既に業務を終えてカウンターを閉めている。

突然冷たい沈黙が落ち、場が緊張したように陶也は感じた。篤郎が、今まで見たこともないような鋭い眼光で陶也を睨みつける。

「郁と付き合ってるって？　まさか、陶也がロウクラス相手に本気じゃないんだろ？」

「……当然だろ。鍵、返せよ」

陶也は短く篤郎の言葉を遮《さえぎ》った。こんな話はしたくない。

「なんで郁なんかと付き合ってんだ？　なんのために？」

「ただの暇つぶしだ。お前みたいなやつらと遊ぶのに飽きたんだよ」

「へえ、それで、セックスもしてねんだ。郁に匂い、ついてねえもんなあ」

篤郎はせせら嗤った。

ハイクラス種であるタランチュラの持つフェロモンは強力で、陶也も体に特有の甘い匂いをまとっている。セックスをすると、しばらくの間相手に陶也の匂いがうつるから、鼻のきくハイクラスであれば、誰が誰と寝たかすぐに分かる。

陶也は郁と、セックスはしていない。だから郁に、匂いはついていない。

「欲情しないってことだよな？」

「だから暇つぶしだと言ったろ」

言い捨てると、篤郎は「じゃあ別れてよ」と言った。

「別れてくれよ。べつに、好きでもないんならいいだろ」

篤郎の言葉に、陶也は怒りを覚えた。

「お前に指図されることじゃねえよ」

「なんで？　欲情すんの？　あいつのこと、好きなの？」

「まさか」

陶也は切り捨てた。これ以上、この話はしたくなかった。篤郎の手から鍵を奪おうとしたが、篤郎は一歩あとずさってそれを避けた。しゃあしゃあと郁と陶也の関係に口を挟んでくる篤郎の態度に、陶也はむかついていた。

「俺にむかついてんだろう？」

ふと、篤郎は嗤った。陶也が睨むと、「陶也さ……」と囁く。

「いとこがロウクラスと結婚してんだって……？　お前もそうすんの？　お前もさ、ロウクラスなんかを好きになんの？」

「ふざけるな」

ついに陶也は、怒鳴るような声を出した。

「そんなわけあるか。さっさと鍵を返せ、出て行け」

「こんなに感情的になってる陶也、見たことないぜ」

しかし篤郎は、陶也の反応にますます嗤った。

「いつでもつまらなさそうにしてるくせに。そんなに郁が好きか？　別れたくないのかよ？　本当は抱きたいわけ？」

「なにを……」

「じゃあ俺が抱いてもいい？　俺のパーティーに呼んで、シャブ漬けにして、仲間みんなで輪姦してやるよ。俺はあいつが嫌いだから、いつもそうしてやりたかった——……」

その時突然、陶也は頭の奥が冷たくなるのを感じた。

次の瞬間には、たぎるような怒りの熱が体の中から噴《ふ》き出した。

そして、指先からは鋼《はがね》のような糸が飛び出していた。タランチュラの糸の中でも、最も強い糸だ。陶也はその糸で無意識のうちに、篤郎の首を締めあげ、床に投げつけていた。

「……いってえ……」

陶也は我に返り、床に投げ捨てた篤郎の首から糸をはずした。篤郎の首にはくっきりと糸の痕が残っている。

（今俺は……なにをしたんだ？）

陶也は息を呑んだ。心臓が激しく脈動し、額に冷たい汗が浮かんだ。

同じハイクラス種を、ロウクラスのために、攻撃した。

天秤にかければどちらが価値があるかなんて、分かりきったことなのに。

「……ほら、惚れてんじゃん。俺の親父と一緒だ。お前のいとこと一緒だ」

「違う」

陶也は篤郎の言葉をこれ以上聞きたくなくて、急いで遮った。そんなはずはない。そんなはずはなかった。ただ篤郎が、郁を輪姦するなどと言うから腹が立って……。

（おかしいだろ、なんでそれで腹が立つんだ？　どうせすぐ別れる相手だ。どうなってもいいいし、興味もねえよ）

「……まだ匂いもつけてない相手だろ。セックスもしてねえやつに対して、独占欲ってわけでもないよな？　そうじゃないなら、惚れてんだよ」

「違う」

陶也はまた否定したが、今度の声はさっきより弱くなった。

「じゃあ別れろよ。別れてくれよ。それなら俺も、あいつをパーティーに連れてかない」

篤郎が、「郁は俺の言うことはなんでもきくぜ」とつけ足す。陶也の頭の中には、激しく脈打つ心臓の音がこれでもかというほど聞こえていた。

「別れて……俺と付き合えよ、陶也。できるだろ？　俺の親父や……お前のいとこみたいに、おかしくなってないって言うんなら……」

篤郎は首をさすりながら立ち上がり、持っていた鍵をロビーの床に投げ出した。大理石の床に、その音は冷たく鋭く響いた。

陶也はその場に突っ立ったまま、言葉も出せない。

数年前——陶也は、澄也に同じことを言った。澄也に付き合っているロウクラスの相手と、別れろと迫った。ハイクラスのくせに、ロウクラスが好きになったのかと。

いつも退屈そうで、冷静の権化《ごんげ》のようだった澄也が、あの時は珍しく取り乱して感情を見せてきた。うろたえながら、好きになっていないと弁解していたが、それが嘘だと分かったから、陶也は苦い気持ちになったのだ。今、陶也があの澄也と同じ立場にある。

(俺は違う)

陶也はこくりと唾を飲む。

(俺は澄也とは違う。俺はロウクラスには興味がない。郁にも、興味がない……)

ミイラ取りがミイラになるわけにはいかなかった。それに、郁のためにも別れたほうがいいはずだ。そうでなければ篤郎は郁を輪姦すると言っている。

もう、遊んでいる時期は終わったということだ——。

陶也の心の奥底にある、ほんのわずかな柔らかい部分が、その時急速に冷えて硬くなっていった。冷えた心はひび割れて、痛んでいる。

けれど陶也は自分の心に鈍感なので、そのことには気がつかなかった。

時刻はまだ午後二時だったが、ホテルには情事の後のけだるい匂いが充満している。高層階なので、窓辺に立つと都心のビル群を眼下に見下ろせる。

「浮かない顔だな。俺とのセックスじゃそんなに不満？」

陶也が煙草に火をつけると、後ろから近づいてきた篤郎がまだ濡れた髪を陶也の肩に押しつけて嗤う。火をつけたばかりの煙草を奪われ、陶也は振り向いた。

ハイクラス種の均整のとれた体を無造作《むぞうさ》にまとったバスローブで隠し、篤郎は陶也の煙草を吸いながらバーカウンターのほうへと歩いていった。

陶也はこのところ、三日に一度ほど篤郎とホテルでセックスをしていた。大抵は篤郎から電話がかかってきて、陶也が了承する。二時間ほどセックスした後は、それぞれ好き勝手に帰る。

それが、篤郎との「付き合い」だ。

「郁のこと思い出してた？」

「まさかだろ」

陶也は肩を竦めて嗤った。

まさか――そんなはずがない。しかしそれ以上篤郎と喋る気にはならなかった。

突然テーブルの上に投げ出しておいた携帯電話が鳴った。メールだ。気がついたとたん、陶也は胸の奥が重くなる気がした。なかなかとろうとしない陶也を試すように、篤郎がこちらをじっと見ている。

陶也は仕方なく、電話を取り上げて中を見た。メールは予想した通り、郁からだった。

『陶也さん、今日も、カフェにいらっしゃいませんか？』

短く丁寧に書かれたメールから、郁の淋しそうな瞳が浮かび上がってくる——。

陶也はそれを無視して、電話をベッドに投げた。

「もう行く。支払いはしておくから、好きな時間に出ろよ」

着ていたバスローブを脱ぎ、脱いでいた衣服を再び身につけると篤郎が聞こえよがしにため息をついた。

「陶也……相変わらずつまんなささそ」

陶也は聞こえなかったふりをして、ホテルの部屋を出た。どうにも、気分が晴れない。

篤郎とのセックスはつまらなく、毎日はどうしようもなく退屈でいつ死んでもいいような気がしている——その感情は、郁と一方的に別れると決めた時からまた陶也にとってなじみ深いものとなった。

篤郎がマンションを訪れたあの日から五日が経《た》っていたが、あれから陶也は郁と会うのをやめた。メールも無視している。大学は広いので偶然会うことは少ないし、郁と同じ授業にはまだ当たっていなかった。そして陶也は郁に見つかるのを避けるように喫煙所や図書館など、郁に会いそうな場所には行かなかった。

（もうべつに、あいつに用なんかねえし、わざわざ別れ話するのも面倒だろ）

そう言い訳していたが、心の奥底では本当は面倒なのが理由ではないと気がついていた。郁からは毎日メールが来る。今日は会えないのか、会いたい、話がしたい、と。そうして郁は今日も多分、毎日会っていたカフェで陶也を待っているのかもしれなかった。

人形のような風情《ふぜい》で、しゃれたカフェの中にちょこんと座っている郁の姿を思い浮かべると、陶也の気はふさいだ。

（なんで俺が悪いことしたみたいに思わなきゃなんねえんだ。ただのロウクラスに……）

くさくさした気分で、ホテルの地下駐車場に停めていた車に乗り込んだ時だった。携帯電話が鳴り、出ると相手は兜だった。

「なんの用だよ」

先にそう言うと、兜は『分かってるでしょ～』と茶化《ちゃか》した。

『郁ちゃんと別れるんなら、ちゃんと言ってあげなきゃダメだよ。逃げ回ってんのはずるいと思うなあ』

陶也は思わず舌打ちした。

「逃げてない。ロウクラス相手にそんな面倒なことする必要ないと思っただけだ」

『ふうん？　嘘ついちゃって』

「あ？　なにが言いたいんだよ」

『あっちゃんになにか言われたんでしょ？　陶也クン、気づいてるぅ？　前は陶也クンがあっちゃんと同じこと、澄也クンにしたんだよ』

「……」

『あっちゃんとしょっちゅう会ってるみたいじゃん。健気《けなげ》だね、そうやって、郁ちゃんから気を逸らしてるんでしょ』

「くだらない。呼ばれるからセックスしてるだけだ」

『本当は怖いんでしょ。郁ちゃんに別れ話して――嫌われるのが』

――嫌われるのが怖い。その言葉に、陶也は一瞬ギクリとした。

「……怖いわけあるか。俺にはあんなロウクラスの一人や二人、どうでもいい」

『あっそ。ならさっさと別れ話してきたら？　できるでしょ、どうでもいいんなら。言っておくけど、郁ちゃんはオレにとっては大事な友達なんだから、そのくらいちゃんとしてねん』

兜は勝手なことをまくしたてると、電話を切ってしまった。陶也は思わず、携帯電話を後部座席に投げつけた。むしゃくしゃしていた。

（嫌われるのが怖いわけねえだろ）

なんで俺が、ロウクラスごときを怖がるんだ。嫌われるのが怖いわけもないし、篤郎とセックスしてるのは郁のためではない。勝手な想像をするなと言いたい。腹を立てたまま、陶也は車のエンジンをかける。

（行けばいいんだろう、行けば。こっぴどくフッてやるさ）

そうして、目的地を自宅マンションから郁が待っているだろうカフェに変更した。

カフェは大学のキャンパスからほど近い場所にある。近くの駐車場に車を停めて、陶也は行き慣れたその店に入る。店内を見渡すと、窓際《まどぎわ》の席に郁がぽつねんと座っていた。所在なさそうな様子で、携帯電話をじっと見つめている。自分からの返事を待っているのかもしれない――陶也は一度だって、返信したことなどないのに。

苛立ちと一緒に、得体の知れないじりじりとした感情が湧いて、陶也の胸は痛んだ。けれどそんな感情を無視するように大股に近づき、郁の向かいに腰を下ろす。郁はハッと顔をあげたが、陶也を認めたとたん、その顔に春の陽のような優しい笑みが浮かんだ。

なんのてらいもなく、陶也を好きだと、会えて嬉しいと告げてくるその顔を見た瞬間――陶也はもう郁をまともに見られなくなって、眼を背けていた。

「兜から電話があったから来たんだよ」

煙草を取り出し、ウェイトレスにコーヒーを頼んでから陶也は切り捨てるような口調で言った。ちらりと見ると、郁は取り出したノートになにか書こうとしていた。『篤郎のことを話せなくて……』と書き出している。今から長い説明をしてくれるのかもしれないと思ったが、陶也はそんなものを見たくなかった。

「ああ、いい、いい。もうなんにも聞きたくねえんだよ。兜に言われたから仕方なく来ただけで、もう俺はお前とは会わないから」

字を書いていた郁が手を止めて、陶也を見上げてくる。黒い大きな瞳と視線が合う手前で、陶也はまた眼線をあさってに向けた。

「俺、もう飽きたんだ。つまらなくなった。始めはお前が珍しかったからいいかなと思ったけど、そもそも欲情もしねえし、ただの暇つぶしだったからな。こういうガキくさいお付き合いなんか、続けるつもりなかった。お前も、もう諦《あきら》めて俺じゃない男見つけろよ」

煙草に火をつけ、煙を吐き出す。

「兜なんかいいんじゃないか？　あいつは優しいぜ。あとは……クラブで会った男とかな、ロウクラスでもいいってやつはたまにいる」

自分で言いながら、陶也はその内容にたまらなくムカムカした。

けれど郁にとってみたら、陶也の魅力などハイクラスということくらいだろう。

（べつにこいつに優しかったことなんかないしな。顔や体……は他のハイクラスにも整ってるやつは多い。金には興味がないようだし、タランチュラ……が単純に好きなら、俺の親戚のほうがよっぽどロウクラス好きだ）

考えてみればみるほど、郁が自分のどこを好きか分からない。案外郁も、自分と別れたらホッとするんじゃないか、と思った。

（そうだとしても、どうでもいいけどな。嫌われたって……ロウクラスにどう思われようが、痛くも痒《かゆ》くもない……）

「そういうことで、とにかく今日限り話しかけてくるなよ…」

言いながら、陶也はちらりと郁を見た。そうして、言葉をなくした。

郁は大きな瞳に涙を溜めている。そうしてほんの一粒だけ、涙を頬にこぼした。

郁の瞳に責めるような色はない。怒りもなく、ただ悲しみだけが浮かんでいた。

小さな唇が動く。陶也には、郁がどうして、と言ったように見えた。

けれどその先はもう言わず、郁はうつむいて立ち上がった。ぐずぐずと財布から千円札を出して置き、ぺこりと頭を下げるとそのまま足早に店を出て行く。

煙草の白い煙がもうもうと立ちこめ、それが陶也の眼にしみる。

店内の喧噪が急に遠のき、陶也はたった一人、誰も知らない異空間に投げ出されたような気がした。体の中に、大きな穴がぽっかりと空いたみたいな喪失感《そうしつ》――。

陶也は郁が泣くとは思っていなかった。いや、本当は思っていた。

（……もっと、すがってくると思ってた）

嫌わないで、別れたくない、と言われるだろうと。それが面倒だったし、嫌だったはずだ。けれど郁は涙を一つこぼしただけで、陶也の前から去ってしまった。

——俺とは、そんなに簡単に別れてもよかったのか？

いや、そんなはずはない。

倒れた時も陶也が意地悪をした時も笑っていたような郁の顔から、完全に笑みが消え失せていた。

（俺がまだ好きなら……もうちょっと、すがればいい。なのになんで退《ひ》くんだ）

そんなふうに思う自分に、陶也は困惑する。

自分はすがって欲しかったのか？　まさか。どうして。

（違う。……郁がすがってこないことなんか、とっくに知ってたはずだ）

不意に、陶也はそう思った。以前、初めてのデートの後にも別れ話になったのだ。その時も郁は一切すがらずにあっさりと身を退いた。

もしかして自分は、こうなると分かっていたからこそいつまでも郁から逃げ、別れ話をしなかったのではないか。兜が言うように、嫌われることが怖かったのではない。はっきりと最後を告げることで、二度と郁からメールをもらえず、待ってももらえなくなることを恐れたからでは——？

浮かんできた考えに、陶也は奥歯を嚙みしめ、否定しようとした。

その時、店の外で車が急ブレーキをかけて止まる音がした。悲鳴があがり、窓際に座っ

ていたカフェの客が中腰になる。

「あの子、さっきまで店にいた子じゃない?」

「え、なに。轢《ひ》かれたの?」

陶也は脳髄《のうずい》に、突然冷たいものを流し込まれたような気がした。立ち上がって窓外《そうがい》を見る。車が斜めになって路肩《ろかた》に停車しており、その周りに人だかりができていた。人垣の隙《すき》間《ま》から、郁が着ていた灰色のコートが見えた。

陶也は気がつくと、無我夢中《むがむちゅう》で店を飛び出していた。

四

郁は車に轢かれたわけではなかった。走って店を出た先で転び、道路に飛び出したところに車が突っ込んできて、慌てて避けた車が斜めに歩道に乗り上げただけらしい。車に故障はなかったが、郁は頭を打って気絶し、足も捻《ひね》っていたようなので陶也は実家が経営する病院の一つに連れて行った。

「陶也」

日も暮れて、人も少なくなった外科診察室のすぐ外のベンチで陶也が待機していると、さっきまで郁を診《み》ていた上から二番目の兄が陶也を呼んだ。

ちょうどその時、移動式ベッドに乗せられた郁が診察室から運び出され、病院の奥へと連れて行かれるのが見えた。

「兄さん、郁は……」

「今は眠ってる。熱もかなり出てるから、一週間ほど入院させるよ」

兄に誘われて、陶也は一階の売店のほうへ行く。

飲食コーナーのベンチに並んで腰掛けると、兄は「捻挫《ねんざ》そのものは大したことないんだが」とため息をついた。次兄は陶也と同じタランチュラだが、毎日現場で人の生き死ににかかわっているせいか、長兄の雅也よりも雰囲気が柔らかい。

「普通の人なら、湿布を貼って家に帰して終わるようなものなんだがな。彼はカイコガだから特殊なんだ。ちょっとの捻挫でも、無理をして使っているとそのまま骨折してしまう。一度骨折したら、骨がつかずに一生歩けなくなることもあるんだ」

陶也は思わず息を呑んだ。急に体が冷えていき、鼓動が速くなる。

「……カイコガって、そんなに弱い生き物なんですか」

「普通のロウクラスの数十倍は弱いな。本来なら、生まれないはずの種だ」

陶也はこれまで、郁の出身種について深く考えたことがなかった。

次兄は淡々と、かいつまんでカイコガについて説明してくれた。

「もともと蚕は、絹糸を取るために品種改良された種だろう。文明崩壊前の長い歴史の中で、かなり古い時期からそうだったというから、相当なものだよ。家畜化された唯一の虫で、人間が育てないと生きていけない……」

成虫は十日ほどで死ぬという。翅はあるが飛べず、口はあるが食べられず、足はあるが木にも摑まれない。自然界に放り出すと、一日と自力では生きていけない。

「人類が節足動物と融合したのは、二度と滅びないためだ。弱い種は自然淘汰《しぜんとうた》されて、残っていない。それでも今、たくさんのロウクラス種が残っているのは、ハイクラス種が守ってきたからだ」

それはごく一般的な見解だった。

ハイクラス種は身体的にも能力的にも恵まれている。厳しい自然界に身を置いても、さほど生きていくのに苦労はしないはずだったが、寒さや暑さを和らげるテクノロジーや住居、衣服や食事などの工夫は、すべてロウクラスを生かすためにハイクラス種が率先《そっせん》して行ってきたことだ、という見解。

一部の極端な意見では、ハイクラス種は本能的にロウクラス種を守りたがり、ロウクラス種がいなければ生きていられないのだ、と結論づける。

もちろん陶也はこれまでずっと、そんな意見をばかげていると思ってきた。

「でも俺は、その考えはあながち間違いじゃないと思うよ」

「兄さんまで、そんなことを言うんですか」

陶也が眉を寄せると、次兄は苦笑した。

「病院の患者のほとんどはロウクラスだよ。彼らが死ぬと、悔やまれるね。こんな小さくて弱い人を、どうして守ってやれなかったんだと……こう言うと誤解されそうだが、ハイクラスの人が亡くなった時よりも苦しいものがある」

「……俺にはよく分かりませんね」

「カイコガ出身者の寿命は短いのが普通なんだよ。本来は、自然淘汰の中で消えているはずの種だからな。俺が診察したのは郁くんで三人目だが、他の二人はもう亡くなっている。あの時はやりきれなかったな」

陶也は今度は、憎まれ口を叩けなかった。足の下から、すうっと地面が消えていくような気がした。

「今、郁くんは二十三だって？　……頑張って生きてきたんだな。余命がどれだけか分からないが、できるだけ幸せに生きてほしい。心からそう思うよ」

次兄が陶也の肩を軽く叩き、仕事に戻っていく。陶也は長い間、そこから動けなかった。どのくらい経ったのか、飲食コーナーの壁際にずらりと並んだ採光窓から西日が射しこんできた。その時廊下に、「あら七雲さん。顔色よさそうね」と声が聞こえた。

陶也は顔を上げた。見ると、この病院に長く勤めている看護師と一緒に見覚えのある、背の低い、見ようによっては女にも見えるほど華奢な男が歩いてくるところだった。

「もう九ヶ月？　伝い歩きもする？」

「主人に似て運動神経はいいんですよー、でもちょっと食べ過ぎちゃって……」

「あら、タランチュラの子はこのくらい大きいわよ」

青木翼、という名前が陶也の脳裏に蘇った。いや、今は結婚して七雲翼だ。彼は澄也の結婚相手のロウクラスで、陶也が見かけるのは、四年ぶりになる。

黒髪に、小型の鱗翅目《りんしもく》に特徴的な、大きな瞳の翼は、腕に男の子を抱いている。温かそうな毛糸のベストを着せられているその子は、しきりと顔を覗いてくる看護師を、不思議そうに見上げている。

ひとしきり話した後、看護師が「いけない、検温の途中だったわ」と慌てて病棟のほうへ戻っていった。陶也はじっと翼を見ていた。その視線を感じたように、翼が振り向く。そして陶也を見つけると、彼――彼女、なのかもしれない。翼は半分男で半分女の性モザイクという、特殊な体質だ――は驚いたように眼を丸くした。

「陶也先輩？　お久しぶりです」

けれど次にそう言った時、翼は屈託《くったく》なく微笑んできた。

「びっくりした、こんなとこで会うなんて。お兄さんに会いにいらしてるんですか？」

四年ぶりなのに、そして四年前陶也が痛めつけたというのに、翼はまるで気にした様子もなく、隣へ腰を下ろしてきた。翼に抱かれた赤ん坊が、じいっと陶也を見上げてくる。大きな琥珀の瞳に、黒い髪の毛。赤ん坊ながらに整った顔立ちをしている。

「……澄也に似てるな」

ぽつんと呟くと、翼は「そうでしょ？」と笑った。

性モザイクの彼は、郁と同じくらい体が弱いはずだ。四年前に会った時はもう少し顔色も悪かった。しかし今は健康そのものの顔をして、血色もよく元気そうだった。

「大きくなったらもっと似ると思いますよー、澄也に似るってことは……陶也先輩にも似ますね」

翼は優しい笑顔で「な、翔《かける》」と自分の息子を覗き込んだ。

「翔が名前か？」

「はい。雅也さんがつけてくださったんですよ」

それは初耳だったが、ありえる話だと陶也は思った。雅也は澄也と翼の結婚を受け入れているようだし、本家の当主だから、分家筋の子どもに名前をつけることもあるだろう。

（どうしてだろう……）

陶也は、自分の胸の内にまるで怒りが湧いてこないのを、不思議に思った。もしも翼に会ったら、きっとまた殺してやりたくなるだろうと思っていた。けれど腹立ちはない。憎しみも、悲しみさえも。それより翼が抱いている翔のことが気になった。

「翔。やっぱり自分と同じタランチュラだって分かるのかな。先輩のことじっと見てる」

翼に言われて見ると、翔は確かにじいっと陶也を見つめていた。

大きな琥珀の眼に、陶也の姿が映っている。なんとなく、陶也は指を出して翔の頬をつついた。弾力のある柔らかな肌。びっくりするほど優しい感触だった。とたん、翔はきゃっきゃと嬉しそうに笑った。

「喜んでる。翔、お父さんの大事ないとこのお兄さんなんだよ。分かる？」

子どもが喜ぶと、翼も同じように嬉しそうだった。

「俺と話して……澄也に怒られないか？」

「まさか。きっと喜びます。澄也は言わないけど、先輩と仲直りしたいはずだから」

いつもなら、翼ごときにそんなことを言われたらむかつくはずだ。けれどむかつかなかった。陶也はただ、本当なのだろうか、と思っただけだった。

翼はにっこりして、「抱っこしてあげてください」と翔を陶也に向けてくる。

「きっと澄也も喜ぶだろうから」

はい、と渡されて、陶也はおっかなびっくり赤ん坊を抱き取る。思ったよりも重い。けれど腕に抱くと、その重みはとても愛《いと》しい。ミルクとパウダーと肌の匂いが、ふんわりと翔から香った。翔は愛らしく笑っている。空いたほうの手でもう一度頬に触れると、翔は小さな手できゅっと陶也の指を握った。とたん、よく分からない温かな感情が、陶也の胸の奥に染みてきた。

（小さい体で……翼は、こんなにちゃんと、澄也の子どもを産んだのか）

陶也はどうしてか、そう思った。翼のような、ロウクラスとしてさえ不完全な人間が、自分のいとこの子どもを産んだ。その子どもは健康そのもので、にこにこして自分に抱かれている――。

さっきまで話していた次兄の声が、不意に脳裏によぎる。

……頑張って生きてきたんだな。

陶也は物心ついてからこれまで、生きることに頑張ったことなどなかった。頑張らないでもなんでも手に入ったし、なんでもできた。だから生きることに退屈した。

郁や翼は違う。自分で頑張らないと、誰かに守られないと、生きていけない。だから彼らは頑張るし、それを見て助けたいと思う人もいる。たとえば澄也のように。

けれど自分だって澄也だって、生まれたばかりの頃は誰かに守られないと生きていけなかったはずだ。今陶也の腕の中にいる赤ん坊が、その証《あかし》だ。強いタランチュラとして生まれた翔は、弱いロウクラスの翼の腕に守られている……。

（……俺もそのころくらいは、頑張って生きてたのかもしれない）

陶也はふと、今ベッドで寝ている郁のことを想った。

郁は毎日、どんな気持ちで生きているのだろう。いつでも、死を間近に感じているのだろうか？　そうだとしたら、それでも郁がささやかな夢を見て、笑っていられるのはどうしてだろう。

一ヶ月近くかかわってきても、陶也は郁の心の中にどんな世界があるのか知らない。郁が、口よりも物を語るあの大きな黒い瞳で、どんなふうに世界を見ているのか知らない。

郁の命を通して知る世界は、もしかしたら自分の知っている世界より面白く、美しいのかもしれない。その美しい世界の中で、自分はどんなふうに映っているのか、陶也は知りたいような気がした。

（……俺は、あいつが）

好きなのかもしれない。

まるで観念するように、陶也は思った。

今はまだよく、分からない。けれど次兄から郁の命は長くないと聞かされた時、陶也は澄也を失った時よりも深く深く、傷ついた自分を感じた。

嫌われることが怖いんだろう、と兜は言った。そうじゃない。自分は郁を失うことが怖かっただけなのだと、とうとう、陶也は認めた。

陶也にとって、郁はこの世界でたった一人の愛する人になりかけている。まるで、かつての澄也のように。

篤郎にそのことを指摘された時は、ハイクラスというプライドのために郁を捨てようとした。けれど本当は、そんなプライドよりも……。

（ただ単純に俺は、また……誰かを愛して、失うことが、怖かったんじゃないか……？）

陶也はこの時初めて、自分の心の奥底を振り返った。

これまで一度も、こんなふうに自分を見つめたことなどなかった。自分の心がなにを感じているのかに、陶也はずっと鈍感だった。

陶也の自己像は常に、強く完璧なハイクラス、ブラジリアンホワイトニータランチュラの自分という、揺るぎのないものだった。けれどこうして静かに、素直に自分自身を振り返った時、その虚像《きよぞう》はいとも簡単に崩れていくことを知った。

残ったのは、生きる希望も楽しみもなく、人生に飽きた淋しい男だった。

心の真ん中に空洞《くうどう》を抱え、賑《にぎ》やかなネオンの中にあっても、実際は砂漠のように空虚《くうきょ》な都会に、一人ぼっちで立ち尽くしている。

――陶也。俺たち、タランチュラは……守る者がなければ死んでいるのと同じだ。俺は、翼に救われたんだ……。

最後に聞いた澄也の言葉が、耳の奥にこだましてくる。

(澄也、お前の気持ちが少しだけ分かった。……お前も俺と同じで、自分を淋しんでる)

人生に倦んで空いた穴を、澄也は翼を愛することで埋めたのかもしれない。

翔を抱きながら、陶也は自嘲するように笑った。

長い間、双子のようだった澄也。陶也の片割れ、半身。もう一つの陶也の心。

(俺たちは、やっぱり似てたんだな……)

そう胸の中で言うと、今は眼の前にいない澄也が、陶也と同じように苦笑したような気がした。

翼と別れて、陶也は郁が入院している部屋に向かった。とりあえず個室に入れられた郁だが、その部屋からちょうど大柄な中年男性と小柄な女性が出てくるところだった。

陶也は相手に見覚えがあった。男のほうは、確か蜂須賀財閥の代表だ。ということは、彼が郁の継父で篤郎の実父だろう。寄り添っている小柄な女性が、再婚相手のロウクラス、郁の母親に違いない。郁の母親は小さいが、郁と違ってカイコガではないらしい。髪も黒く、郁よりは健康そうだった。

彼らの身長差は三十センチはあり、まるで親子のようにも見える。けれど父親のほうが弱り切って大きな体を丸め、時折目許を擦っている。母親はそんな夫の背をさすりながら慰めている。

「郁がこんなめにあっているのに、篤郎のやつはどこにいるんだ……かわいそうに、郁の足があんなに腫《は》れて……」

「ただの捻挫なんですから、きっとすぐ治りますよ……」

人気《ひとけ》のなくなった廊下に、彼らの潜《ひそ》めた声が響いてくる。二人は陶也に気づかなかったようで、そのままエレベーターホールへ消えていった。

六人部屋とはいっても、郁以外のベッドは空いていた。郁は窓際のベッドに寝そべっていたが、起きているらしく顔は窓のほうへ向けていた。西の際に沈んだ太陽の残光が淡く光り、郁の顔を照らしている。その顔は物淋しげで、なにか考え込んでいるように見えた。

陶也はそっと近づいたけれど、足を踏み出すたびに心臓がドキドキと鼓動《こどう》を速めていくのを感じて戸惑った。

急に緊張して、足を止める。まだ自分に気づいていない郁の、丸い後頭部をじっと見つめる。声をかけたら、郁はどんな顔をして振り向くだろう。

ここに運び込む直前、自分は郁にひどいことを言った。

(そうだ……最低なことを言った)

飽きただの、面倒くさいだの。

自分が郁ならとうに愛想を尽かしている。そう思うと、胃の底がきりきりと引き絞られるように痛み、背に冷たいものを感じた。

信じられないけれど、陶也は郁に嫌われると思うことが怖かった。

怖かった。振り向いた郁がもう笑ってくれないかと思うと、ただ怖かった。

なにか言おうと口を開け、結局なにを言っていいか分からずなにも言えない。そんなことを数分も繰り返し、残光さえ消えてなくなった頃、病室にぱっと電気がついた。

ふと郁が寝返りを打ち、そして大きな黒目を見開いた。

「……あ」

陶也は情けない声を出して、郁を見つめ返した。郁と眼が合った瞬間、ただでさえ速かった鼓動は頂点に達し、まるで胸の皮膚を突き破りそうなほどになった。頬に熱があがり、陶也はうろたえた。

郁は怒った顔も、悲しそうな顔もしていないけれど、驚いた顔をしている。

青白い頬に、淡く影を落とす長い睫毛、大きな瞳、細くて小さな顎やほっそりした頼りない肩や腕――。

どうして気がつかなかったのだろう。そのすべてが今、陶也の目にはひどく蠱惑《こわく》的に映る。郁がなにか言おうと、小さく口を動かした。けれど伝わらないと思ったらしく、きょろきょろとあたりを見回す。ノートを探しているのだろう。

「いい、いいんだ。今はないから、明日持ってくる……」

情けないことに、声がうわずり、震えた。陶也は自分が赤面していくのを感じた。こんなことは初めてだ。うろたえながら、ごまかすようにベッドの脇に座る。郁が心配そうな顔をしている。

まだ、そんな顔をしてくれるのか。そう思うと陶也は胸の奥が熱くなるのを感じた。

――まだ、郁は自分を嫌っていない？

ふと、郁が手を伸ばして、人差し指で陶也の手のひらに文字を書いた。

だ、い、じょ、う、ぶ？

郁は案じるように、首を傾げている。それがとても可愛い。

(俺より、自分の心配だろ。一生歩けなくなったかもしれないのに)

突然、陶也はたまらない気持ちになる。どうして、と思う。

(どうして、お前は俺を好きなんだ？　好きでいてくれたんだ？　お前みたいないい子が……お前みたいに優しい子が、なんで俺なんか……)

けれどまだ好きでいてほしくて、嫌いになってほしくなくて、陶也は声を出せず、胸が詰まった。心臓が震えているような気がした。喉の奥がツンと痛み、陶也は数年ぶりに泣きたくなった。

得体の知れない熱い感情が、胸の奥から突き上げてくる。それは久しく陶也が感じたことのないもので、気がつくと、陶也はほとんど衝動的に郁の手を握り、背を屈めていた。

郁の眼が見開かれ、揺れた。陶也は郁に、口づけていた。

手は強く握ったのに、唇に触れる時は慎重だった。乱暴にして、嫌われたくなかったのだ。

郁の小さな唇は、陶也の唇で食べてしまえそうだ。薄い皮膚をそっと舐めると、郁の細い肩が体の下でぴくんと震える。たったそれだけで、陶也は欲情した。下半身に熱いものがたぎる。

抱きたい。郁を抱きたい。抱いて、舐めて、自分のものを入れたい。

——けれど同じくらい、優しくしたい……。

嵐のような感情に、陶也は自分が内部から爆発しそうな気がした。音をたてて唇をついばみ顔を覗き込むと、郁は熱っぽく瞳を潤ませ、頬を林檎《りんご》のように染めていた。

(可愛いな……)

色っぽく濡れた唇に舌をさしこみ、郁の小さな舌を吸い上げる。この唇を他の誰にも吸わせたくない、と陶也は思った。それは熱すぎて痛いような感情だ。薄い寝間着《ねまき》の上から胸を撫でると、郁の体が揺れた。陶也はベッドサイドのカーテンをひく。

「……抱きたい」

身を起こして、郁を組み敷いたような格好で言うと、郁は小さな顔をまっ赤にして陶也を見つめていた。その瞳にはまだ、陶也への恋心が溢れている。そう悟ったとたん、陶也は心臓を鷲掴みにされたように感じた。

知らなかった、愛しいという感情は、痛いのだ。

「抱きたいけど……お前は今、辛いだろうから」

郁はふるふると小さな首を横に振った。いいんです、とその眼が言っている。

――抱いて。

そう唇が動いたのを、陶也はじっと見つめた。郁が陶也の胸板に指を乗せ、字を綴る。

『抱いてください。後悔したくない』

きっと郁はそう書いた。

不意に陶也は、自分の中で、熱い感情と欲情の奔流《ほんりゅう》が堰《せき》を切って溢れ出すのを感じた。

理性の堤防は決壊《けっかい》して、後も先も見えなくなる。ただ、郁しか見えない。

病室の扉を閉め、電気を消した。いつ看護師に見つかるかも知れなかったが、そんなことはもはや大した問題には思えなかった。

急いで郁の元に戻り、ベッド周りのカーテンを閉ざす。薄暗がりに眼が慣れると、緊張した顔で寝そべっている郁の顔が眼に入る。

覆い被さるようにベッドに乗り上げ、キスをしながら郁の寝間着を脱がせようとしたら、指が震えて上手くいかなかった。こんなことは、初めてだった。

(緊張してる……俺が……?)

信じられない。セックスとは、どんなふうにするものだっただろう?

あれほどつまらない行為に思えていたのに、今は違った。なにもかも初めてのように緊張し、戸惑う。

寝間着を脱がせると、郁のほっそりとした白い体が薄闇に浮かび上がった。薄い胸に手を這わせ、淡い肉を揉むようにしたら、郁は「あ……」と細い声を漏らした。たったそれだけで、陶也の下肢《かし》には血が集まった。

「郁……こんなところ、触られたことあるか?」

両手で胸の肉を集めるようにし、その頂きに慎ましく鎮座《ちんざ》している小さな飾りをつつくと、郁はひくんっと震えた。

「あ、あ……っん」

乳首はすぐに充血し、乳輪ごとふっくらと膨らんだ。片方を唇に含んで舌でなぶれば、郁の喉からはひっきりなしに甘い声が出始める。

「あ、ふ、ぁ……っ、あぁ……」

「感じるんだな……、乳首、好きか？　指と口と、どっちでされるのが、好き？」

郁は陶也の言葉にまっ赤になり、いやいやと首を振っている。大きな黒眼が潤んで、けれどそこには控えめながら、情欲が灯っている。

（可愛い。可愛い……）

可愛くてたまらない。乳首を舌でねぶりながら、脇腹を撫でると、怯えたように郁が体を縮める。

陶也は爪先から、クモ種が出す中でも最も柔らかい糸を出した。タランチュラはこの糸にたっぷりと媚毒を含ませている。

「お前の体を楽にしたいから、糸を使うけど……ひどいことはしないから」

そっと囁きながら、陶也は糸をぬるぬると郁の体に這わせた。

媚毒はいってみれば、催淫剤《さいいんざい》でもあり、相手の性感を上手に引き出す効果がある。糸はその媚毒でじゅんと濡れている。陶也はまず郁の両乳首に糸を巻きつけ、その突起をふにふにと揉んだ。そうしながら、郁の裸足のつま先からふくらはぎ、太ももを蛇のように這い上らせ、下着の下に滑り込んで中の性器にむしゃぶりつかせる。

「あっ……や、ひゃ、あんっ」

糸の感触は陶也の脳にもダイレクトに伝わってくる。郁の性器と乳首をぐっしょりと濡らし、糸はそれぞれの先端の小さな穴に侵入して、いやらしくなれる液をたっぷり注入した。

「あっ、ああっ、あ⁉」

郁の尻がかわいそうなほど跳ね、郁は涙目になってひくんひくん、と腰を揺らした。

「気持ちいいか？」

寝間着の下を脱がせると、郁の中心はすっかり膨らんで、下着の前が三角に張っていた。郁の愛液と糸の媚毒でびしょびしょに濡れてしまった下着は、郁の性器に形が分かるほどぴったりと張りついていて、中で性器に吸い付いている陶也の糸のうねうねした動きまで分かる。陶也は下着ごしに郁の先端をくるくると手のひらで撫でた。

「あ、あん、あ、ふぁ、はっ……」

郁の小さな尻が持ち上がり、陶也の与える刺激に素直に揺れる。こんなことはされたことがないのだろう、郁の眼には、なに？　なに？　と問うような表情があって、それが陶也をひどく興奮させる。

「分かるか？　郁のここ……感じて、硬くなって濡れてるんだ。すごくいやらしくなってる。誰にもされたことがないのに、触られて気持ちよかったんだな……」

耳元で囁きながら、勃《た》ちあがった性器を下着越しに握って擦ったら、郁は「あ、や、あっん」と喘いで恥ずかしそうに眼をつむった。

下着の中に手を突っ込み、陶也のものに比べると小さなそれをいじってやる。こんなに小さいくせに一人前に嵩《かさ》を増し、いやらしく濡れて脈打っているそこがいじらしくて、陶也は郁の太ももを開くと、いつもなら誰にもそこまでしないのに、膨らんだそれを口に咥《くわ》えていた。

「あっ、ああっ、あふ、ひゃ……っ」

郁は既に涙ぐみ、いやいや、と首を振っている。けれど陶也は構わずに、郁のものを口に含んだまま先端に舌を当て、竿《さお》をきゅうっと吸ってやった。全身に糸を這わせ、乳首も同じように糸できゅううと吸い上げる。

とたん、郁の尻がひくん、と揺れる。陶也が唇を離したのと同時に、郁は、

「あっ、あっ、あっ」

と小さく叫び、精を放っていた。

「……早いな」

そんなところも可愛くて微笑むと、郁はまっ赤な顔で泣きそうになっている。太ももを閉じようとする郁の動きを遮り、陶也は自分の体を郁の膝の間に滑り込ませて伸び上がり、

キスをした。

「可愛いよ。俺を感じたんだろ？　……ここ、したら嫌か？」

性器の奥の窄《すぼ》まりにそっと指を当てると、郁は震えた。けれど、嫌だとは言わない。首を横に振り、陶也の首に腕を回すと、して、と唇を動かした。

愛しさに背を押されて、陶也は郁に口づけた。舌を入れ、くちくちと音をたててキスをしながら、びっしょり濡れた下着を脱がす。指に郁の吐き出した精をとり、窄まりを撫でていく。そうしながら、ぐっしょりと濡らした糸を一本ずつ慎重に中へ差し込み、郁の中を媚毒でたっぷりと濡らしていく。

糸を増やして陶也の指と同じくらいの太さにしたら、濡らしながら奥深くまで進める。陶也の脳には、絡みついてくる郁の媚肉《びにく》のうごめきが糸を通して伝わってきて、興奮する。

「あ……、はぁ……っん」

糸束を中でねじり、ぜんまいのように回転させると郁の性器が半分勃ちあがった。素質は十分あるらしい。陶也は郁にキスをしながら、乳首と性器も糸でくにくにとこねてやる。感じた郁が腕の中で薄い胸を反らす。

中が十分に濡れて、入り口がいやらしいつゆでこぽこぽと泡立つようになってから、陶也は痛がらせないよう、怖がらせないよう、ゆっくりと郁の中へ人差し指を入れた。陶也が今までに抱いたことのない、小さく細い体だ。そこも、思った以上に小さく狭い。怖いのか、時々郁は震える。そのたび陶也は指を止め、郁の額やこめかみにキスを降らせた。

やがて指が三本入るようになった頃、陶也は郁の中で指を鉤型《かぎがた》に折り曲げる。性器の裏側辺りを探ると、中に硬い部分があった。

「あ……っ」

そこを刺激すると、郁はとたんに内股を震わせ、薄い背を仰《の》け反《ぞ》らせた。

「あ……っ、あっ、ああっ、あ……んっ」

今までの喘ぎ声とは、明らかに甘さが違う。郁の体からは力がぬけ、かわりに後ろだけはきゅうきゅうと陶也の指を締め付けてくる。

「郁、入れていいか？」

訊くと、郁が涙目で頷いた。陶也は指を引き抜いて、ズボンの前を寛《くつろ》げる。陶也の性器はとっくに大きくなり、先端から蜜をこぼしていた。

こんなに興奮したセックスは、初めてかもしれない。郁の足を開き、なるべく楽になるよう尻の下に枕を二つ入れると、陶也の場所からは郁のいやらしいところがすべて見えて、それだけで陶也は達しそうだった。

慎ましやかな体の中で、そこだけ濡れてすっかりはしたなくなっている郁の後孔《こうこう》へ性器を押しつけ、慎重に腰を進める。先端が入ると、郁は苦しそうに息を吐き出した。

「あとちょっと……ゆっくりな」

陶也は郁の頭を抱き、郁が深く息を吐き出した瞬間に合わせて、根本まで差しこんだ。

「あ……っ」

郁が震えて、陶也の背中にしがみついてくる。

その時、陶也を貫いたのは体の芯から崩れそうになる幸福と、全能感《ぜんのう》だった。満たされて——蕩《とろ》けそうなほどの。

郁の中は温かく、陶也のものをきゅうっと締め付けてくる。糸だけでは、とてもこれほどの熱は感じられない。

(気持ちいい……)

誰かの中に入れて、これほど快感を感じたことは、やっぱりなかった。体だけではなく、心の中までが熱く満ちていくのを、陶也は感じていた。

「……郁、郁」

名前を呼びながら、腰を動かす。先ほど見つけておいた前立腺《ぜんりつせん》に先端を押しつけて擦ると、初めはただ痛そうだった郁の喘ぎ声と表情に、甘さが含まれるようになる。

「あ、あ……んっ、あぁ……っ、あっ」

「郁、気持ちいいか?」

郁はもうわけが分からないのか、半分泣いていた。可愛い、と陶也は思う。

胸をかきむしりたいほどの愛しさで、陶也は郁に何度も口づけした。

郁の細い足が腰に絡んでくる。陶也は上半身を起こすと、郁の尻に腰を打ち付けて、激しく性器を出し入れした。蜜が入り口に泡立ち、肌と肌のぶつかる卑猥《ひわい》な音が、暗い病室に響き渡った。

「郁、俺が……好きか？」

訊いても、郁から声は返ってこない。けれど薄闇の中で、郁が唇だけ動かして、喘ぎ声と一緒に必死に「好き、好き」と言っているのを陶也は見た。その瞬間、陶也の性器は郁の中で大きくなり、弾けた。陶也の熱い迸《ほとばし》りを中に受け、郁も震えながら達した。達した郁の体からは、蜜のような甘い香りがたちのぼる。

（俺も、お前が好きだ。お前が……好きだ）

それは本心だけれど、まだ、言葉には出せなかった。

だからせめて陶也は、郁の体に覆い被さって優しくキスをした。郁の小さな体を抱きしめ、ぴったりと寄り添う。

このまま自分の体の中に、郁を溶かしてしまいたい。ああ、だからハイクラスは捕食するべきロウクラスを愛するのかもしれないと、感じた。

食べて自分の中に取りこめれば、二度と離さないですむのだから。

郁は六日で退院した。二日の自宅療養の後、大学に登校した時には既に捻挫はかなりよくなっており、足を引きずることもなかった。

陶也は入院中毎日見舞い、ほとんどの空き時間を病院で過ごしたが、再び通学し始めた郁とは授業の終わりだけではなく、合間の休み時間さえ一緒に過ごすようにした。

季節は十二月も半ば、銀杏の木は裸になり、空気はすっかり冷え込むようになった。二人とも授業の終わる午後三時、陶也は郁と待ち合わせている構内の屋外ベンチへ急いだ。

ベンチは落ち葉の降り積もった小道に並んでいる。灰色の空の下、郁は厚手のコートとマフラー、毛糸の手袋に帽子までかぶり、もこもこと着ぶくれて座っていた。それを見ると可愛い動物を見つけたような気持ちになり、陶也の胸は温かくなった。

郁、と声をかけようとして、陶也はけれど一瞬黙った。

冬枯れの景色をぼんやりと見つめている郁は、なにか考え込んでいるように見える。

（郁……またあんな顔をしてるな）

入院中からずっと、郁は時々なにか思い悩んでいるような顔をするようになった。もっとも郁は、陶也の前ではそんな表情は見せない。一人きりの時に、こっそりそんな顔をしている。

「郁」

陶也が声をかけると、気がついた郁はまた春の陽が射しこむように微笑み、さっきまでの思い悩んだ顔は、その笑顔の裏側に隠されてしまった。

（なにを悩んでんだ？）

と、陶也は訊きたいけれど訊けないでいる。相談してくれないことに淋しさは感じるが、今まで誰とも悩みを相談し合うような関係を築いてきていないから、陶也にもどうしていいか分からなかった。

「寒かったろ」

陶也が訊くと、郁は嬉しそうに首を横に振る。立ち上がった郁から重い教科書が入った鞄をとって持ってやり、かわりに手をつないだ。郁は頬を染めて微笑んでいる。陶也も自然と笑っていた。

こんなふうに自分がしていることが信じられない。けれど陶也は郁が笑ってくれるのが嬉しかったし、ほんのわずかでも郁の体に触れていたかった。郁といると退屈などはるか後方に遠のき、この小さな体を労《いたわ》ることで手一杯で、飽きている暇などなかった。

病院で初めてセックスをしてから十日が経っていたが、その間陶也の頭の中は郁でいっぱいだった。以前のような苛立ちや抵抗は、もうなかった。

俺は郁が好きだ。そう認めた時から、陶也はただ手をつなぐだけで胸が弾む。こんな自分がバカバカしかったが、郁も嬉しそうなのだからいい、と思うことにした。

スーパーで食材を買って陶也のマンションに帰り、夕方から一緒に料理をして早めの夕食を摂《と》る。夕飯の後はキスをしながらベッドに連れ込んで抱いた。

郁とのセックスは、陶也がこれまで知っていたどんなセックスとも違う。自分が気持ちよくなるよりも、郁が気持ちよさそうにしているのを見るほうが、ずっと興奮が強かった。お互いに達して、ベッドの中で抱き合う頃には夜も既に八時だった。郁の門限まではあと二時間。この時間になると、陶也はとても淋しくなった。

「二十五日は……予定あるのか？　なかったら、泊まれないか？」

その日はクリスマスだ。街中にはツリーが飾られ、イルミネーションがあちこちで輝いている。恋人たちは愛を交わし、家族は家で一緒にケーキを食べると決まっている。陶也はこれまでそんなイベントにこだわったことはなかったが、今年はできれば郁と過ごしたい、それも宿泊したいと思っていた。高級ホテルじゃなく、陶也の自宅でもいい。ただ朝眼が覚めた時、最初に見えるのが郁だったらどれほど幸せだろう――と思ったのだ。

けれど郁はすまなさそうな顔をした。きょろきょろと辺りを見回したので、ノートだろうと察した陶也は、「待ってろ」と言ってリビングに戻った。

ノートとペンを取り出しながら、あの様子では無理なのだろうと察してため息をつく。

リビングのローテーブルの上に投げ出しておいた携帯電話が、チカチカと光っている。見るとメールが届いていた。差出人は篤郎で、内容は今日の夜ホテルに来ないか、というものだったが、陶也はそれを削除してしまった。

郁を初めて抱いた日から、陶也は篤郎の電話もメールも誘いもすべて無視していた。

ベッドルームに戻り、郁にノートとペンを渡すと郁の小さな体を後ろから抱くようにして座った。ちょうど、郁が陶也の足の間に入り、背を陶也の胸に預けるような格好だ。後ろから陶也が覗き込むと、郁はノートを広げてさっきの返事を書いている。

『ごめんなさい。クリスマスは家族ですごそうって……お父さんが』

まあそんなことだろうと予測はついていたので、陶也は「いいよ」と言った。

「分かった。でも前後の土日、どっちかだけなら空く？」

郁は微笑んで頷いた。宿泊は無理そうだが、仕方がない。

「年が明けたら……俺、お前の親に会いに行こうかな。お前さえよかったら。俺と付き合ってるのはもうバレてるんだろ？」

郁は気まずそうな顔で頷く。陶也はタランチュラ。タランチュラは誘引フェロモンが非常に強い種だ。唾液や糸、精液に含まれる媚毒は相手を性的に感じやすくさせる。

その毒には強烈な甘い匂いが含まれていて、抱かれると相手にはその匂いがしみつく。実をいうと、ロウクラス種の鱗翅目にもかなり強烈なフェロモン香があって、それは抱かれた直後に散布《さんぷ》される。

陶也が郁の中で達した後、郁から甘い香りが放たれたのはそのせいだ。

それはロウクラスの鱗翅目が、自分を抱いた相手を虜《とりこ》にし、自分を守らせるためにまく、と言われている。

（そのせいかな……俺がこいつを大事にしたくなるのは……）

もちろんそれだけではないと思いながら、陶也は郁の小さな頭を抱いてキスし、すうっと匂いを嗅《か》いだ。陶也の持つフェロモン香にまざって、郁の持つ甘い蜜のような香りがする。それは陶也をうっとりとさせる匂いだ。

どちらにしろ、郁は抱かれた匂いを発している。はっきりと分かるほど強く、陶也の匂いもさせている。

郁の父親はハイクラスの中でもトップクラスに属すオオスズメバチだから、この匂いがタランチュラのものだと嗅ぎ分けているだろう。ということは、大体ばれているに違いない。それでも郁が陶也に会いに来られるのは、多分、反対されてはいないということだ。挨拶をして、ちゃんと認めてもらえたなら、郁の外泊も許されるかもしれない。

「俺がお前の親に会いに行くの、お前は嫌か？」

郁は咄嗟に首を振る。けれどその眼は嬉しそうというより、不安げだった。

『嫌じゃないです。お父さんは……喜ぶと思います。七雲家のことが好きだから。でもそこまでしていただくなんて……なんだか怖い』

「怖い？　なんで」

『幸せすぎます』

郁の大きな瞳を覗き込むと、郁はうるうると目を潤ませていた。そこには書いたとおりの不安と一緒に、陶也への純粋な思慕《しぼ》がある。他になんの含みもない、ただの、好きという気持ち。陶也はいつもこの気持ちを郁の眼の中に探している。

郁の想いが嬉しくて、胸が詰まり、陶也は郁をきゅっと抱き寄せた。

俺だって幸せだ、お前のことをもっと幸せにしたい。この程度の幸せで、幸せすぎると怖がらなくてすむくらい、幸せにしてやりたい。

そう思うのに、陶也はどう言えばいいか分からなかった。皮肉や罵倒《ばとう》は言い慣れているこの口が、愛の言葉を囁くのにこれほど不器用とは、陶也も知らなかった。

そしてこんなことで幸せを怖がる郁が、二十三年間どんなふうに生きてきたのか、陶也はそのすべてを知りたいような気持ちになる。

けれどやはりそれを口にはできないで、陶也は全然違うことを訊いた。

「お前の父親が、七雲を好きっていうのは？　取引があるからか？」

『それもそうですが……陶也さんのいとこの澄也さん』

そこまで書いて、郁はちらりと陶也を見上げた。なにか心配そうな顔をされたが、陶也はいたって平静で、続きを促すように頷いた。

不思議なことだが、他人から澄也の名前を聞いても、もう今では腹も立たなければ心が波立つこともなくなっている。

『澄也さんが、ロウクラスの方と結婚されてるでしょう。お父さんは、勝手に親近感を感じていて……』

「お前の父親も、再婚相手がロウクラスだからか」

それはありそうな話だ。澄也の一件で、郁の継父は、七雲の人間はロウクラス好きだと勘違いしているのかもしれない。もっとも、最近ではそういう人間が一族の中に増えた。澄也とその妻の翼のせいだろう。

「……俺もこの間、数年ぶりに澄也の嫁さんに会ったんだ。で、澄也の子どもも抱いた」

郁は少し驚いたような顔をし、『可愛かったですか？』と書いた。陶也は苦笑し、可愛かったよ、と郁の耳元で呟いた。

「可愛かった……。澄也がどうして、あのロウクラスの子を嫁さんにしたか、やっと分かった。あいつにはあの子が必要だったんだな。年が明けたら、会いに行こうと思ってる」

お年玉と結婚祝いと、出産祝いをひとまとめに持って、と言うと、郁はとろけるような笑顔になった。

話をした覚えはないのに、その郁の笑顔に、陶也は郁が自分の抱えてきた澄也への複雑な感情やわだかまりまですべて理解してくれているように感じた。それが陶也の心の奥底を温めていく。澄也にロウクラスの翼が必要だった、という言葉は、陶也の中でなんの違和感もなくおさまってしまった。それはもう、痛いほどよく分かる。自分には、郁が必要だからだ。

一緒に来ないか、と言うと、郁は行きたい、と書いてくれた。郁を連れて澄也に会いに行ったら、きっと澄也は眼を丸くして驚くだろう。翼は優しい子だから、きっと郁とも気が合うしいい友達になれる。郁にはなんでも相談できる友達が少ないようだから、翼が郁と親しくしてくれたら言うことはない。郁はきっと赤ん坊も好きだから、翔を抱かせたら頬を桜色に染めて、はしゃぐだろう——そのはしゃぎ方は控えめで、その場では陶也にしか、郁がどれほどはしゃいでいるか分からないはずだ。

そんなことを想像するだけで、陶也は幸せな気持ちになった。

けれどその時ふと、郁の顔が淋しげに陰《かげ》った。陶也はそれに気づいて、郁の顔を覗いた。

『いいな。やっぱり、陶也さんのお家は、本当はとっても愛情深いんですねえ』

「……お前の家もそうだろ？」

郁は両親に愛されているはずだ。そう思ったけれど、郁は淋しそうな顔をしている。

『前にね、お父さんの愛情は本当は篤郎のものだったのに、と書いたら、陶也さんはそんな話しても仕方がないって言いました。おれはそれを聞いた時、陶也さんは本当はすごく愛されて育ってきて、それで……すごく強いんだって思った』

陶也には、郁の言う意味はよく分からない。首を傾げると、郁は続きを書いた。

『お母さんがおれを連れてお父さんと再婚した時、おれはまだ六つでした。小さい頃は、篤郎とは仲良しでした。篤郎は自分より年上なのに小さなおれを、弟みたいに思ってくれて、家の庭で毎日一緒に遊んでました』

　その時のことを思い出すように、郁は時々手を止めてじっとノートを見つめた。

『ある時雪が積もって、二人で雪だるまを作りました。楽しくて、夢中になって、また雪が降り出してもおれは最後まで作りたくてやめませんでした。ちょうどその日はお父さんもお母さんも出かけてて……でも、夜になったら、おれは熱を出したんです。寒い中にずっといたから、肺炎になりました』

　カイコガの郁にとって、肺炎がどんなものなのか、陶也も医者の家に生まれているので容易に想像がついた。普通の人ならばひどい風邪くらいの状態でも、郁にとっては生死にかかわる病気だ。

『お父さんは気が動転してしまって、篤郎をひどく叱りました。後で聞いたら、出て行けと言って物置に一晩閉じ込めたそうです。篤郎はその時七つでした』

　いつの間にか、郁の眼にじんわりと涙が浮かびあがっている。郁は小さな篤郎が受けた仕打ちを思い、泣いている。

『それから、おれがなにかあって倒れたり、寝込んだり、怪我をするたびにお父さんは篤郎を叱りました。お前がもっと郁に気をつけてたらって。兄弟なんだから、篤郎が郁を守らないといけないのにって。篤郎がおれを守らないのは、心の中でロウクラスの兄さんをバカにしてるからだって……お父さんは怒りました』

陶也はこくりと息を呑んだ。それを横で聞く郁の気持ちも、篤郎の気持ちと同じくらい引き裂かれただろうと、想像がついた。

『おれの口がきけなくなった時も、お父さんは、篤郎がおれを連れてあちこち遊びに行ったのが原因で、おれが疲れてしまってそうなったって』

篤郎はおれのためにしてくれたんです、と郁は書き足した。

『おれはそれを、お父さんに伝えきれなかった。いつも心のどこかで、おれは本当の子どもじゃないからと思ったら……勇気がなくて。だから篤郎は、家を出ていったんです』

郁の眼に溜まった涙が、ぽたぽたとノートに落ちた。

『お父さんは、篤郎を愛しています。自分でも、篤郎を愛してることになんの疑いもないから、あれだけ厳しく叱れたんです。でも、篤郎には伝わってない』

それではまるで、叱られない郁が愛されていないようだ。陶也はそうではないと知って欲しくて、「お前のことも、お父さんは愛してるだろ」と言っていた。

郁は涙を拭い、微笑んだ。

『知ってます。ただ、おれはお父さんの跡取りにはなれません』

「……だから、篤郎を探してたのか？　家に戻してやりたいって？」

『おれにできることはそれくらいです。おれは、きっと、篤郎よりも長生きはしません』

——長生きはしません。

いっそ淡々と、当たり前のように郁は書いた。

陶也の胸は刺し貫かれたように痛み、怖さと切なさが、いっしょくたになって襲ってきた。陶也は無意識のうちに、郁を窒息しそうなほどぎゅっと抱きしめていた。

（そんなこと言うな。俺はお前と、これから先もずっと生きていたいのに）

胸の中で思うけれど、言葉には出せない。どう言えばいいのか。

ただたまらなく怖かった。郁がいつか、自分より先に死んでしまうとしたら。澄也を失った時とは比べものにならないほどの喪失感で、陶也はきっともう一歩も歩けなくなる。瓦礫《がれき》のような体。打ち捨てられる心。

郁のいない人生なんて、意味がない。

（俺はどうしたらいいんだ……）

どうしたら、どう生きたら、郁を守れるだろう。陶也は初めて、自分の将来に迷っていた。郁を守り、郁を生かす力をつけたかった。いつ死んでもいいと思っていたはずなのに、陶也は今、どうやって生きていけばいいかを悩んでいた。

五

翌日、郁は四時限目まで授業があったが陶也は三時限目で終わりだった。

放課後は郁と会うから、郁が授業の間の一時間半をつぶそうと、図書館で本を借りてから屋外の喫煙所に向かった。冬だが今日は晴れており、比較的暖かかった。

借りた本はカイコガ種についての医学的、社会的問題を扱った本だ。国内にはこれ一冊しか研究論文がなく、陶也が図書館にリクエストを入れてやっと届いたところだった。郁には内緒で、郁が抱えている問題を勉強するつもりだった。

その時、屋外喫煙所への階段を下りていた陶也は、数脚並んだベンチに座っている男を見て足を止めた。篤郎だった。

いつだったか同じ場所に押しかけてきた時と違い、今日は比較的マシな身なりをしている。厚手のコートを着て、ブランドもののマフラーを首から垂らしていた。

「よう。どれだけ連絡しても無視されたから、来たぜ」

篤郎が言ったが、陶也は無視して別のベンチに腰掛け、煙草に火を点《つ》けた。郁のことは好きだ。愛している、と言ってもいい。けれどいくら義理の弟でも、篤郎を見ると嫌悪感しか湧かない。郁が篤郎を愛し、篤郎に家に戻ってきてほしいと思っていても、陶也はそのために篤郎を説得する気はなかった。郁には悪いが、篤郎は性根まで薬に冒されておかしくなっている。まともだとは思えなかった。

「なんだよ。ここでも無視か？」

篤郎はへらへらと笑いながら、陶也の横に腰を下ろしてきた。

「……昨日俺、家に久々に帰ったんだよ。で、知ったんだけど、陶也」

郁と寝たんだな、と篤郎が言った。陶也はちらりと篤郎を見た。

「郁にお前の匂いがついてた。それもべったり。一度や二度じゃないだろ？」

「それが？　付き合ってんだからいいだろ。セックスしても」

篤郎は浮かべていた笑みを引きつらせた。

「付き合ってる？　おいおい……本気でよりを戻したのか？　ロウクラスだぜ」

篤郎は以前、陶也のマンションに押しかけてきた時と同じことを言おうとしている。陶也はそれに気づいて「それがどうした」と再度突っぱねた。

「言いふらしたいなら言いふらせよ。陶也はハイクラスなのに、ロウクラスに骨抜きにされたってな。別にいいぜ、本当のことだ」

「……」

篤郎が言葉を失ったような顔で、陶也を凝視している。眼を見開き、まるで化け物でも見たような表情だ。

やがて篤郎は赤くなり、怒って立ち上がった。

「お前……ふざけんなよ！　俺より郁かよ。あんなヤツのどこがいいんだ」

「郁はお前のことも心配してたぞ。俺はそうは思わねえけどな、郁はお前に家に帰ってきてほしいらしい。お前ももう二十歳なら、いつまでも親に迷惑かけんなよ」

自分には似合わないことを言っている、と陶也は思った。他人のことなどどうだっていいはずなのに、篤郎が郁を悪く言うのを聞いていたら黙っていられなかった。

陶也の言葉を聞いた篤郎が、ますます顔を赤くする。

「ああそうかよ、そうだろうな、郁がいい子で俺がひねくれてるってことだろ。お前もそう言うんだろ？」

「ガキじゃあるまいし、妙な結論でなんでも片付けるな」

陶也は苛立った。篤郎が急に、中学生くらいの子どもに見えた。

「お前がひねくれたのはお前の勝手だろうが。ままならないことなら誰だって抱えてる。いじけるのはよして素直に反省してやり直せ」

言いながら、陶也はだんだん、以前の自分に言っているような気がしてきた。篤郎は自分と似ているのかもしれない——階級意識と愛情乞食を一緒くたにして、自分の心を自分でがんじがらめにし、孤独にしているのに、それに気づいていない。

「毒されたな、陶也。面白くないヤツになりやがって。郁のせいだ」

「違う、俺が自分で選んだんだ。郁のことを悪く言うな」

篤郎は陶也の座っているベンチを蹴り上げてきた。その眼に怒りがたぎっている。

「郁、郁、郁！　体が弱くて今にも死にそうなのが、そんなにえらいか？　誰も彼も郁を優先しやがって……カイコがなんて、生まれなくていいはずのヤツだ、さっさと死んでりゃよかったんだよ」

その瞬間、陶也はハッとなった。

「どうせ十年後には、郁は死んでるだろ……！」

気がつくと、陶也は篤郎を殴りつけていた。

「二度と面《つら》を見せるな！」

怒鳴りつけると、篤郎が陶也を睨んでくる。陶也は唾を吐き、煙草を捨てると篤郎に背を向けた。たとえどれほど激昂《げきこう》しているにせよ、郁に死ね、と言った篤郎が許せなかった。

篤郎をこの場でそれ以上痛めつけなかったのは、郁が篤郎を愛しているからだ。

（家に戻すことなんかないぜ、郁。あいつはもう直らない）

陶也は郁には、篤郎と会ったことを黙っていようと思った。そうして郁がどれほど気に病《や》んでも、篤郎を説得して家に戻すようなことはしないと決めた。郁にとって、篤郎は毒だとしか思えなかった。

「あーあ、あっちゃんのこと、完璧にフッちゃったね」

喫煙所から出てすぐのところに、兜が立っていた。陶也は見てたのかよ、と舌を打った。

「たまたま見えたんだよ」

「兜、お前俺がとってない授業でも郁とかぶってるのあっただろ」

「一つだけだよ」

「それだけでもいい、篤郎が郁に近づかないように見とけ」

そう言うと、兜は驚いたような顔をした。変われば変わるもんだね、と感心している。

「いいよ。俺の知り合いにも声かけとくよ。郁ちゃんと同じ文学部の子が何人かいるし。でも……結局郁ちゃんとあっちゃんは兄弟なんだから、いくらでも近づきようはあるでしょ。本人に言っておいたら？」

「いいんだよ、郁には。気に病むだけだろうが」

陶也はきっぱりと言った。兜はますます眼を見開いたが、陶也はもう気にならなかった。誰にどう思われても構わなかった、郁を傷つけないようにすることばかりで、頭がいっぱいだった。

（それに郁は……篤郎が悪いヤツとは思えないだろうしな）

なにしろ、こんな自分のことさえ好きな郁なのだから。そう思いながら、陶也はふと、郁からまだ自分のどこが好きなのか訊いたことがないなと思った。

「……なんか四年前のこと思い出すなぁ」

その時兜が、独り言のように呟いた。

「陶也クンと澄也クンが重なるんだよね。……あっちゃんは、陶也クンより救えない気がするけどね」

その日、陶也は郁を部屋には連れて行ったが、いつもより早めに家まで送った。

「寝る前にメールしろよ」

と言って、陶也は車の中で郁にキスをし、別れた。郁は冷たい外気に触れると、すぐに鼻の頭を赤くし、にこにこと陶也に手を振って家の中に入っていった。

郁が玄関の扉に消えるのを見送って、陶也は車を出した。けれどその日、郁はなかなかメールを送ってこなかった。

十一時頃、携帯電話が鳴ったので飛びつくようにして見たが、それは顔もよく思い出せない古い遊び友達からのメールだった。

『今日abejaであるパーティー行く？』

行かねえよ、と思って陶也は返さなかった。陶也は寝るまでの時間、リビングで図書館から借りてきたカイコガ研究の本を読んで時間をつぶした。医療制度の貧弱ぶりや社会保障制度の少なさについては、必要なところをメモに残した。それから、口や目が使えなくなったカイコガ出身者に施された、感覚器官の蘇生手術の研究や衰弱の進行を遅らせる対策については、かなり真剣に読んだ。

本を読み終える頃、時計を見ると午前零時を過ぎていた。

（おかしいな。郁のやつ、まだ寝ないのか？）

メールを問い合わせてみても、受信は0件。メールし忘れて寝てしまったのだろうか。しかし郁は今までに一度も、就寝前のメールを欠かしたことがない。

自分から送ってみようかと携帯電話を持ち上げたちょうどその時、誰かからか電話がかかってきた。それは長兄の秘書である刺野からだった。

「刺野か？　なんの用だ？」

『夜分にすみません。実は、七雲本家に蜂須賀様からご連絡がありまして』

「郁から？」

『いえ、郁様ではなく、郁様のお父様からです』

陶也は嫌な予感で、胃の底がきゅっと縮まるように感じた。

『陶也様のお電話番号をご存知なかったようで、本家のほうに……。郁様が、今夜帰られてから出かけられたとのことなのですが……陶也様のお部屋にいらっしゃいますか？』

陶也の心臓が、どくんと嫌な音をたてた。

「いない。……蜂須賀のほうからは、何時頃に出かけたって訊いた？」

『七時頃、一度ご自宅に戻られて、八時頃にすぐ戻るからと出られたそうですが……』

それから考えると、すでに四時間以上経っている――陶也の額に、冷たい汗が滲んできた。

「俺からも連絡をとってみる。ご両親にはそう伝えてくれ」

立ち上がり、車の鍵をパンツのポケットにねじこみながら陶也は電話を切る。部屋を走るようにして出ながら、郁に電話をかける。何度コールしても出ない。メールを打つが、返信も来ない。

地下駐車場に降り、車に乗り込んでエンジンをかける。頭の奥がじんじんとしている。

『陶也クンと澄也クンが重なるんだよね』

ふとそう呟いた、兜の言葉が頭の奥でぐるぐると回った。陶也は思い出していた。澄也に翼と別れろと迫った後、澄也は一度は翼と別れた。しかしその後、再び澄也は翼を抱いた。――それを知った俺は、なにをしただろうか？

夜の街に車を走らせたその時、電話がかかってきた。ディスプレイには郁の名前が表示されている。

「郁？　どこにいるんだ？」

急いで出た陶也の耳に飛び込んできたのは、派手でリズミカルな音楽――けたたましい笑い声。

『陶也？　ごめんなあ、愛しい愛しい郁じゃなくて』

電話をかけてきたのは篤郎だった。篤郎は突然ゲラゲラと笑い出す。ラリってる、と陶也は思う。汗が腋下《わきした》にどっと溢れ、陶也は喉の奥が引き締まるのを感じた。

「……篤郎、郁は？　郁はどうした」

『今、パーティー中なんだよ。恒例のジャンキーパーティー。いいドラッグが入ったから。陶也も来いよ』

「篤郎……」

『あ、いい踊り子さんも入ったんだ。俺の可愛い義理のお兄ちゃん』

篤郎はゲラゲラと哄笑《こうしょう》した。陶也は眼の前が真っ暗になるのを感じた。全身が冷たくなり、血の気がひいた。

これはなんの悪夢だ？

同じことを、俺はした——青木翼に——だが、翼は陶也にとって赤の他人だったし、何人もでなんて——いや、これはあの時の報《むく》いなのか——。

「……郁に、なにをした？　お前、郁は……お前の兄だろう？　血がつながってなくても、家族だろう!?」

『お前が言うなよ、陶也』

せせら嗤う篤郎の声が、陶也の胸を突き刺す。

『お前がしてきたことが、返っただけさ。郁に』

通話は突然切れた。陶也はアクセルを踏み込み、スピード規制など無視して夜の街を走り抜ける。頭がガンガンと痛み、喉はからからに渇いて焼き切れそうだった。

郁。郁。郁。

それしか考えられない。郁の笑顔、郁の小さな体、陶也を見つめる大きな瞳の中に何度も行きかう、愛情の影しか。

（郁を、郁を傷つけてたら、殺してやる。殺してやる！　殺してやる！）


陶也は一度郁を連れて行ったクラブ、abejaに向かった。篤郎が郁を呼び出すなら、ここが一番可能性が高い。もう午前二時を過ぎている、クラブの中は酔っぱらい踊り狂う男女で盛り上がっていた。顔見知りもいたが陶也はすべて無視をした。邪魔な人波を突き飛ばすようにして奥へ奥へと進む。頭に血が上り、視界がぐらぐらと揺れている。

（郁、郁、郁……っ）

トイレの横の簡素なドア。ここがプライベートルームだ。入り口に見張りらしい男が立っていて、「チケットは？」と言いかけてから「あ、陶也？　来たんだ。入れよ」と扉を開ける。陶也は部屋に駆け込んだ。

とたん、甘く濃密な香りが鼻孔《びこう》をつく。淡い桃色の照明の中、外のフロアでかかっている音楽がここにもスピーカーから流れており、部屋の中にずらりと並べられたソファの上で男女がからみあってセックスをしている。

みんなドラッグ漬けになって正気を失い、陶也が入ってきたのにも気づいていない。喘ぎ声、笑い声の中に、罵倒する声もまざっている。一番奥の一隅《ひとすみ》に、何人もの男たちが丸くなって集まっている場所がある。陶也はそこへ近づき、人垣を作る男たちを片手で突き飛ばし、なぎ払った。

そして、呆然《ぼうぜん》と立ち竦んだ。

円の中央では篤郎が大きな肘掛《ひじか》け椅子《いす》に座ってへらへらと笑い、血走った目をしている──完全に薬でやられている。そしてその足下に、郁が横たわっていた。

うつろな目をして、口元によだれとも精液ともつかない液がついている。衣服はほとんど脱がされ、白い肌のあちこちに暴力の痕跡《こんせき》があった。ほっそりした頼りない足と内股に、血の筋ができ、白いものがついていた……。

陶也の頭の中で、感情が爆発した。耳が聞こえなくなり、眼が見えなくなり、そして次の瞬間、喉の奥から雄叫《おたけ》びが迸った。

気がつくと陶也の爪の先からは、鋼のように鋭い糸が飛び出していた。それが篤郎の座っていた椅子をつんざき、ばらばらに壊す。篤郎は悲鳴をあげて床に転げ落ちる。陶也はその体を蹴り上げた。

篤郎の体が壁にめり込む。

「お前ら全員、殺してやる！　殺してやる！　殺してやる！」

陶也は自分でも、なにを口走っているのか分からなかった。怒鳴った瞬間体が熱くなり、横に立っていた男を殴った。糸を操《く》り、郁を取り囲んでいた男たちの首に巻きつけて空中に持ち上げ、壁に向かって投げつける。悲鳴があがり、天井の照明が壊れ、非常ベルのようなものが鳴る。入り口が開き、店員が入ってきたが、陶也は構わなかった。

よろよろと立ち上がった篤郎の首に糸を巻きつけ、ぎりぎりと締めながら空《くう》に吊《つ》り上げた。

「あっ……うあっ、あああっ」

篤郎は首の糸をかきむしり、足をばたばたと暴れさせたが陶也は篤郎を放してやるつもりなどなかった。ここで殺すつもりだった――郁が、止めるまでは。

「あ、あー、あっ」

突然陶也の腰に、誰かがすがりついてきた。見ると、それは郁だった。郁は泣いていた。泣きじゃくりながら、弱々しく首を横に振っていた。

「あ……、あ……、ああ、あ」

やめて。お願いだからやめて。篤郎を許して。

郁の眼にそんな言葉が浮かんでいる。郁は危《あや》うい足取りで立ち上がり、篤郎の首を締めている鉄の糸に指をかけて引っ張る。

「郁……」

陶也の体から、すうっと力が抜けていった。篤郎の首からも糸が落ち、陶也は篤郎を解放した。篤郎は床に伸びて失神し、郁もまた膝から力が抜けたようにその場に崩れた。

「郁！」

陶也は郁を抱き上げた。郁の体は燃えるように熱く、額は汗でびっしょりと濡れていた。陶也はむしるように自分のシャツを脱ぎ、郁の体にかける。呆然としている店員を押しのけて、外へ出た。郁を助手席に横たえ、刺野に電話をかけた。

「郁が見つかった、ヤクを打たれてる。俺の部屋で抜くから点滴を持ってきてくれ……」

陶也は、それだけ言って切るつもりだった。けれど切れなかった。

横で気を失っている郁。白い頬にはぶたれた痕があり、可愛い唇が切れて血がこびりついていた。

胸の奥がつぶされたように痛み、眼の前が滲んだ。鼻の中が酸っぱくなり、陶也はうつむいた。涙が溢れた。

「……俺のせいだ。俺のせいで、郁を傷つけた」

篤郎の言うとおりだ。

――俺の今までにしてきたことが、郁に返ってきた。俺に返ればよかったのに、郁に返ってしまった。これは報いだ。

「俺がいなかったら、郁は……刺野、こんな時、どうしたらいいんだ……」

電話の向こうで、刺野が息を呑む。陶也は片手を瞼にあて、咽んだ。


陶也は自宅で郁の体からドラッグを抜いた。とはいえ郁が打たれた量は少量だったらしい。中毒症状も出ず、点滴を打って風呂に入れ、十分に睡眠をとらせた後は完全に抜けたようだったから、陶也は夜が明ける頃、次兄が勤める病院に連れて行った。

次兄は刺野から訊いて事情を分かっており、時間外だったが病院で待機してくれていた。郁の状態を見ると眉をしかめ、怒りをこらえるような表情で淡々と治療を行った。郁の怪我は数ヵ所に及んでいた。

「……右足が骨折、左手にひびが入ってる。あとは内出血がひどい……それから、複数人の体液が、皮膚や……彼の体内から検出された」

覚悟はしていたが、聞いた後、陶也はトイレで吐いた。

再び怒りが蘇り、郁に止められても、あの場で篤郎や他の男たちすべてを殺しておくんだったと思った。これほどの憎悪はかつて澄也の相手となった翼にさえ感じたことがなかった。憎しみと怒りで、気がおかしくなりそうだった。

「蜂須賀のご両親に連絡しました。開院したらいらっしゃるそうですが……陶也様はご面会されますか？」

長兄雅也の好意で、刺野も病院まで来てくれて方々に気を配ってくれていた。まだ開院前の早朝の待合室で刺野に報告され、陶也はいや、と断った。

「俺は会わないでおく。今会ったら……郁の父親を殺しそうだから」

郁の継父になんの罪もないことは分かっている。けれどあの篤郎の父親だというだけで、会った瞬間責めてしまいそうだった。

（俺のせいかもしれないのにな……）

郁は睡眠薬を打たれて寝ていた。数時間は起きないだろうと言われ、陶也も一度家に帰り、郁の両親が帰った頃を見計らって見舞いに行くことにした。

篤郎はどうしただろう？　と思ったが、すぐにどっちでもいい、どうにでもなれ、死んでくれてたら一番いいと考えた。

疲れ切った体をひきずるようにして自宅のベッドに横たわったが、眠れなかった。頭の中を嫌な考えや回想ばかりがぐるぐると回る。

（俺のせいだ……俺の……俺なんかとかかわったから……）

――もう少し俺がまともだったら……篤郎なんかとかかわりがなければ……、いや、今までの俺の行いがもう少しマシだったら……。

いつの間にか陶也は浅い眠りについており、夢を見た。夢の中で、陶也は乾いた砂漠の真ん中に突っ立っていた。

遠くにぽつんと椅子があり、郁が座っている。

――郁。郁。

陶也は叫びながら郁に近づいていくが、すぐそばまでやって来て郁に触れようとすると、郁もまた黄色い砂になってさらさらと砂漠の中に消えてしまう。

陶也は汗だくになって飛び起きた。

（夢……）

時計を見ると、時刻は既に十時を過ぎており、窓から射しこむ光も明るかった。

悪夢の残滓《ざんし》は陶也の胸に不安となって残っていたが、陶也はそれを抑《おさ》えこんで昼の一時頃、郁を見舞った。両親はもう帰ったらしく、入院している個室へ行くと郁は上半身を起こしてベッドに座り、窓の外を見ていた。折れた右足はギプスで固定され、オレンジ色の点滴パックが頭上で揺れている。

郁の顔は青ざめ、大きな黒い瞳はうつろで、どこか遠くを見つめている。眼の下にはクマができ、うなじや手首に散る鬱血が痛々しかった。

郁がなにか考えているのか、なにも考えていないのか……陶也には分からなかった。今声をかけても郁には聞こえない気がして、怖くなった。

「……郁」

そっと声をかけると、郁は陶也を振り向いた。血の気のない顔に、弱々しく笑みが広がった時、陶也は胸を摑まれたように感じた。

大丈夫か、とは訊けなかった。あんなことがあって、大丈夫なはずはない。体もそうだろうが、心もどれほど深い傷を負っただろうと思う。

刺野に調べさせたら、abeja の店内には郁の携帯電話が転がっていたそうだ。八時前に篤郎から着信が入っていたという。おおかた郁は「家に帰るから」とか「話し合いたい」とかいう篤郎の口車《くちぐるま》に乗せられて、素直に abeja まで行ったのだろう。

あとは、これまで篤郎たちがドラッグパーティーに連れ込んできたロウクラスの子たちと同じ扱いをされたに違いない。ヤクを打たれて力が出なくなったところを、囲まれて暴行を受けた……信頼し、愛していた弟にそんなことをされたのだ。郁の心が壊れてしまっていても、おかしくなかった。

それなのに、郁は笑っている。

突っ立ったままの陶也にむかって、小首を傾げ、小さな唇を動かした。

だ、い、じょ、う、ぶ？

郁はそう言った。何度も何度も、そう言った。

（……お前は、こんな時でも俺のことを気遣《きづか》うんだな）

けれど郁が膝の上に置いている小さな手は、小刻みに震えていた。陶也はそれに気がついた。必死に恐怖と闘っている、郁の心を垣間《かいま》見た気がして、陶也は郁に駆け寄ると胸に抱きしめていた。

「……ごめん。ごめんな、ごめん」

他に言える言葉が思いつかなくて、陶也は謝り続けた。郁の細い右腕が陶也の背に回り、震えながら陶也のシャツをきゅっと掴む。眼を閉じた郁の睫毛の下から、涙が一筋こぼれていった。


陶也はそれから、毎日病院へ郁を見舞った。

郁の回復は遅く、夜になると熱を出し、食欲もないようだった。悪夢にうなされて起きることも多いようだと、次兄から訊いた。やがて郁のところには、週に二度カウンセラーが来ることが決まった。それでも、陶也が会いに行くと郁は微笑んで迎えてくれる。

（泣きついてくれてもいいのに）

自分が頼りにならないのかと思うと陶也は落ち込んだけれど、それを郁に言っても仕方がない。陶也もなるべく普通に接するようにした。

刺野に調べさせたが、篤郎の行方は知れなかった。abejaでの一件は騒動にはなったが、警察沙汰にはならなかったようで、その時にパーティーに参加していたのが誰かもよく分からないという。陶也はなにもかも忘れようと、刺野にそれ以上調べさせるのはやめた。

郁は両親に、篤郎のことは話していないらしい。郁の継父も母親も、郁の怪我はたまま出かけた先で暴漢にからまれたせいと思っているようだった。探し出してくれた陶也にお礼が言いたい、と言われたが、陶也は刺野に言って適当に断らせた。郁の両親に会えば感情的になり、本当のことを話してしまいそうだった。

郁も苦しんでいただろうけれど、陶也も苦しんでいた。

夜になると何度も目が覚め、脳裏にabejaのプライベートルームで傷つけられて横たわっていた郁の姿がフラッシュバックし、そのたびに陶也は滝のような汗をかいた。

自分自身さえ壊れてしまうのではないかと思うほどの、激しい怒りを感じ、憎しみで気が触れるのじゃないかと思った。

篤郎を見つけ出してずたずたに引き裂いてやりたかった。

けれど、もちろん陶也は、郁にそのことは言わなかった。郁が陶也に、夜中どんな夢を見て苦しんでいるのか話さないのと同じように。

ただ一緒にいる時、互いが互いの傷を深く労りあっていることだけは伝わってくる。何時間でもそっと手を握り合い、静かに、言葉も交わさず寄り添った。けれどそれでも陶也には、郁の胸の内が見えなかった。それは、郁も同じだったかもしれない。

いや、それとも郁には陶也のことなど、すべてお見通しだったのだろうか？

寄り添っても寄り添っても、陶也は不安だった。手にすくった砂のように、郁の存在が指の隙間からこぼれ、消えてしまうような気がした。

クリスマスが翌日に迫ったその日、朝から空はどんよりとし、雲が重く垂れ込めていた。陶也は見舞いに行く途中、ケーキ屋でカットケーキをいくつか買った。

郁の病室に着いたのは、ちょうど午後三時だった。郁はいつものようにベッドに上半身を起こして座り、物憂げに窓の外を眺めていた。

「郁」

声をかけて横に腰を下ろすと、郁はハッと振り返り、それから微笑んだ。春の陽が射しこむような幸せそうな笑顔を、篤郎に暴行を受けてからはもう、見ることはない。けれど、優しさと温かさだけは同じ、静かな笑みを郁は浮かべる。

郁の笑顔を見ると、陶也はいじらしく切ない気持ちになった。けれど、そんな内心は押し隠して明るい声を出す。

「ケーキ買ってきたんだよ、明日はクリスマスだろ？　当日は、ご両親が来るんだよな。だから俺は今日、と思って」

一緒に食べよう、と言ってサイドテーブルにケーキの箱を置く。中を見せると、一瞬郁の顔から笑顔が消えて、陶也は「ケーキ、嫌いか？」と訊いた。

郁は慌てて微笑み、首を横に振る。

「……それと、これ、プレゼントに。お前はブランド品とか興味ないけど、これならいいだろ？」

陶也が取り出したのは、細長い箱に入った有名なメーカーの万年筆だった。紺色のボディにプラチナのペン先。洗練されたデザインの万年筆は、持つだけで美しい字が書けそうだ。高価なものには興味のない郁へ、それでも喜んでもらえるものをと、陶也が知恵を絞って思いついたプレゼントだった。

筆耕になりたいというのだから、きっと字を書くのは好きなはず。これなら、受け取ってくれるだろう。誰かに贈るもので、陶也がこれほど悩み、心をこめたことはなかった。

けれど万年筆を見た郁の表情は、見る間に硬くなっていった。

その眼が潤み、唇からは血の気がなくなっていく。郁は泣きだしそうに眉を寄せて、横に首を振った。

「郁？」

郁の瞳から、大粒の涙がこぼれた。唇を震わせて、郁は『受け取れません』と唇を動かした。それが、陶也には読み取れた。

「……なんで。こういうものは、嫌いか？」

違う違う、と言うように、郁はふるふると首を横に振る。

「じゃあなんで」

とうとう郁はうつむき、「えっ」としゃくりあげた。そして怪我の少ない右手を伸ばし、陶也の手のひらに文字を書いた。

『わ、か、れ、ま、しょ、う』

別れましょう——。

陶也には、初め郁がなんと書いたか分からなかった。

「なに？　なんて書いたんだ？」

声が震えた。本当は分かっている。けれどそう言うと、郁はもう一度書いてくれた。

『別れましょう』

「分かんねえよ。なんだよ……」

『別れましょう』

「嘘だろ？」

陶也の声はかすれた。郁は首を横に振っている。そしてまた、しゃくりあげた。

「俺のことが、嫌いになったのか？」

いいえ、と郁は首を振る。

「じゃあどうして。俺が怖いのか？」

違う違う、と郁は首を振る。陶也は心臓が激しく鳴り出し、耳鳴りがした。今聞いた言葉を信じたくなくて、頭の奥が、痺《しび》れるように痛む。

郁は泣きながら、枕の下からノートを出してくる。それは、いつも陶也と郁の間で会話に使っていたノートだ。後ろのほうからノートを開き、郁はあらかじめ書いてあったらしい文章を見せた。

ボールペンで書いたために消しゴムで消せなかったらしく、何度も何度も書き直されて、ページには打ち消し線で抹消された文章がいっぱいだった。その中で消されていない文章だけを、陶也は拾い読みした。

『陶也さん、ごめんなさい。

おれと、別れてください。

陶也さんのことは好きです。

でもおれは、篤郎からもうなにも奪えません』

陶也は喉が震え、引きつるのを感じた。

「……篤郎のためかよ？　なんでだ？　俺とお前が別れたからって、あいつの腐った性根が直るもんでもないだろ!?」

思わず感情が高ぶり、陶也は怒鳴ってしまった。

「俺は嫌だからな、なんで俺がお前と別れなきゃいけないんだ？　お前は俺が好きなんだろ？　だったらなにも問題はないはずだ」

郁は嗚咽《おえつ》しながら、次のページをめくった。

『陶也さんが好きです。でも今は、一緒にいることが怖い。このまま一緒にいつづけたら、好きな気持ちがだめになりそうです。罪悪感や、不安で、気持ちが負けそう。そうなる前に、別れたい』

読み終えた後、陶也は頭の先から爪先まで冷たくなっていく気がした。

声も出なかった。

一緒にいることが、怖いという郁。

好きな気持ちがだめになりそうだという、郁。

それはずっとこのベッドの上で、何日も何日も郁が悩んで出した結論なのだろう。

郁は両親に篤郎のことを話すつもりはないのだ。胸の中にすべて抱えて、一人で墓の中までこのことを持って行くつもりだろう。

そしてあんなことをされてもまだ、篤郎を愛している。

篤郎から、陶也を奪えない、と思い込んでいる。陶也といることで、陶也を愛することより、篤郎への罪悪感に心を支配されてしまうと――そう言っている。

「……俺が好きなのは、お前でも？」

陶也はぽつりと呟いた。

けれどそれ以上、なにも言えなかった。

耳の奥に何度もこだましてくるのは、篤郎の言葉だ。

『お前がしてきたことが、郁に返っただけさ』

あるいは、兜の言葉だった。

『陶也クンと澄也クンが重なるんだよね』

(俺がいなければ、郁はこんな思いをしないですんだ……)

郁が愛したのが、もっとまともな男なら。もっと初めから、郁を優しく守っただろう。篤郎につけこませたりしなかっただろう。

(俺のしてきたことが郁に返った。……俺が迷ったから、こうなった)

このまま一緒にいたら、郁はいずれ自分を愛さなくなる。陶也にはそう思えた。そしてそれが怖い。どうすれば郁を幸せにできるのか、篤郎の未来まで背負い込んで責任を取りたくても、その方法が思いつかなかった。絶対に郁を幸せにできるとは言えない。今の自分に、そんな力はない。

そう感じた瞬間、引きとめるための言葉が見つからず、体からすうっと血の気が退いていった。

「……分かった」

その一言を言う時、人生で一番、勇気が必要だった。

声は乾き、喉が痛んだ。

「でも、これはもらってくれ……いらなかったら捨てていいから。お前のために選んだんだ」

万年筆の箱を郁の膝の上に置く。郁の眼から落ちる涙が、黒く重厚な箱の上でぱたぱたとはねている。

「……それからこのノートだけ、俺にくれ。お前のこと、覚えてたいから……」

郁は顔をあげた。泣き濡れてまっ赤になった眼が――可愛かった。小さな子どものようにしゃくりあげる喉が、愛しかった。郁のすべてを、陶也は好きだと思った。

好きだ。

抱きしめて、手をつないで、自分のそばに、ずっといてほしい……。

「最後に、キスだけ、していいか……？」

もうその声は、ほとんど聞こえないほど小さくなった。けれど郁は聞いていて、そっと陶也に身を乗り出すと、自分から、陶也の唇へ唇を重ねてくれた。触れるだけのキスは、涙の味がして塩辛かった。

それから、どうやって病室を出たのか、陶也はよく覚えていない。

気がつくと、病院から駐車場に続く道を歩いていた。ふと眼の前に白いものがちらつき、見上げると空からは雪が降ってくるところだった。この冬初めての雪。

(郁も、窓から見てるかな)

振り向いて、郁が自分を見送っているのか確かめたい衝動を、陶也は抑えつけた。今もう一度振り返れば、病室に駆け戻り、別れたくないとすがって泣いてしまう。そう思った。

車に乗り込み、自宅のマンションに向かって発進させる。

すべてがまるでプログラムされた自動行動みたいに、陶也は無意識で車を運転していた。気持ちはうつろで、なにもかも現実感がない。それなのにとても疲れていた。

交差点の長い赤信号で捕まった時、陶也はふと、郁からもらってきたノートを手にとってパラパラとめくった。

横断歩道が青になり、歩行者信号から、脳天気な音楽が流れはじめる。

俺は本当に、郁と別れたのかな、と陶也は思った。とても信じられなかった。明日はクリスマスで、郁は家族が来るだろうからもともと見舞わないつもりだった。けれど明後日にはまた見舞って、病室で手を握って過ごす。窓の外を眺めて、他愛《たあい》ない話をする。一冊のノートと、眼と眼だけで。

その次の日もそうする。その次の次の日もそうする。

――そうして、そうして、そうして……。

その先の想像ができないことに、陶也は気がついた。郁との未来を思い描けない。一生そばにいると口では言えても、想像がつかない。

（……だからダメだったのかもな）

ノートには、美しく丁寧な郁の文字が並んでいる。時々そこに、陶也の字が混ざる。

他愛のない会話の繰り返し。陶也が口で訊いて、郁だけが書き記すことも多かったから、ノートは知らない人間が見てもきっと意味が分からない。

けれど陶也には分かる。陶也には浮かんでくる。どのページを見ても、郁がその時どんな顔をし、どんなふうにこの文字を書いたか。

よく見れば同じように見える字も、その時その時の郁の感情を表して少しずつ違っている。

『蜂須賀郁、といいます。はちすが、いく、と読みます』

初めて郁が自分に書いてくれた字。今読むと、ほんの少し緊張していると分かる。

『また会ってくれるの？』

一度別れかけ、やり直した時の字は震えていて、泣き出しそうな郁の顔が浮かぶ。

「……これは笑ってた時。これは、驚いてたな……大きな眼、まんまるくしてさ……」

ふっと笑い、そうして陶也は、笑えなくなった。

自分はどうしてこんなに、郁のことをよく覚えているのだろう？

（俺は最初から、郁が、好きだったんじゃないのか……）

鼻の奥がツンとして、突然、涙が溢れてきた。涙はあとからあとから、とめどなく眼に盛り上がってくる。不意に後頭部を重いもので打たれたような衝撃《しょうげき》を感じた。

(俺は郁を失ったんだ……)

はっきりと、陶也はその喪失を感じた。

それは自分の体がばらばらにちぎれ、世界中が真っ暗になるような衝撃だった。

「う、ううっ、う、うっ、うーっ」

陶也は車のハンドルに突っ伏した。嗚咽が止まらなくなり、激しくしゃくりあげた。喉の奥からみっともないほどの声が迫《せ》りあがってきて、信号が青に変わったのも気づかなかった。

後ろの車がクラクションを鳴らす。けれどそれがどうしたというのだ。

「郁、郁、郁……」

もう、郁になにもしてやれない。もう、郁を笑わせてやれない。そのことがなにより、辛かった。

陶也は声をはりあげて泣いた。こんなに泣いたことはなかった。

背後の車から怒った運転手が降りてきて、窓を叩く。けれど陶也はそれにもかまわず、誰に見られているとも考えず、声が枯れるまで泣き続けた。

季節は瞬く間にすぎ、春になった。

陶也は兜と一緒に、それまで通っていた大学の法科大学院に順調に進学した。

「特別枠の司法試験受けるってどういうこと？　陶也クン」

うららかな春の陽射しのなか、大学構内の桜並木を並んで歩いていると、兜が首を傾げた。

「どうせなら、早めに弁護士になって現場に出ようかと思っててんだよ」

歩きながらも試験問題集を見ている陶也へ、兜が「ずいぶんご立派になっちゃって」と肩を竦めてきた。

司法試験の受験資格は、通常法科大学院卒業が義務づけられているが、予備試験に合格した場合も受けることができる。陶也はこの予備試験を受けて、早めに司法試験を通り、さっさと弁護士になるつもりだった。

「司法修習《しゅうしゅう》期間入れたら、ちょっとの違いでしょ。なのに、そんなに急いで現場に出てどーすんのさ？」

「やりたいことがあんだよ」

なにそれ、と訊かれて、陶也は「ロウクラスの専門弁護」と答えた。

「ロウクラスは金ねえからいい弁護士つけられないだろ。俺くらい能力ある弁護士が安い金で助けてやったら、それだけでも力になるだろ」

「ふうん、志は立派だけど、俺様なとこは相変わらずだねえ」

兜はニヤニヤ笑っているが、最後には少し淋しそうに「ほんと、立派になっちゃって」と呟いた。

風に揺れて桜の花びらが舞い、陶也の見ていた問題集の間にも落ちてくる。

ふと顔を上げると、眼の前を背の低い男が通った気がして陶也はハッと目を瞠った。けれど通り過ぎていったのは、小柄な女性だった。――郁ではない。

(当たり前……か)

郁は今年の一月、大学を辞めたのだ。

病院は二ヶ月で退院したと聞いたが、それきり、陶也は郁がどうしているのか誰からも聞いていなかった。携帯電話から、郁のアドレスと電話番号は消してしまった。そうしないと、連絡をとってしまいそうだったから。ただ郁がくれたメールだけは、すべてパソコンに送って残したし、郁からもらったノートは、今も大切に、陶也の勉強机の一番上の引き出しにしまってあり、陶也は勉強に疲れると、ぼんやり眺めている。

けれど、それだけ。郁は陶也の生活から、いなくなった。

篤郎のことは知らない。時々まだクラブに顔を出すとも聞いたが、陶也はもう一切そんな場所には行っていない。ただ陶也は、今持っているたった一つの夢、守ることも支えることもできなかった郁のかわりに、べつのたくさんのロウクラスを助けたい、ということだけに自分の時間を捧げていた。

それが今、陶也が間接的にでも「郁にしてやれる」唯一のことだった。

「陶也クン、どうしたの？」

立ち止まってしまった陶也を、兜が振り返った。

「なんでも。なあ、兜。お前ならここの問題、どう判定する？」

陶也は兜を追いかけながら、いつか、と思った。

いつか、何年も何年も時が経って——もしも、また郁に偶然会うことができたなら。

陶也はまだ、郁が好きだ。四ヶ月経っても、郁への気持ちはまるで色褪《あ》せなかった。

他の誰かを好きになることなど、きっと二度とないと思う。それでいい。

今でも郁を失った日の夢を見て、郁を思い出して、泣ける日がある。

けれど立ち止まってばかりもいられない。生きることに、また飽きるわけにはいかない。

そうなれば、郁がきっと傷つくだろう。

もしもいつかまた、郁と出会えたら。その時には、せめて今よりもいい自分になっていたい。郁との未来を、今度こそ思い描ける自分に変わっていようと陶也は決めた。

それが陶也の、もう一つの夢だ。

それが叶《かな》うかどうかは、今のところ陶也にも、まるで分からなかったけれど。

続・愛の裁きを受けろ！

生まれて生きて、死んでいくことに、どんな意味があるだろう？

郁《いく》はいつの頃からか、そんなことを思うようになっていた。

普通の人の人生よりも、自分の人生は少し短いと、知った時から。


生まれて生きて、死んでいくことに、もしも意味があるとするのなら。

愛すること、愛されること……。

けれど愛することで、そして愛されることで、もしもさみしくなるとしたなら。もしも誰かが傷ついてしまったら？


郁はいつも、その先の答えを見いだせないでいた。

一

「蜂須賀《はちすが》さーん、これ、追加の分ね。……今日、いつもより多いけど大丈夫？」

同じデパートで働くパートの中年女性、岡崎《おかざき》が、心配そうな顔で郁の顔を覗《のぞ》き込んできた。顔をあげた郁はにっこりと微笑み、彼女が持ってきたリストを受け取った。

季節は初夏だった。

東京は梅雨前線の直下にあり、蒸し暑い日々が続いている。この頃では日本列島も亜熱帯となったのか、夕暮れ時になって雨がスコールのように激しく降り出すことが多かった。デパートのお中元売り場は冷房が効いて寒いくらいだが、裏側のスタッフ室はこのところのエコ志向と不景気もあってクーラーの設定温度が高く、むしろ汗ばむくらいだ。

とはいえ、二十七の男にしてはかなり細く、薄っぺらい体の郁には、それでもまだ肌寒い。郁は地味な白シャツの上にカーディガンを羽織《はお》り、お中元に貼るのし紙に、ゆっくりと文字を書き入れていた。

東京都心のこのデパートで、郁は去年から、筆耕《ひっこう》の仕事をさせてもらえるようになった。

筆耕というのは賞状やのし紙、招待状など、あらゆるものに筆なりペンなりで文字を書き入れる専門職のことだ。けれどパソコンの発達した現代、あまり必要とされる機会もなくなり、斜陽《しゃよう》産業の一つとなっている。

郁は、数年前から筆耕の先生について教わり、その先生のつてで時々招待状の宛名《あてな》書きをしたり、賞状を書いたりしてわずかなアルバイト代をもらっていた。

その先生が七十五になった去年、田舎に引っ込むというので、それまで勤めていたデパートの筆耕のクチを、郁に譲ってくれたのだった。

デパートの筆耕は、お中元、お歳暮の時期に特に忙しくなる。ほとんどのデパートでは、そののし紙もパソコン印刷に変えてしまった昨今だが、郁が先生から譲ってもらった今の職場は東京でも老舗《しにせ》のデパートで、のし紙は手書きと決まっている。そんなわけで、郁の身分はバイトではあるが、一応毎日出勤して、毎日仕事があるのだった。

それだけでも郁は、

（ありがたいなあ……）

と、思っている。好きな字を書いて、安くても給料をもらって、それでささやかな買い物ができる。

郁はそれだけで、自分は運がいい、と思えた。

「郁ちゃん、あんまり根詰めないで。今日はもうそのくらいで、ね」

デパートのスタッフ室の一角《いっかく》に与えられた、筆耕者用のデスクの上で一心不乱《いっしんふらん》にのし紙を書いていた郁へ、声をかけてきたのはお中元売り場担当主任の三須《みす》だった。人の好《よ》さそうな細面へ、困ったような笑みを浮かべている。

壁にかかった時計を見ると、郁が通常仕事を終える午後四時から十五分ほどが経過していた。

『今日はもう少し残ってやります。あと十五枚は終わらせておかないと、発送期間中に間に合わないので……』

郁は持っていた小筆で、書き損じの紙へそう書く。三須はやや上体を折り曲げて郁の文字を読む。

口がきけない郁は、手話や読唇《どくしん》のできない相手と話す時、こうして紙に文字を書きつける。口はきけなくても、耳は聞こえる。それで、一応問題なくコミュニケーションはとれる。三須は「いや、でもね」と苦笑いを浮かべた。

「もうちょっとすると、電車混んできちゃうから……。明後日からは、臨時の筆耕バイトさん雇ってるし、なんとかなるよ」

三須はただでさえ下がり気味の眉をさらに下げて促《うなが》してくる。その口調から心配と困惑が伝わってきて、郁は筆を置かないわけにはいかなくなった。

（……繁忙《はんぼう》期で、ほかのみんなは働いてます。おれもお手伝いしたいし）

ふと心に浮かんだ言葉を、郁はけれど、書けない。かわりに三須に微笑み、それじゃ帰りますね、と書きつけた。すると三須はホッとしたような顔になった。

誰にも言わないけれど、郁がふと淋しさを感じるのは、こういう時だ。

帰り支度をして、バックヤードの中を通っていくと、ちょうど喫煙室から三人の男性社員が出てくるのにぶつかった。不意のことだったのでそのうちの一人に肩が当たり、郁も慌《あわ》てたが、もう一人も慌てている。

「うわ、すみません」

一流デパートの平社員はハイクラスとはいかないまでも、ロウクラスの中でもとりわけハイクラスに近い、比較的体の大きな人間が多い。そのためロウクラス種の男の中でも体の細い郁と比べると、よほどしっかりとした体格だ。男は支えた郁を、女性と勘違いしたようだった。顔をあげると、ややびっくりした表情で眼を丸くした。口がきけないので、郁はぺこりと頭を下げた。

「なにやってんだよ。ほら行くぞ」

先に行ってしまった二人へ慌てて追いつくと、その社員は「あんな子いたっけ？」と声を潜《ひそ》めて訊《き》いている。口がきけないかわりに郁の耳は常人より敏《さと》く、その男は聞こえないと思っているようだが、声はしっかりと届いてしまう。

「まっ白なのな。髪の色も薄いし、外国人？」

「うちでバイトしてる筆耕の子だよ。もう一年いるだろ。カイコガなんだって」

「カイコガぁ!? 一万人に一人っていう?」

小さな声で、男が素《す》っ頓狂《とんきょう》な声を出した。

「そうそう。いらない種っていう、カイコガな」

「……そんなん雇ってて大丈夫なのか? ちょっとしたことで死にかねないって、前にテレビで見たことあるけど」

彼らは角を曲がり、売り場のほうへ出て行ったらしい。声が聞こえなくなってからやっと、郁は自分がまださっきの場所に立ち止まったままだと気がついた。胸がどきどきと鳴っていたし、知らないうちに息を詰めていたので、肩が強《こわ》ばっていた。一度大きく深呼吸して、郁はまた歩き出した。

デパートを出てすぐの場所に、地下鉄の乗り場がある。そこから電車に乗ること二十五分。最寄《もより》駅の地上出口へ出ると、あたりはすっかり日暮れ、西日の橙《だいだい》に染まっていた。今日は朝方雨が降ったせいか、昼からはずっと晴れていて、夕焼けも見事だ。

古くからある商店街を通り、郁はいつもの帰途《きと》につく。

地上線の踏切信号がカンカンと音をたて、自転車がベルを鳴らす。行き交う人々の雑踏《ざっとう》、主婦達の話し声などが、郁の耳にはさざなみのように聞こえてくる。

賑《にぎ》やかだが、かわりばえなく、そして郁自身にはつながっていない、夕暮れ時の物音だ。

「お、郁ちゃんお帰り。今日はなに持ってく？」

いつも買い物をする八百屋《やおや》の前に立つと、店先に主人が出てくる。タマネギとオクラを一皿買った郁に、主人がおまけだと言ってきゅうりをくれた。

「あら、郁ちゃん。いらっしゃい」

店の奥から顔を見せたおかみさんへ、郁は小さな頭を下げた。

「ねえ、やっぱりダメだって。いくら話しても埒《らち》あかないわ」

ふとおかみさんが暗い顔になり、主人に向かってため息をつく。

「商売人にとって土地と馴染《なじ》むのがどれだけ大変か分かってねえんだ。強欲ババアめ」

すると主人が、激《げき》したように言っている。

（なにかあったのかな？）

郁が心配になって首を傾《かし》げると、おかみさんが弱々しく微笑んだ。

「ごめんね。うちの店、土地は借り物でしょ。今朝、急に出てってくれって言われたものだから……今、地主さんと電話してたの。でも話にならなくて」

「こっちは親父の代からここで商売してたんだぞ。簡単に出て行けるかよ」

八百屋の主人が息巻き、おかみさんも困った顔になる。郁はこういう時ほど、喋《しゃべ》られないことがもどかしくなることはない。

なにかできることはありますか？　と訊くために、慌てて鞄の中からメモ用紙とペンを出そうとしたら、おかみさんが「いいのよ、いいのよ」と察したような声を出した。

「大丈夫よ。お店は続けていかなきゃね。郁ちゃんみたいに毎日来てくれるお客さんのためにも。ね、これ今日までだから持ってってって」

おかみさんにトマトを渡され、郁はありがとうございます、と口を動かした。にっこり微笑まれ、同じように微笑み返したけれど、店を出るとため息がこぼれた。

（カイコガのおれじゃ、なんにもできないしな……）

西日に照らされて、道の上に自分の影法師が伸びている。それはほっそりとして撫で肩で、小さく、頼りない。

大通りに出たその時、ふと視界の端を大柄な影がよぎり、郁はどきりと顔をあげた。脳《のう》裏《り》をかすめたのは、この四年間一度も忘れたことのないある男の顔だ。

けれど通りの路肩《ろかた》に黒塗りの高級車を停《と》めて、誰かと電話をしている背の高い男はハイクラスではあったけれど、郁の知っている人ではなかった。

淡《あわ》い落胆《らくたん》と一緒に、どこかホッとするような、「ほらね」と自分を納得させるような気持ちが湧《わ》いてくる。

（いるわけないよね。こんなとこに。陶也《とうや》さんが……）

陶也。

その名前をただ胸の内で呟《つぶや》いただけで、郁は泣きたいような、けれど実際には涙も出せないような、やり場のない気持ちになった。懐かしさ、後悔、そしてまだ残っている恋しさが一気《いっき》に郁の中を駆けていき、去って行った。

顔をあげると、燃えるような西空を背景に街は黒いシルエットとなって浮かび上がっている。郁はその夕焼けの中を、一人ぼっちで、とぼとぼと歩いて行った。


郁の家は、駅前商店街から歩いて五分ほどの場所にある。

三階建ての小さなアパートだが、作りは新しく環境はいい。一応軽量鉄骨で、一階に大家が住んでいる。郁はここで一人暮らしをしている。

一年前、デパートで働けることが決まってから、郁は父親に頼み込んで一人暮らしを始めた。ハイクラス種で過保護な父は反対したが、母親のとりなしもあって出てくることができた。ただ条件があり、それは週末必ず家に帰ることと、仕送りを受けて安全な場所に住むことだった。

筆耕の仕事は、学生のアルバイト程度の収入しかない。けれど、カイコガである郁は国から無条件に援助があり、それだけで一応は、暮らしていくことができる。なので仕送りは不要だったが、それが条件ならと、郁は毎月父が送ってくれる金を手つかずで預金口座に貯《た》めてあった。

部屋に入り、靴《くつ》を脱いですぐ、郁は携帯電話を取り出す。画面を開いて、思わずため息をついた。

(やっぱり。……お父さん、三分おきに連絡してきてる)

午後四時に仕事が終わる郁は、毎日五時前には家について『帰りました』と連絡を入れるのだが、今日はやや残業したせいで、五時半を回っていた。心配したらしい父から、着信履歴やメールなどが分刻みで入ってきている。郁は急いで、

『商店街で、知り合いの人と話してたら遅くなりました。ごめんね』

と返した。本当は仕事が忙しいからだが、そんなことを書くと、『忙しい仕事ならやめなさい』と言われるのは眼に見えていて、郁はわざとそれを伝えなかった。

すぐに返信がきて、

『おかしな人にからまれたりしているようなら、すぐにお父さんに言いなさい』

と、ある。郁はため息をついた。

(おれ、もう二十七だけど。……そりゃ、人並の精神年齢とは思えないけど)

なにしろ社会に出ていると、胸ははれない。けれど二十七なのだ。来年の二月には、二十八になる。それなのに、父はまだ郁のことを十やそこらの子どものように思っている。それを重たく感じながら——同時に、感謝もしている。感謝もして、そうして時折やはり、辛いと感じる。

大丈夫だよ、と父親に返信してから、郁は夕飯を作った。

一年間自炊をして、料理も前よりはできるようになった。素麺《そうめん》をゆがき、タマネギを梅干しと鰹節《かつおぶし》で味付けてレンジで蒸し、キュウリとトマトを切った。昨夜作って残っていた飛竜頭《ひりょうず》の薄出汁の煮物に、さっと湯をくぐらせたオクラを添えて小鉢に盛る。

郁はあまりテレビを見ないので、それを小さな居間兼寝室に運び、一人でおとなしく食べた。

南向きの窓を開けていると、夜の風が風鈴を揺らしながら入ってきて、調理中にかいた汗がゆっくりとひいていった。

食事を終えて茶碗を片付け、風呂で汗を流して髪を乾かすと、郁は居間の本棚から一冊のノートをとる。それは一人暮らしを始めてから毎日つけている日記だ。それと一緒に長方形の小さな箱を出し、郁は座卓《ざたく》の上でその箱を丁寧に開けた。

箱の中には、電気の光に反射してきらきらと光る、紺色の万年筆が一本入っている。美しく洗練された形。郁はその万年筆を見つめ、きらめくボディにそっと指を置いた。

――お前のために選んだんだ。

忘れたことのないその声が、郁の耳の奥に返ってくる。そう言った時の、彼の表情、眼差《まなざ》し、声の震えさえもまるで昨日のことのように思い出せた。

四年前に――もう、枯れるほど泣いたので、今さら涙は出ない。ただ涙がこみあげる一歩手前の、切ない気持ちだけが胸の奥を締めつけていく。

郁はその万年筆で、一字一字、ゆっくりと日記を書く。それが郁の一日の締めくくりだった。

今日の日付を入れて、朝起きてから家に戻ってくるまでの、ありふれた、なにひとつ変わったことのない日常について淡々と記していく。

(明日は仕事前に興信所《こうしんじょ》に寄るから、それも書いておこう……)

郁は予定がある前日の日記に、念のためそれも書くようにしている。

それから少し迷って、

『大通りで、陶也さんに似た人を見かけました。でも、人違いでした』

と、書き足した。

書き終えてから、万年筆についた手油を拭《ふ》き、元のところへしまって、ベッドに入る。

郁の平凡な一日が、こうしてまた今日も暮れていこうとしている。

けれど郁はふと、ため息をついた。帰りがけの三須の様子や、男性社員の悪気のない言葉が脳裏にちらついたのだ。

(明日は居残りして、少しでものし紙を書きたいけど……三須さんは、きっと困るだろうなあ)

いつもより一時間ばかり多く仕事をしただけでも、三須は郁が、死んでしまうのではないかと思っている。大げさかもしれないが、きっとそのくらい怖いのだろうと、郁にはそう見える。

郁はカイコガ出身者だ。

カイコガは、蚕《かいこ》の成虫の名前。

家畜化された唯一の昆虫で、足は弱く口は退化し、翅《はね》はあるが飛ぶことはできず、寿命は短く、自然界の中に放り出されたら一日ともたずに死んでしまう。

それなのに時たま、まるで神様の悪戯《いたずら》のように、カイコガ出身の人間がこの地上に生まれてくることがある。郁もその一人だった。

二十歳《はたち》の日、郁は医者から「三十まで生きられればいいでしょう」と言われた。それが寿命だとしたら、郁の残りの時間はあと三年弱だった。

（長くて、あと三年……）

郁はなにかの呪文のように、つい、その言葉を心の内で唱えてしまう。

（あと三年、生きていられるかな？）

眼を閉じると瞼《まぶた》の裏に、今日大通りですれ違ったハイクラスの男の姿が浮かび上がった。

郁はそれを勝手に、陶也の姿に変えてみた――。

七雲《なぐも》陶也。郁が知っている彼の姿は二十二歳のまま時を止めている。けれどその顔にスーツを着せてみたら、昼間見た男よりもずっと似合っていた。

長身で肩幅が広く、男らしい分厚い胸をしていた。瞳は琥珀色《こはくいろ》で、鼻筋が通り、髪の色は明るかった。

ブラジリアンホワイトニータランチュラの彼は、ハイクラス屈指《くっし》の名門に属していて、郁からすれば雲上《うんじょう》の人だった。

けれど郁は陶也に恋をして、ほんのひととき、恋人になった。ほんのひとときだ。幻のように消えた日々。思い出すだけでそれは蜜のように甘く幸せな気持ちを郁の胸に蘇らせる。けれど同時に、思い出すのも辛い、陰惨《いんさん》な記憶と結びついていく。

（あ……だめ。思い出しちゃダメだ）

郁は自分に暗示をかけた。狂ったように踊る電飾、男たちの影と罵倒《ばとう》。自分を取り囲んでいたハイクラスの彼らが、突然獣のように襲いかかってきた記憶。それを、思い出してはならない。

郁は布団の中で小さく身を丸め、震える。

（あと三年だから）

自分にそう、言い聞かせた。

（嬉しいことも、悲しいことも怖いことも、あと、三年で終わるんだから……）

「この写真、間違いなく弟さんですか？」

その日の午前、郁は職場に行く前に、とある興信所に立ち寄っていた。

駅前にある小さな興信所で、郁は数ヶ月前から依頼を持ち込んでいた。今日はその結果が聞けると連絡を受けていたので、仕事に行く前に寄ったのだ。

興信所は古い雑居ビルの二階にあり、狭い室内にデスクが三つと、応接ブースが一つある。壁にはぎっしりとファイルの棚が並び、カメラなどの機材が置かれていた。

郁は応接ブースに案内されてすぐ、所員の男から写真を差し出された。写真には街の路地裏が映っており、そこに、一人の若い男が座り込んでいた。郁の異母弟《おとうと》、蜂須賀篤郎《あつろう》だった。

『弟です。どこで見つかりましたか？　なにをしてましたか？』

郁は持っていたメモ用紙に書きつけた。書きつける手が焦り、らしくもなく字が乱れる。

「〇〇駅周辺の路地裏あたりで見つけました。周囲の人間にそれとなく訊いてみましたが、どうやら仲間の家を泊まり歩いたり、時々はホテルに宿泊しているようです」

『お金はあるってことでしょうか？』

「何度か銀行口座から引き出しているのを見ましたよ。これです」

男が示した写真は、篤郎が、どこかのATMコーナーから出てくるところを写していた。

「親御さんは居どころは知らない、探す気もない、と仰《おつしや》ってるそうですが、振り込みはしているんではないですか？」

『……そうかもしれません』

郁は手に持った写真をじっと見つめた。遠目から映したものなので、はっきりした表情までは分からない。目深《まぶか》に帽子を被《かぶ》り、だらしない格好をした弟。庇《ひさし》の下に見える眼光は鋭《するど》く、記憶にある姿よりも痩《や》せていた。

（篤郎……頬がこけてる……）

体調が悪いのだろうか？　不安で、郁の胸が小さく痛む。

「一応、彼が定宿《じょうやど》にしているホテルと、友人たちのリストです。……ここまでで、私の仕事は終わりますが」

郁は慌てて顔をあげ、興信所の男に頭を下げた。

『ありがとうございました。経費はおいくらですか』

ぺこぺこと頭を下げる郁に、男がどうしてか苦い顔になった。

「いえ……、むしろ数ヶ月もかかってしまって申し訳ない。それより、どうするんですか？　親御さんに言って、連れ戻しに行かれるんですか？」

郁は『いえ』と書いた。

『母はともかく、父は、もう弟を勘当《かんどう》したと言ってききません。だから……自分一人で会いに行ってみようと思って』

「蜂須賀さん、あまり他人のご家庭の事情に口出しはしたくないですが……。あなた一人には、荷が重いですよ」

郁の言葉に、所員の男が心配そうに眉を曇らせた。

「弟さん、よくない連中と付き合っています。……それから、クスリをやっています」

男が声を潜める。

郁は一瞬、喉の奥がきゅっと引き締まるような気がした。瞼の裏に、四年前の狂った夜が悪夢のように浮かんできたのだ。恐怖で胃が縮む感覚。けれど郁はそれを、懸命に押しのけた。

『知っています。……家族ですから』

書くと、男が困惑したような顔になる。郁は小さく微笑んだ。

依頼料を支払い、興信所から出てくると時刻は午前十時だった。今日はこれから雨が降るのか、外はどんよりと曇っている。電車に乗って職場に向かうため、郁は足早に駅を目指した。

郁が異母弟の篤郎を捜索《そうさく》してもらうため、この興信所を訪れたのは二月のことだ。蜂須賀篤郎はロウクラスの郁と違い、ハイクラス種のオオスズメバチ。小さな頃は仲が良かったが、いつからかすれ違い、篤郎はやさぐれていき、四年前行方をくらませた。郁が篤郎と最後に会ったのは、ハイクラスが多く集まるナイトクラブのプライベートルームだった。

そこで、篤郎主催のドラッグパーティーがあった。そして郁はその場で、複数人のハイクラスから暴行を受けた。

あの時のことはよく覚えていないが、助け出され、病院を退院した後、父に訊いたら篤郎は行方知れずになっていた。

――郁がこんなことになっている時に。もうあんなやつは、帰ってこなくていい。

と、父は言っていた。郁は自分が入院した理由を話さなかったので、両親は郁の怪我と篤郎は無関係だと思っている。けれど何度も警察沙汰を繰り返した篤郎に、父も我慢がならなかったらしい。あれから、いくら郁が「篤郎を探そう」と言っても、父は「探さなくていい」の一点張りだった。

けれどそうはいかない。そうはいかない、と郁は思う。

一人暮らしを始めたのは、父の眼の届かないところで篤郎を探すためでもあった。そうして今日、ようやく弟の足取りをつかめた。

電車に乗ってから、郁はもう一度、先ほどもらったばかりの写真を取りだして眺めた。やはり間違いなく篤郎だ。

――あなた一人には、荷が重いですよ。

頭の片隅《かたすみ》に、ついさっき言われたばかりの言葉が蘇ってくる。こういう時、郁は思う。自分がもしもカイコガではなく普通の種だったら、二十七歳の男に、荷が重いもなにもないはずだろうに……と。

（荷が重いのは、分かってます。だけど、やらなきゃいけないんです……）

写真を封筒に戻しながら、郁は誰にともなくそう思った。

時々、郁は四年前に一度、自分は死んでしまったのだ——と思うことがある。

死んでしまった。生きている喜びが、四年前のある日から、なくなってしまった。

それなのにまだ生きているその理由を問われれば、郁には「弟を連れ戻すため」としか言いようがない。

あと三年、と郁はまた思う。

（あと三年のうちに、どうにかして、篤郎を家に戻してあげたい。そうしたらなにもかも、元通りになる……）

車窓《しゃそう》の向こうを流れていく景色を見ながら、郁はそっと、決めていた。

二

七月のお中元売り場は戦争状態である。その日、興信所に立ち寄ってから郁が仕事場に着くと、既にフロアは殺気《さっき》立っていた。

この時期、デパートでは学生や主婦など、新規に短期のアルバイトを何人も雇う。古参《こさん》のパートが彼らの仕事ぶりに苛立ったり、それをとりまとめる社員との間で意見の食い違いが起きたり、注文の間違いや、誤配などのクレーム、あるいは身に覚えのないクレームまでやってきて、職場は騒然《そうぜん》とする。

そんな中、郁は朝からトイレにも立たずに、のし紙を一筆一筆書いていた。パソコンの印字で十分という人も多いが、中には美しく書かれたのし紙の文字を見て、喜んでくれる人もいる。

郁が喋れなくなったのは今から十年以上前のことだが、それからは、文字を書くのが好きになった。文字を書けるから、自分のようなものでも世界とつながっていられる、と思うからだ。好きな仕事をしている間だけは、郁はなにもかも忘れて没頭できた。

事件が起きたのは、午後二時を回った頃だった。

一段落して、トイレ休憩しようと席を立って数歩歩いたところで、郁は金切り声を聞いて立ち止まった。

見ると注文を受けた商品を大量に重ねて歩いていた学生アルバイトの一人が、バランスを崩したところだった。商品がつぶれたら、彼女の買取りになるかもしれない。郁は慌てて駆け寄り、手を伸ばした。けれど彼女の持っていたのは軽い和菓子類ではなく、ビールや清涼飲料水などの重たい荷物だったらしい。いきなり、どしん、と腕に負荷がかかり、彼女と郁、二人してその場に転げてしまう。

箱が開いて中からビールやジュースの缶が飛び散った。女の子が叫び声をあげ、郁も喉から声にならない声をあげた。

「ちょっと！　一体なにがあったのよ！」

古参パートの岡崎が駆け込んできて、すぐにフロア主任の三須がやって来た。三須は散らばった商品の中に郁を見つけて、さあっと青ざめた。

（大丈夫？　大丈夫？）

郁は声には出せないが、昼だけ動かして呆然と座り込んでいるアルバイトの女の子に話しかけた。

「なにしてるんだきみは！　商品はバラバラだし、それに……蜂須賀くんを巻き込むなんて！」

　突然三須に怒鳴られ、女の子がびくっと震えた。三須は膝をつくと、郁の顔を覗き込んでくる。

「い、郁ちゃん。怪我は？　どこか折ったり、切ったりしてないか？　痛いとこない？」

　そのおろおろとした様子に、郁は一瞬呆然《ぼうぜん》とした。三須は四十五は過ぎた男だ。それなのにまっ青になり、子どものように取り乱している。商品がどうとかではなく、郁に怪我をさせていないか、ということで……。

（お父さん、みたい）

　郁は不意にそう思った。顔も姿も違うけれど、三須の狼狽《ろうばい》ぶりが、過保護な父親のそれと重なって見えた。

「あ、ああっ、ここ、擦《す》り傷になってるじゃないか……っ」

　三須が泣き叫ばんばかりの声で、郁の右腕を見る。郁もつられて見ると、右腕の前腕部にかすり傷ができていた。それから遅れたように、ひりつく痛みが襲ってくる。

「な、なんですか。あ、あたしだって膝小僧、すりむいたんですよ……」

　さっきまでぼうっとしていたアルバイトの女の子が、涙声で三須に文句を言った。郁はハッとした。スカートの下から覗く彼女の膝小僧は、確かに擦《こす》れて血がにじんでいる。

（一緒にあっちで、手当しよう？）

郁は慌てて口を動かしたが、声に出ないから伝わらない。かわりに三須が、

「きみの怪我と彼の怪我を一緒にするな！」

と、怒鳴った。

それが最後のだめ押しのように、彼女がわっと泣き出した。気の良い岡崎が彼女を立たせ「さ、あっちで絆創膏《ばんそうこう》貼って。片付け手伝ってあげるから」と慰める。

「郁ちゃんも、あっちに座って。岡崎さんがすぐ手当してくれる。本当に、本当にすまないね、僕は重々気をつけるよう言ってたんだけど……」

三須が体を支えようとしてくれたが、郁はさっと身をひいた。二十七の男なのだ。いくらなんでも、かすり傷一つで大人の男に寄りかかって運ばれたくはなかった。大丈夫です、と首をふり、安心させるよう微笑んでみせたが、引き攣《つ》っていないか不安だった。

バックヤードの片隅に置かれたベンチに泣いている女の子と並んで座ると、岡崎が腕の消毒をしてくれた。

「郁ちゃん。今日は帰って。ね。それでちゃんと病院に」

まだフロアに戻らない三須に言われ、郁は戸惑い、眉を寄せた。

（でも、まだたくさんやることが……発送が遅れてしまいます）

「お願いだよ。帰さなかったら、郁ちゃんのお父さんに怒られてしまうから。今、電話して呼んだほうがいい？」

郁は言葉を失い、三須を見つめた。頭の奥がすうっと冷たくなり、虚脱《きょだつ》したように体から力がぬけていく気がした。

（おれ、二十七です。……それに、おれ）

けれど、ペンもメモもない今はなにも伝えられない。郁は首を横に振り、三須の手のひらを借りて『帰りますから』とだけ、ゆっくりと書いた。すると三須はホッとした顔になり、ようやく売り場へ戻っていった。

消毒し、ガーゼをあててくれた岡崎へ頭をさげ、郁は立ち上がった。やりかけの仕事を残したまま、荷物をとる。

「どうしてあたしだけ怒られなきゃならないんですか」

女の子の涙声が聞こえてきて、郁は振り返った。かなり離れているから、郁に聞こえているとは思っていないのだろう。けれど郁の敏い耳には、岡崎が小さな声で「あの子、カイコガなのよ」と慰めているのも、聞こえてくる。

「だから三須さんは、怪我させるのが怖いのよ。自分のところで死なせたくないの」

ため息をつき、岡崎が、「かわいそうな子なんだから」と続ける。

「かわいそうな子なんだから、あなたも、分かってあげて」

郁はタイムカードを押し、早足でバックヤードを通り抜けた。

かわいそうな子。

岡崎の言葉は、悪気があってのものではない。そんなことは分かっている。郁は自分が、他の誰かよりかわいそうだなんて思ったこともないから、そのせいで傷つきはしない。

傷ついたのは……。

――おれはそれくらいで、死なないですよ。

と、郁はさっき、三須に言いたくなったのだ。けれど言えなかった。もしもペンとメモがあっても、口がきけても、多分言えなかっただろう、と思う。

いつも過剰に心配する父や三須に……郁が傷つくのは、彼らは自分がいないほうが、と思ってしまうせいだった。

（おれがいなかったら……最初からいなかったら、おれが死ぬかもしれないって、あの人たちを、怯《おび》えさせないですむのに）

カイコガは、いらない種だという。

時折郁は思う。自分が生まれたのは神様が犯したなにかの間違いではないのか。

もしも自分さえいなければ、篤郎も家を出ていなかっただろう。三須にしろ、父にしろ、あれほど怯えなくてよかったのだ。

（……お父さんは、おれを愛してくれてるお父さんは）

きっとおれが死ぬのを待ってるだろう。

郁は時折、そう思う。

電車を降りると、昼下がりの街に小雨《こさめ》が降り出し、人気《ひとけ》のない商店街が灰色に沈んでいた。郁の前腕も、いつの間にかじくじくと痛みはじめている。多分、かすり傷が熱を持ちだしたのだろう。

小さな頃からこんなことはよくあるので、家に帰って鎮痛剤を飲み、よく眠れば大丈夫だろうと、郁は折りたたみ傘に隠れるようにして商店街をぬける足を速めた。歩いているうちに痛みはだんだんひどくなり、息がきれだす。

(今日は夕飯は……いいや。あるものを食べれば)

買い物はせずに帰ろうと、いつも寄る八百屋の間近まで来た時、郁はふと足を止めた。八百屋の店先から、背の高い男が一人、出てきた。

男はダークグレーのスーツを着ており、店先で雨を見て「弱ったなあ」と口を動かしたようだった。

「先生、先生。これ、持ってってくださいな。うちのお父さんので悪いけど」

奥から出てきたおかみさんが黒い大振りの傘を差しだすと、男は明るく笑って頭を下げた。笑むと、その眼許が優しくなる。郁はこくり、と息を呑《の》みこんだ。

「先生、またよろしくお願いします。今日は本当に、勇気づけられました」

おかみさんが続けると、男が「頑張りましょうね」と声に力をこめた。

「まだこれからですからね。ご主人の元気は奥さんにかかってますから」

「先生、俺は母ちゃんが倒れてもやれますよ」

おかみさんの後ろから出てきた主人が言い、その場に和《なご》やかな笑いがこぼれている。

雨に乗り、そんな声が郁のところまで届いてくる。

郁は自分の心臓が、時を止めたように静かに感じられた。けれどそうではなく、すべての聴覚がただ男の声に向かっていたから、激しく鳴る自分の鼓動《こどう》も聞こえなかっただけだ。

そんなはずがない。そんなはずがない、と郁は思った。

昨日と同じ、幻。見間違いだと。

男は傘を差し、八百屋の夫婦に頭を下げると、郁に背を向けた。ダークグレーのスーツの裾《すそ》が、雨にはためいている。それがスローモーションのようにゆっくりと見える。

(行ってしまう……)

不意に郁は気がつき、口を開いた。

けれど呼ぶ声は出ない。

「あら、郁ちゃん。今帰り？　今日は早いのねえ」

その時おかみさんが振り向き、大きな声をはりあげて郁を呼んだ。

男が歩みを止める。黒い傘が雨滴《うてき》を散らしながら回転する。男が振り向く。眼が合った。

その瞬間、郁は差していた折りたたみ傘をぽろりと取り落としていた。

(陶也さん)

唇が動いたと思ったその時、鼓動が強く打った。陶也は郁と呼んでくれただろうか？

郁には分からなかった。刹那《せつな》、右腕の前腕部が痛み、全身が熱くなって、郁は糸が切れたように意識を失ったからだった。


夢を見ていた。

夢の中で郁は、今より四歳若い。若い郁は、病室のベッドに座っていた。それは冬で、カーテンを開けた窓は凍り、向こうに枯れた木々が見えていた。

――生きていることが、幸せになることだとしたら……。

と、郁はずっと考えていた。

――幸せになることだとしたら、おれは……。

その時、『郁』と言って、男が病室に入ってくる。振り向くと、陶也が立っている。微笑んでいるけれど、その眼は苦しそうだ。いつも謝っているような眼をしている、と郁は思いながら、安心させるよう、そっと微笑んだ。

『……肩、寒くないか？』

優しい声で言って、陶也は郁のパジャマだけの肩に、カーディガンをかけてくれた。その仕草《しぐさ》から、陶也がまるで大事なものに触れるような気持ちで触れてくれているのだと、伝わる。指先の一つ一つから、陶也の愛情が伝わってくる。

そして同時に、罪悪感が……。

眼を開けると薄暗い青い空気の中に木目《もくめ》の天井が見え、遠く、雨音が聞こえてきた。い草の涼しい匂いがし、うっすら声も聞こえてくる。

――悪いな、兄さん。休みの日に。

――いや、いいよ。それより、明日も熱が下がらなかったら、ちゃんと病院に連れて来いよ。

分かったよ、と答えているあの声は、

(陶也さんの声だ……)

そう思ったとたん、郁は我に返った。突然、商店街のど真ん中で陶也と再会したことを思い出す。しかしこれは現実なのだろうか？　まだ夢の中にいるのではないか？

「……あれ、起こしたか？」

不意に障子《しょうじ》が開き、陶也の声が間近から聞こえた。郁は慌てて上半身を起こす。心臓が飛び上がりそうなほど、激しく鳴っていた。

「あ、悪い。……ごめんな、急に倒れたから、俺の家に運んだんだ」

郁は呆然として、自分の寝ている布団の横へ座ってきた陶也を、見つめ返した。

それはまぎれもなく、七雲陶也だった。

(陶也さん……)

会わなくなって、四年が経《た》っている。けれど見間違うはずもない、陶也は四年前と同じように長身で、肩幅が広く、整った顔立ちをしている。琥珀の瞳は優しく、じっと郁を見つめてくる。若い頃と変わらない顔――けれどどこかしら、落ち着きが増し、大人の色気のようなものが全体から滲《にじ》み出て見える。

郁は身じろぎもできずに息を呑んだ。

(……夢？　それとも、現実に？)

とても信じられなかった。さっき見ていた夢の続きを、まだ見ている。そうとしか思えない。言葉もなく小さく震えていたその時、障子の隙間から丸いものが現われて、のっそりと郁のお腹へのぼってきた。腹部にずしんと重みがかかり、郁はいくらか眼を丸くした。

「あ、こら、いく！」

陶也が声を荒げると、郁のお腹に乗っかっている丸い、白い猫がにゃあ、とふてぶてしい声をあげた。

（いく？）

郁は思わず、大きな眼をぱちくりとしばたたかせた。今、陶也はいくと呼ばなかったか。

「あ、悪い。この猫の名前なんだ。まっ白だったから、拾った時つい……」

陶也は慌てたように弁解しながら、郁のお腹から白猫を抱き上げた。

（可愛い……）

声には出ないが、唇だけは動かして、郁は思わず呟いていた。そっと身を乗り出して、怪我をしていないほうの手で猫の頭を撫でてやる。すると「いく」はゴロゴロと喉を鳴らして眼を細めた。

「……猫、好きか？」

陶也に訊かれ、郁は頷《うなず》いた。そうか、と頭上で言った後、陶也が郁の膝に「いく」を戻してくれる。その時、陶也の襟元《えりもと》に郁の頭がわずかに触れた。甘やかな、懐かしい陶也の匂いが鼻先に香った。ドキリとして眼をあげると、陶也もまた、じっと郁を見つめていた。

その眼差しをどうとればいいのか。

焦がれるようにじっと見つめてくる眼差しに、四年前に見たあの、謝りたがっている表情はなかった。けれどどこか切迫した、思い詰めたような光がある。

ふと陶也は、骨張った長い指で郁の手に触れてきた。ほんの、指先だけ。ほんの、指先だけで。

「……生きてて、くれたんだな。郁」

聞こえるか聞こえないかのような声。

けれど郁の耳には、はっきりと届いた。

その言葉が矢のように、郁の胸を貫いていく。

生きてくれたという陶也が、なにを思って今そう口にしたのかは分からない。ただ胸が締めつけられ、四年前の冬、病院の一部屋でひっそりと別れを告げた時の陶也の顔が、郁の瞼の裏に浮かびあがってきた。

「なにか食べるだろう？　今、用意するから。寝ててくれ」

やがて陶也は明るく言うと、思い詰めたような表情をあっさりと消してしまった。そうして止める間もなく、部屋を出て行ってしまう。服も濡れていたからだろう、よく見ると、郁は浴衣に着替えさせられていた。

（陶也さんが着せてくれたのかな）

気恥ずかしい、気まずい気がしたが、今さらだった。おとなしく布団に寝転がると、鼓動の高鳴っている音が、まだ郁の耳に響いた。

陶也が用意してくれたのは鶏雑炊《とりぞうすい》で、しゃっきりと歯ごたえのある水菜《みずな》がたっぷり入っ

ていた。

陶也は郁を寝かせている部屋にちゃぶ台を運んできて、向かい合わせに座ると自分も食事を摂りだした。雑炊の他に豆腐のサラダや茹《ゆ》でた空豆なども用意してある。郁は思わず驚いてしまった。

（陶也さん、こんなに自炊できるんだ）

雑炊を食べてみると塩加減がちょうどよく、一年やっている自分よりよほど上手い。けれど昔、何度か一緒に料理をしていた時から陶也は手際《てぎわ》がよかったと、郁は思いだした。

（昔はよく……一緒に作ったんだった……）

甘酸《あまず》っぱい気持ちでいると、

「味は？　薄くないか？」

心配そうに訊かれて、郁は声に出さず『美味《おい》しいです』と答えた。答えてから、これでは伝わらないと思い出し、紙とペンを眼で探す。すると陶也が「分かるよ」と言った。

「読唇術、簡単なのだけは分かるようになったから。美味しいですって言ったんだろ？」

どこか楽しんでいるように言われ、郁は眼を瞠《みは》った。

（なんで？　どうやって勉強したの？　それより……どうして？）

疑問が顔に浮かんでいたのだろう、陶也は小さく微笑み、ふと指を動かしてくる。それは手話だった。「こっちも、少し分かります」と、陶也はサインしたのだ。

「……学生の時に聾唖者《ろうあしゃ》のボランティアに参加して、しばらく習ったんだ。郁、スプーンが止まってるぞ。食えよ」

促され、郁は慌てて食べるのを再開した。驚きすぎて、どう反応していいか分からない。

（陶也さんがボランティアなんて……）

四年前の陶也からは想像もつかなかった。別れる少し前から、陶也は郁にはとても優しかった。けれど、もとはいつでもつまらなさそうで、他人に興味のない人だった。それでも郁が陶也を愛したのは、陶也の心の奥底にある淋しさや優しさに気がついたからだ。しかしそんな恋も、郁のほうから一方的に別れを告げる形で、四年前に終わった。

障子戸の向こうからにゃあ、と声がして、猫の「いく」が入ってくる。よく見ると、「いく」は後ろ足を一本引きずっている。

「……拾った時に、怪我してたんだよ。その時からばあさん猫だったけど、もう今じゃさらにばあさんで、仙人《せんにん》って言ってもいいくらいだな。メスだから、仙女《せんにょ》か」

と、憎まれ口を叩きながら、けれど陶也は寄ってきた「いく」の頭を愛しそうに撫でている。その優しげな眼差しに、こんな人だったろうか、と郁はまた思う。いや、陶也の奥にはこういうところがあった。郁はそれを知っていたから、愛した。ただ四年前は、こんなふうに誰にも分かるように、外にまで表現することのできない人だった。

「それにしても驚いた。俺は今、隣町の弁護士事務所で働いてるんだ。あそこの八百屋さん、お前、常連なんだって？　悪いと思ったけど、俺の家に連れてくることになったからちょっと訊いたんだ。……筆耕になったんだってな。頑張ったな」

夢を叶《かな》えたんだな、と言われて、郁は胸の奥に、じんと温かなものが広がっていくのを感じた。

（陶也さん、おれが筆耕になりたいって言ったこと、覚えててくれたんだ……）

陶也は弁護士になっており、八百屋の夫婦に頼まれて、立ち退《の》きの件で相談に乗ることになったらしい。名刺を渡されて見ると、陶也の事務所は本当に隣町だった。

『今日、仕事は大丈夫でしたか？』

郁は唇だけ動かして訊いてみた。陶也はにっこりして、平気だよ、と言ってくる。部屋着に着替え、くつろいだ様子でいる陶也は四年前と容姿こそほとんど変わらないけれど、かなり変わったように思えた。

一番の変化は表情かもしれない。四年前、郁は陶也の笑顔を、これほど何度も眼にすることはなかった。昔は仏頂面《ぶっちょうづら》に、ぶっきらぼうな口調が普通だった。それが今では笑顔で、穏やかな口調で話す。

それにこの家も、陶也の住まいとはとても思えない。陶也が今使っているこの家は事務所からほど近い借屋らしい。都心に豪勢なマンションをいくつも持っているはずの陶也に似合わず、和室が二つと台所、洋室が一つきり、小さな庭がついているだけの、古い家屋《かおく》だった。

「駐車場がついてるから、ちょうどよかったんだ」

と、言って陶也は、夜になり、郁の熱が落ち着いた頃、車で家まで送ってくれた。その車だけは割合高級そうな車で、昔の陶也を思い出させる。

「税金の関係で。なんでも、質素にするわけにいかなくてさ。でもこの家にこの車じゃ、見栄《みえ》張って高い車買ったバカ男みたいに見えるだろ？」

と陶也が言ったので、郁は思わずふふ、と笑ってしまった。ちょうど赤信号で車を停めている時だ。

「……久しぶりに見る。郁が笑った顔」

ぽつりと陶也が呟き、その声の優しさに郁は息を止めた。雨上がりの夜の道路が、赤信号の光で一面赤く染まっていた。眼をあげると、陶也は郁の顔を見つめていた。その視線は温かく、まるで猫の「いく」を撫でていた時と同じように、愛情を含んでいるように見える。

――……俺が好きなのは、お前でも？

四年前に聞いた陶也の言葉が耳に返ってきた時、信号は青に変わった。

陶也の家から郁のアパートは、車で十五分ほどの距離だった。

「本当にこんなに近くに住んでたんだなあ。……どこかですれ違ってたかな」

アパートの下まで来た陶也が、驚いたように独りごちる。郁が車を降りると、陶也も追いかけて降りてくる。郁は階段の手前で、陶也に何度も頭を下げた。

「明日は仕事、休んだほうがいいぞ。あと、熱がまた出たら、病院に行けよ」

言葉こそ前と同じように決めつけているが、声の柔らかさがまるで違う。郁はおとなしく頷く。

「……それから、その、連絡先、交換してもいいか?」

少し言いにくそうな様子で、陶也は自分の携帯電話機をポケットから取りだした。郁はハッとして、自分の電話も、鞄から取りだした。郁はまだ陶也から借りた浴衣を着ている。服は陶也がクリーニングに出してくれていた。

「洋服、クリーニングから戻ってきたら、連絡したいから」

と言われて、郁はまごついた。陶也と連絡先を交換することに、心の準備ができていなかったのだ。郁の中では、今日あった出来事はまだ夢の続きのようにさえ感じられていた。狼狽している郁を見て、陶也は携帯電話の操作方法を知らないと思ったようだ。貸して、と言われて渡すと、戻ってきた電話には陶也の連絡先が登録されていた。

(あ……どうしよう)

いやだというわけではない。けれど戸惑っていた。

「……たまにメールするけど、べつに、返したいのだけ返してくれたらいいから」

　そんな郁の内心を知ってか知らずか、陶也は落ち着いた様子でそう言ってくる。早く家に入って、と促され、郁は自分が戻らねば陶也も帰りづらいのだろうと、慌てて階段をのぼった。

「郁。走るな。こけるぞ。ゆっくり。部屋の明かりがついたら、俺も帰るから」

　後ろから、そんな笑い声が響いてくる。郁は思わず振り向いた。車の扉に手をかけて、陶也が郁を見上げている。街灯の安っぽい電光が、陶也の端整《たんせい》な面差しを照らしていた。琥珀の瞳が、郁を捉《とら》えると優しく笑みを含んだ。

　郁はもう一度頭を下げて、今度はゆっくり階段をのぼり、部屋に入って電気をつけた。けれどそこで、足早にベランダのほうへ行く。ベランダの手すりから身を乗り出したのと同時に、陶也の車が発進していった。

（陶也さん……）

　郁の心臓は、壊れたようにドキドキと鳴っている。

（陶也さん……）

　郁はその場にへなへなとしゃがみこんだ。頭の中が沸騰したように、なにも考えられない。気がつくと息が詰まり、鼻の奥がつんとなって、熱いものがこみあげてきた。両目から、どっと涙が溢《あふ》れた。

　四年も前に、郁は陶也と別れた。二度と会えないだろうと思っていたし、会うつもりもなかった。けれど今日会って、呆気《あっけ》なく、連絡先など交わしてしまった。

(唇が読めるってどうして？　手話も分かるってどうして……。ロウクラスの相談に乗るなんて、ボランティアなんて、猫におれの名前つけるって、どうして……おれの、おれのこと)

訊きたいがとても訊けなかったことが、胸の奥に疑問となって湧いてくる。

——陶也さんは、おれのこと、まだ少しは好きでいてくれてるの……？

そうだよと言われたところで、なにも返せないから、郁はけっしてこんな質問はしない。できない。涙はあとからあとから溢《あふ》れ出る。

けれどそれは嬉しさではない。悲しさでもない。

四年前、郁は自分から陶也と別れた。終わりの見えている恋愛だと感じたからだ。

あの当時、陶也はいつも優しかったけれど、いつでも謝りたさそうな眼をしていた。郁は自分の存在が、陶也を傷つけていると感じた。

病院のベッドの上で、郁は数日間ずっと考え続けた。

(もしいつかおれが死んだら、この人はどうなるんだろう……)

あの頃の陶也の眼差しは、自分を愛し心配してくれる父の眼差しにも似ていた。郁が死ぬ時、陶也がまだ郁を愛してくれているとは限らない。けれどもし愛してくれていたら？

自分が死んだ時……陶也はどうなってしまうのだろう？

（あと三年だから）

ベランダで一人うずくまりながら、郁は自分に言い聞かせた。

（あと三年も生きれば終わるんだから、それなら、もう……おれのことがいる人が、少ないほうがいいもの……）

郁は四年前のベッドの上でそう決めたし、今もそれは変わらない。

——いらない種っていう、カイコがな。

昨日聞いた言葉。いつからか郁もそう考えていた。

そのうち、蜂須賀郁という場所が、世界からぽっかり抜け落ちる時がくる。郁という場所に穴が空《あ》く。けれどその穴は本当は初めから、なくてもいい穴だったかもしれない。

それならその時、その穴に気づく人間は少ないほうがいいと郁は思ったのだ。

四年前、陶也と別れた時に郁の人生は終わった。短い間だったけれど、郁は陶也と付き合えた二ヶ月は、自分が幸せになるために生きていた。

今は違う。郁のこれまでの四年も、これからの数年も、ただ自分が死んで空ける穴を小さくするために生きるのだ。だから篤郎を家に戻したい。自分が父や篤郎、彼らの人生にかかわる前の状態に、少しでも世界を近づけてから、死にたい。ただ、それだけだ。

もうこれ以上、愛される必要はないと郁は思っている。それなのに——。

（おれは心のどこかで、ずっと……陶也さんとまた会いたいって、思ってたんだ）

すれ違う人の中に陶也を探してしまったり、空想の中で、陶也とのことを思い返したり。そうして今は、陶也の気持ちを知りたいと思っている自分がいる。

訊く資格はどこにもないのに、陶也が自分をまだ愛してくれているのか、知りたい自分がいる。

愛することも愛されることも、時間のない自分にはできない、と知っていながら。

三

翌日は、朝から一日中雨が続いていた。郁は朝九時になるのを待ってから、三須に一日休ませてもらえないかメールで打診《だしん》をした。

『忙しいときにご迷惑をおかけしてすいません。明日からいつもより残業をして巻き返しますので』

そう打って返事を待っていたら、いつもはメールでしか返事をしてこない三須が、電話をかけてきた。なにごとかと驚いて出ると、三須は『郁ちゃん？　熱出してるんだって？　ごめんね。しっかり休んで』と前置きしてから、

『それでね、仕事だけど、お中元の忙しい十五日まで休んでもらって、十六日から通常通り出てきてくれるんでいいから』

（え？）

郁は一瞬、耳を疑った。どういうことだ。東日本のお中元は、慣例として七月十五日までだ。西日本は八月十五日までだが、七月半ばをすぎると客足もぐっと落ちるし、特設売

り場自体も縮小される。もちろんほとんどの発送準備はその頃には終わっていて、筆耕の仕事もかなりラクになっているはずだ。

『ほら、明日から入ってもらう筆耕バイトの子、もう一人増やしたんだよ。だから大丈夫。郁ちゃんにはね、仕事が落ち着いてからゆっくりいつものペースで働いてもらいたいから』

（……それじゃ、おれのいる意味なんてない）

少ない収入でも、郁は筆耕の仕事が好きだ。自分の書いた文字を見て、喜んでくれる人がいる……と思うと、やりがいも持てた。けれど三須は、悪気はないのだろうが、その仕事を忙しい間、他の人に回すと言っている。

（おれ、ラクだから筆耕やってるんじゃないです……）

けれど口のきけない郁は、電話では反論一つできない。『じゃあ、また十六日ね』と言って、三須は一方的に電話を切ってしまった。おそらく三須は、メールでこの話をすれば郁が首を縦に振らないと分かっていたのだろう。だから電話で、話を決めてしまった。

郁は胸の中に、いっぱいの鉛《なまり》を詰め込まれたように重たい気持ちになった。こういう時、どんな言葉で自分の気持ちを表せばいいのだろう。

（明日、一応職場に行ってみよう。それで、もう少し早く出勤させてもらえないか訊いてみよう。せめて、一日の出勤時間を減らしてもいいから……）

仕方なく、思い直してもう一度ベッドに入る。すると今度は、玄関でインターホンが鳴った。郁がびっくりして上半身を起こすと、扉がガチャガチャと音をたて、外鍵が開いた。

（お、お父さん。お、お母さん？）

玄関を勝手に開けたのは、両親だった。郁はぎょっとしてベッドから抜け出る。

「あ、いい。いい。寝てなさい」

オオスズメバチの父は大きな体を折り曲げるようにして、郁の小さなアパートに入ってきた。後ろからひっそりと付き従ってくるのは、ロウクラスでシロガの郁の母親だ。

『お父さん。お母さん、どうしたの？』

郁は手話で話しかける。父も母も、手話は達者だ。父は顔をしかめて、

「どうしたのじゃないだろう。職場で怪我をしたなら、なんですぐ言わないんだ」

と、その場に座った。

三須さんか、と郁は思った。言わなくていいのに、三須は父親に連絡をしてしまったらしい。人はいいが、その分気の弱い三須の顔を思い出すと、また言葉にできない、情けないような気持ちになってきた。

（おれは、二十七歳なのに……）

「それで三須さんは、繁忙期が終わるまでお前に休みをくださるそうだ」

なるほど、と郁は理解した。十六日から出勤になったのは、三須だけではなく父の意向もあったのだ。

『……お父さん。おれは、一日休めば平気です。明日から仕事に出たい』

「郁。だめだ。だめに決まってるだろう。……家を離れて、こんなところで一人暮らししているだけでも心配なんだぞ。怪我をしたなんて」

父が涙ぐみ、震える。郁はうつむいた。

「お前は普通の子じゃないんだぞ。郁、なんなら、仕事はもうやめにして家に戻っておいで。お金には困らせてないだろう？　筆耕がやりたいなら、家で、前のように時々賞状書きでもやればいいだろう？」

胸の中に詰め込まれた鉛が、だんだん、もっと重く、もっともっと重たくなってくる。

（そうじゃないよ、お父さん……）

――そうじゃないよ、お父さん。家にいたって、もしおれが風邪でもひいたら、今度は普通の子だとか、お金だとか、賞状書きとか、そんな細かな一つ一つのことではない。

賞状を書くのもやめろって言うんでしょう？

いつしか郁は、思い出していた。子どもの頃、郁はいつも家のふかふかのベッドから出してもらえなかった。ベッドの周りには絵本やぬいぐるみ、着心地のいいパジャマにおもちゃが山のようにうずたかく積まれ、部屋の天井にはきらきらに光る天の川が、壁には世界中の物語絵が描かれていた。小さな部屋の中に父は幸福をいっぱいに詰めようとし、郁を天使だと言って愛してくれた。けれどそれは幸福に似たものでしかなく、幸福そのものではなかった。

「一年一人で暮らしたんだ。もう満足だろう？　郁。お父さんのところに戻っておくれ」

不安そうな顔でまだ訴えてくる父に、郁は言いたかった。

（もしおれが明日死んでも、三年後死んでも……お父さんのせいじゃない。お父さんのせいじゃないよ……）

言葉は不便なものだ。口のきけた間、郁はこうして胸に溢れる気持ちを、どれほど相手に伝えられていたのだろう？　今となっては覚えていない。伝える手段を持たないから、父を傷つける一言を口にせずすんでいることに、感謝すればいいのかどうかも、郁にはよく分からなかった。

『……お父さん。ありがとう。十六日まで休むから、もう少しやらせて。今の仕事が好きなんだ』

「あなた」

いつもさりげなく郁の味方をしてくれる母が、父の腕をそっと撫でた。

「郁の顔色、そんなに悪くないですし、もう少し様子を見てあげましょう。今日のところはこれで。ね？　郁も、具合が悪い時はすぐに連絡しなきゃダメですよ」

父はがっかりした顔で、けれど「分かったよ」と引き下がってくれた。

ベランダから両親を見送ると、父は広い肩をしょんぼりと落としていた。後ろから歩く母が慰めるように、その背中を撫でている。

　両親の車が去って行くのを見て、郁の胸には小さな痛みが走った。

（おれが、間違ってるのかな……）

　愛してくれている父の想いにこたえない、自分はひどい人間なのだろうか。

　その時背後で携帯電話が鳴り、手に取ると、陶也からメールが来ていた。

『熱はないか？　もしまだ下がってないなら、連絡下さい』

　心配してくれている――。嬉しい気持ちと一緒に戸惑いも感じて、郁はしばらく返信に迷った。

『熱はもう下がりました。今日はお仕事を休んでいます。昨日は本当にありがとうございました』

　メールを送信した後、ふと郁は、陶也ならと思った。ただ一人、筆耕になれたことを喜んでくれた陶也なら……。

（仕事に行きたいおれの気持ち、陶也さんなら分かってくれるかもしれない）

　けれど、三須から十六日まで来なくていいと言われた、などとメールに書いたところで、明日から出勤できるわけでもない。

（第一、自分から陶也さんと別れておいて、今さら甘えるなんてむしがいい……）

　別れて、四年も経つのだ。陶也にはもう他に、恋人がいてもおかしくないだろう。

（もともとロウクラスには興味のない人だった。……優しいから気にかけてくれてはいても、今はもっと陶也さんにふさわしい人がたくさんいるだろうし）

そのほうが陶也にとっても幸せなのだと、郁は知っている。ついさっき見たばかりの、父親の怯えた顔。しょんぼりと落ちた肩が蘇ってくる。

郁はため息をついた。

自分はひどいのかもしれないと思いながら、けれどどこかではひどく冷めていて、

（それでも、死は死じゃないか……）

と思ってしまう。ふかふかのベッドの上で父親に看取《みと》られて死んでも、一人ぼっちの部屋で淋しく死んでも、死は、死だ。いつか自分は死ぬ。周りの誰より早く。

（早く篤郎を、お父さんのところに戻してあげたい……）

せめてそれが生きている両親の慰めになるよう。これもきっとエゴだろうと思いながら、郁はベッドへ潜り込んだ。

翌日、郁は朝十時頃電車に乗り、都心の繁華街へと出かけた。そこは郁が普段足を向けない、若者が多く集まる街だった。ファッションビルが建ち並び、飲み屋の他にもバーやナイトクラブ、ラブホテルなどがひしめいている。興信所の調査によれば、最近篤郎が姿

を見せたのはこの街だという。

郁は手始めに、興信所からもらったリストに載っている、篤郎の宿泊ホテルを訪ねてみるつもりだった。口のきけない郁は、電話をして訊いてみることができないので、直接行くしかなかった。

デパートが開店する十一時前、既に街は人通りで賑やかだった。大きな地図帳を持ってきた郁は、それとホテルの住所を照らし合わせながら一軒一軒訪ねて行った。よく晴れていて、重たい地図帳を持って歩いているとすぐに汗だくになり、郁は疲れて、何度も立ち止まって街路樹の陰《かげ》で休まねばならなかった。

『蜂須賀篤郎というお客さんは来ますか？　こういう人なんですが』

とノートに書き、郁は篤郎の写真と一緒に見せたが、ホテルのフロントからはほとんどまともな反応が返ってこなかった。

「プライバシーの侵害になりますので」

と言われ、家族だと伝えても、証明する手立ては保険証くらいなもので、すぐに信じてはもらえなかった。やっとなにか教えてくれるところがあっても、

「今日は泊まってらっしゃいません」

と言われるだけで、それ以上のことは分からない。

（困ったな……ホテルに訊くだけじゃ無理かな）

五つめのホテルを回り終えた頃、時間はとうに午後三時を回っていた。疲労した郁は、自動販売機で水を買って、木陰《こかげ》で飲んだ。

歩いている人の中に篤郎はいないか、と郁はきょろきょろした。ふと、街路の花壇に座って煙草を吸っている数人の若者集団が眼に入る。みんな背が高く、体つきの大きな男ばかり。見るからにハイクラスだ。だらしのないファッションだが、身につけているものはどれもブランドもののようだ。篤郎と似ているな、と郁は思った。もしかしたら彼らは、篤郎のことを知っているかもしれない。

一瞬郁は、四年前、篤郎に呼び出されたクラブで受けた暴行のことを思い出した。脳裏によぎる罵声《ばせい》、自分を殴ってくる男たちの顔……。けれど今あそこに座っている彼らが、郁を犯したわけではない。

一度身震いしてから、郁は意を決して彼らに近づいていった。

『すみません。私は口がきけません。訊きたいことがあるのですが、いいですか？』

あらかじめノートに書いた文字を見せて彼らの前に立つ。それまで仲間同士でゲラゲラと笑い合っていた男たちが、うさんくさいものを見るように郁を見た。

「なに、あんた？」

「クチきけねえの？　なんだよ。ロウクラスじゃん」

鼻で嗤《わら》われたが、郁はかまわず篤郎の写真を見せた。

『この人を知りませんか?』

「……え? ああ、こいつ、知ってるわ。見たことある」

一人が言うと、数人が、

「あー、俺も、どっかのクラブで見た顔だ。なんだっけな、黒川《くろかわ》が知り合いだっつってた」

「コナ扱ってるクラブによく来るって話だろ」

と、うけあった。郁は心臓が、大きく跳ねるのを感じた。やっぱり篤郎はこのあたりで行動しているらしい。

『あの、どこのクラブに行けば会えますか?』

急いで書くと、「あんたが、行くの?」と嗤われた。

「……なー、あんた、すっげえ白いのな。初めて見るわ、あんたみたいなの」

ふと、郁のすぐ隣に立っていた一人が、肩へ腕を回してきた。

「なに盛ってんだよ、お前」

「いや、俺、ロウクラス好きだもん。あ、いい匂いするじゃん」

耳の裏を嗅《か》がれ、郁はびくりと肩を竦《すく》めた。怖くなってきて身じろぎすると、男は郁の肩を抱く手にぐっと力をこめてきた。

「そいつが出入りしてるクラブ、行きたい? 連れてってやるよ。でもまだ開かないからさ、それまで俺と遊んでよ？　ね？」

「お前、一人で食うの？　俺も混ぜろよ」

周りの仲間たちが、ニヤニヤしながら郁のほうを見ている。

（い、いやだ……）

郁は首を横に振り、男の腕から逃れようとした。しかししょせん、非力な郁がハイクラスの男に抵抗できるはずもない。無理矢理歩かされ、引きずられ始めた時だった。

「おい。俺のツレをどうする気だ？」

背後から低い声がかかり、男が眉を寄せて立ち止まった。

「なんだお前」

一緒になって振り返った郁は、息を呑んだ。そこにいたのは、陶也だった。仕事の途中らしい。淡いグレーのスーツに、同じような淡グレーと濃グレーのストライプ模様のネクタイを締めている。ただ、急いで走ってきた様子で、前髪は乱れて額は汗ばんでいた。

郁は思わず唇だけで、『陶也さん』と呟いた。

「その子は俺のツレなんだ。返してくれるか？」

陶也はにっこりと微笑んだが、眼の奥はちっとも笑っていない――郁にはそれが感じられた。けれど男達は陶也と同じハイクラスだ。すぐには怯《ひる》まない。

「うっせえな。ひっこんでろよ、オッサン」

舌打ちをされたその瞬間、陶也がすうっと眼を細めた。

「……返してくれるか？」

陶也の声はさらに低く、地を這《は》うような声音《こわね》になっていた。細めた眼から鋭い眼光が迸《ほとばし》り、不意に、得体《えたい》の知れない凄みが溢れた。ムシを起源種にするものの本能とでもいうべき部分で、郁は恐怖を感じた。郁を連れて行こうとしていた男たちも、それは同じだったようだ。びくっと震えると、

「やばい、こいつ、タランチュラだ。い、行こうぜ」

陶也の起源種まで察して、郁を放り出し、仲間達と一緒に走っていった。

放された瞬間、陶也が郁の両肩をぐっと摑んでくる。

「バカ……なにしてるんだ！　俺が通りかからなかったら、どうなってたか……」

まだなにか言おうとしていた陶也が、なぜかそこで口をつぐむ。端整なその顔に、見たこともない焦りが浮かんでいるのを見て、郁は戸惑った。不意に陶也がため息をつき、郁の体を引き寄せてきた。

（……あ）

郁はハッとなった。裏道とはいえ往来の真ん中で、陶也に抱きしめられたからだ。分厚い胸に顔を埋《う》めると、陶也の、四年前と変わらぬ甘い匂いに包まれる。背中をあやすように撫でられ、その時になって初めて、郁は自分の体がぶるぶると震えていることに気がつ

いた。

「なにもなくてよかった……」

耳元で、絞り出すような声で陶也が言う。

（どうして、そんなふうに言うの……？）

まるで四年前と変わらず郁のことを、想ってくれているかのような口調で。

四年前、郁が暴行を受けた時、郁を抱きしめ、何度も何度も「ごめん」と繰り返していた陶也を、郁は思いだした。

今抱きしめてくれる陶也の腕があの時の腕に重なり、気がつくと郁は、その胸にすがるようにして、しがみついていた。

陶也はそこからほど近い喫茶店へ、郁を連れて行ってくれた。喫茶店といっても値段の張る高級な店で、奥にはＶＩＰルームのような個室があり、郁が陶也に連れていかれたのはそんな個室の一つだった。

「……なるほど。つまり、お前は篤郎を探してるのか」

事情を説明した郁へ、陶也が確認してくる。

郁は横隣に座った陶也の顔をまっすぐ見られず、うつむき加減《かげん》にこくりと頷いた。郁は陶也に、篤郎の写真や興信所でもらった資料などを見せていた。しばらく考え込むように黙っていた陶也だったが、やがて郁に向き直ると、真剣な表情で「俺は賛成しない」と言ってきた。なかば予想していたことでも、面と向かって言われると、郁は思わず緊張した。

「今聞いた話だと、お前の親父さんは篤郎を探す気がない。でも、篤郎の泊まってるホテルのランクから考えると、口座に金を振り込んでるだけじゃなく、クレジットカードも前と同じように自由に使わせてるんだろう。その請求は、毎月親父さんのところに来ているはずだ。お前の親父さんは、篤郎の居場所をある程度知ってて、放っといてるんだよ」

淡々とした陶也の予想に、郁は反論できなかった。郁もそのくらいのことは、考えつく。

「それから、以前と同じように篤郎がドラッグをやり続けてるなら、もう話は通じない。嗜癖《しへき》障害は、家族が庇《かば》ってやる限り治らない。お前一人が頑張っても、親父さんがそんなんじゃ、意味がないんだよ」

それもまた、郁には分かっていた。

篤郎を家に戻したいと思うから、郁は薬物嗜癖のこともかなり調べていた。本当に治すなら、治療施設に入れるしかないとも思っているが、父はそこまで考えたくないのだろう。郁がどれほど話しても、もうあれはうちの子ではない、と言ってきかない。そうしながら同時に、篤郎への仕送りもやめないでいる。

『父は……』

と、郁は二人の間に広げたノートへ書いた。

『父は、善人ですが、弱い人なんです。でも篤郎を、本当は愛しています。篤郎が戻ってきてくれたら、きっと、もう少し向き合えるはずです』

「……もちろん、俺もお前の親父さんが悪い人だとは思ってないよ」

陶也はそう言うと、意見を曲げない郁に困ったかのようにため息をつく。

（それでも、おれは探さなきゃいけないいんです）

郁は言葉にはできずに、胸の内で思う。自分が死んだ後のことを、郁は考えている。自分が死んだ後のために、篤郎を探して、謝って、家に戻してやりたい。

「——本当のことを言えば、俺は篤郎を憎んでる。死んでくれればいいとすら思ってる」

その時不意に、陶也が言った。その言葉の鋭さに、郁はぎくりとした。

陶也は静かな顔をしていたが、その眼の中に一瞬、激しい怒りが宿ったようだった。

四年前、と陶也が声を絞り出す。

「……俺はお前を助けられなかった。今でも殺したいほど、四年前の俺が憎い。……それと同じだよ。同じくらい、篤郎も憎い」

低く、波立たない静かな声。けれどだからこそ、その奥に抑《おさ》えこまれた感情が透けて見える気がして、郁はなにも応えられなかった。

（陶也さんも、あのことをまだ……覚えている）

不意に脳裏をよぎったのは、サイケデリックな電飾と恐ろしい男たちの中で、殺してやる、と怒鳴っていた四年前の陶也だった。あの時、陶也は本当に篤郎を殺そうとしていた。

「……でも、お前は探すのをやめないんだな？　それなら、俺も手伝うよ」

応えない郁に、陶也がそう言ってくる。郁は驚いて顔をあげた。

『どうして』

思わず口だけを動かすと、それを読み取った陶也が、

「……俺に、四年前の償《つぐな》いをさせてほしい」

と真剣な顔になった。

（償いなんて……）

四年前の事件は、陶也が悪かったわけではない。かといって郁は、自分が悪かったとも思っていない。

強《し》いて言えば悪いのはやはり篤郎だったろうけれど、それも、元を正せば誰が悪いというものでもない、と郁は思っている。悪い誰かを見つけたところで意味がない。郁には人を恨む時間さえ惜《お》しくて、悪者捜しをしたこともなかった。

けれど、と郁は、思い出す。あの頃、暴行で入院した郁を見舞う陶也の瞳の中には、いつでも自身を責めるような色があった。いつでも——陶也は苦しそうだった。郁に触れる時は、腫《は》れ物に触るようだった。まるで父と同じように、陶也は郁に怯えていた。郁が傷

つくこと、死ぬことを恐れていた。

そのことを思い出すと、胸が痛む。

むしろ傷つけないよう、壊さないように触れてくる陶也の指にこそ傷つけられていた当時の自分が、郁の中に蘇ってくる。

（……おれは、身勝手だ）

『償いなんて、いいんです。陶也さんはなにも悪いことをしてない』

（おれが一方的に、別れたいって言ったんだもの……）

四年前、と郁は訊きたくなった。陶也さんにとって、四年前、おれと付き合ったのはいいことでしたか？　と。

（おれといて、陶也さんも傷ついた。……おれじゃなかったら、あんなふうに別れないでよかった）

――自分に、生まれてきた意味はあるのだろうか？

時々郁を悩ませるその疑問が、また胸に浮かんでくる。

神様の悪戯でこの世に生まれた、いらない種の自分が、生きてきた意味はあるのだろうか。

陶也と出会い、付き合った意味はあったのだろうか……？

けれど陶也は、郁の言葉に小さく笑って返した。

「償いなんて格好つけたこと言っても、本当はただ、会う口実がほしいだけだよ」

さらりとそんなふうに言ってのける。郁には陶也の本心が分からず、窺《うかが》うように見つめてしまう。

「四年間、俺はお前に会える日がくると信じてきたんだ。四年前お前にもらったものを、返させてくれ」

『おれがあげたもの？』

唇だけで問い返すと、陶也はその言葉を読み取れなかったのだろうか。ただ微笑んで、首を傾げるだけだった。


そこから郁は車に乗せられ、また、陶也の家に運ばれた。陶也は家のファックスで、どこへやら郁が興信所からもらった資料を送っていた。

「刺野《しの》か？　今流した書類を確認してくれ。それで、蜂須賀篤郎の居場所を報告してほしい。それから、○○区界隈《かいわい》の、リストと同じランクのホテル、すべてのフロントと話をつけてもらえるか。内容は、今からメールで送る」

居間に座らされ、お茶を振る舞われた郁は、膝にのっている猫の「いく」を構いながら、眼の前でてきぱきと仕事をしていく陶也に思わず見とれていた。

四年前の、いつも退屈そうだった姿からは想像もできない。実家の執事だという刺野になにやら指示を飛ばしながら、陶也はノートパソコンを開き、メールまで打っている。

「今、送ったメールだ。見たか？　……そうだ。七雲の名前を使え。責任は俺がとるから。最後の項目は、俺が本人に直接言う。お前はアポイントだけとってくれ」

十分かそこら刺野と電話した後、陶也は電話を切った。

「篤郎の居場所は多分、すぐ特定できる。ただ、いきなり押しかけても話にならないだろうから、もうちょっと俺に任せてくれるか？　一番、いい形で話し合いに持ち込みたい」

郁は有無《うむ》もなく頷いた。じっと見つめていたことがばれたような気がして、慌てて視線を逸《そ》らす。

「俺も事務所に戻らないといけないから、送ってくよ。アパートでいいか？」

ノートパソコンを片付けながら訊いてくる陶也に、郁はハッとなった。

『二度もお仕事の途中を邪魔して、すみません』

「この頃はそんなに忙しくないから平気。というより、俺は人より仕事が早いから」

爽《さわ》やかな笑顔で、自慢なのか郁への気休めなのか、冗談めかして言う陶也へ、郁は小さく微笑んだ。

「お前は？　明日は仕事なんだろ？」

会話の流れでふと訊かれて、郁は思わずうつむいてしまった。膝の上で、「いく」がゴロゴロと喉を鳴らしている。

「……違うのか？」

『十六日まで、出てこなくていいって言われちゃいました。主任が、おれの体が心配だそうで』

笑顔を作って郁は手持ちのノートにそう書いたが、やはりなんとなく笑えなくなってしまう。

仕事に行けなくなったのは、郁にとっては辛かった。二十七で、男で、なけなしのプライドもある。ただでさえアルバイトの身なのに、立派に社会人をしている陶也にみっともないところを見られたようで恥ずかしく、今朝篤郎捜しに出てきてから忘れていた憂鬱《ゆううつ》がぶりかえしてくる。陶也の反応が、そうか、というだけのあっさりしたものだったことが、せめてもの救いだった。

「……じゃあ、少し早めの夏休みをもらったんだな。なあ、俺も有休たまってるんだ。今度どこか行こうか」

（え？）

思いがけず、軽い調子で誘ってきた陶也に、郁は眼をしばたたいた。話についていけずに戸惑う。陶也は座卓に身を乗り出し、「たとえば、映画とか」と言ってきた。

「前さ、付き合ってた頃……デートって言っても、俺の家とか大学近くの公園とか喫茶店ばっかりだったろ。定番の映画なんて、行かなかったなと思って。映画観《み》て、食事して……そういう普通の遊び、してなかったから」

——そうだった。四年前付き合っていた頃は、確かに映画なんて観に行かなかった。けれど陶也が、そんなことを考えていてくれたことが驚きだった。

心臓が鈍く痛み、切ない気持ちが胸の奥へ広がる。本音を言うと、誘ってもらえたことも、四年前の二人の付き合いを陶也が覚えていてくれたことも、嬉しかった。

（でも、行っちゃいけない）

篤郎捜しを手伝ってもらうというのは、いい。それはそのほうがいい。陶也は弁護士で、人捜しや薬物依存などについても、郁よりは詳しいだろう。郁一人で捜すのは正直、かなり難しかった。けれど、二人でどこかへ出かけるというのはいけない、と郁は思った。

四年前別れたのだ。けれど嫌いで別れたわけじゃなく、好きだから別れた。そんな人と二人きりで出かけられるはずがない。

それなのに、行きたい、という想いがある。昔できなかったことをしようと言ってくれる陶也の気持ちが嬉しい。泣きたくなるほど、嬉しい。

「……ダメか？」

応えない郁に、陶也が重ねて訊いてくれる。晴れやかだったさっきまでの表情に、どこか淋しげな影がさしていた。声は優しく、郁の心そのものをくすぐるようだった。

その一瞬で、郁は四年前に、陶也と付き合ってしばらく経った頃に、陶也が自分をほんの少し好きになってくれたかもしれないと、淡く期待し始めた頃に、時が戻ったような気がした。手をつなぐだけでドキドキしていた。一緒に道を歩けるだけでよかった。どんな場所でも並んで座り、一冊のノートを囲んで、他愛《たあい》のない会話を繰り返した日々。幸せで眼が眩《くら》みそうだった、あの日々。

（篤郎を家に戻すまで。それまでなら）

それまでなら、一緒にいても、許されるかもしれないと思った。陶也が自分を愛さなければいいのだ。あの頃のように……自分が死んだ時、陶也の胸に空く穴が大きくならなければそれでいい。篤郎を捜してもらう間くらいなら、大丈夫かもしれない。

一緒にいる言い訳を探しているだけだと分かっていながら、けれど郁は、気がつくと頷いていた。

四

陶也と映画に行くことになったのは、それから三日後のことだった。

おりしも、七夕の七月七日。それまでの三日間雨が続いていたおかげかよく晴れて、気温は三十度まであがった。陶也は車で郁を迎えにきてくれて、首都高をぬけて海岸沿いを走り、大きな映画館へ連れて行ってくれた。

スーツ姿ではない、私服の陶也を見るのは本当に久しぶりだった。白いTシャツに形のきれいなコットンパンツ、薄手のカーディガンというだけの簡単な格好だけれど、体格がいいのでモデルのように似合って見える。

（……おれ、こんなかっこうでよかったかなあ）

浮かれまいと思っていても、郁はつい、昨晩は一晩中洋服を選んでしまった。けれど結局細身のパンツに、やや裾の長いTシャツ、冷房よけにダボッとしたサマーパーカーを持つくらいで、お洒落《しゃれ》かどうかはよく分からない。けれど車に乗り込んでしばらくすると、陶也は、

「今日可愛いな」

と、褒《ほ》めてくれた。

『いえ、あの、普通です。おれ、あんまり洋服持ってないので』

慌てて唇を動かす。照れて早口になってしまったので読み取れなかったろうと思っていると、陶也はハンドルを握りながらにっこりした。

「いや、いつも可愛いんだけど……今日は俺に会うために着てきてくれたと思うと、よけいに可愛く見える」

突然口説かれるようなことを言われ、郁はうろたえてしまった。頬にかあっと熱がのぼってくる。二十七の男が可愛いと言われて喜ぶのもおかしいが、昔付き合っていた頃だって、陶也は郁のことを「可愛い」なんて、ほとんど言ってくれたことがなかったのに。

(陶也さんも大人になったから、誰にでもこんなふうに、褒めるようにしてるのかも？)

きっとリップサービスだと思いながらも、胸がときめくのは抑えられなかった。同時に、舞い上がっている自分が恥ずかしく、情けなくもある。

(でも、一日くらい……)

郁は自分に、そう言い訳した。

前々日メールで陶也と相談し、あまり難しくない、話題の娯楽映画を観ることにしていた。そんな相談さえ郁にはとても嬉しかった。四年前はこんなやりとりもしなかったので、余計だった。

あの頃の陶也は、郁のメールに返事をくれたことがなかった。それが――最近では毎日のように、陶也からメールが来る。それは他愛のない日記のようなメールで、一日の終わりに一通来る。その日あった面白いことや、食べたもののことなどが短く書かれていて、最後に「おやすみ」と付け加えられている。

仕事が早いとか、今はあまり忙しくないとかと陶也は言っていたが、実際にはやはり忙しいらしい。大抵、郁が眠りに就《つ》く前の午後九時頃、陶也はまだ弁護士事務所にいて、仕事の合間に送ってくれているらしかった。

短いメールには、なんと絵文字まで入っていたりする。といってもにっこりマークがせいぜいだが、「あの陶也」が絵文字を使ってまで毎晩おやすみメールをくれることに、郁は正直戸惑いながらも、嬉しかった。そこからは陶也の優しさが溢れていて、どうしてこんなにしてくれるのか、郁には分からないでいる。

映画館に着くと、陶也はインターネットの予約で、先に指定席を押さえてくれていた。

平日なので、映画館はあまり混んでいない。飲み物とポップコーンを買い、いざ入ったところで、陶也はなぜかブランケットを二枚もらっていた。

席につくと、そのブランケットの一枚を、郁に渡してくれた。

「映画館て、スーツの男に合わせて温度調整してるらしい。冷えるから、使って。もう一枚あるから、足りなかったら俺の腕叩いて。渡すから」

郁は驚いてしまった。もう一枚は陶也が自分で使うものと思っていたら、郁への予備だったらしい。

「俺はこのとおりの体だから、寒いとか暑いとかほぼ平気なんだよ」

驚きが顔に出ていたのか、陶也は苦笑気味にそう言ってくる。

(陶也さん、すっごく、変わったなあ……)

郁は胸がドキドキと高鳴るのを感じながら、改めて思った。郁は暑さにも寒さにも弱い。だからそうしたことに不便のない人の感覚が分からない。逆に陶也は、郁のような体質の感覚が分からないはずだ。それなのに、郁にはブランケットが二枚必要だ、と考える陶也は、郁のことをとても気遣ってくれている。

(どうしよう、優しい……)

胸の奥に甘い、それでいてきゅっと締め付けられる感覚が走って、郁は頬が染まるのを感じた。

やがて映画が始まった。話題の大作なだけあり、演出が派手で、普段あまり映画館で映画を観ないうえに人より耳のいい郁は、大きな音が出るたびにびくっと震えてしまった。すると隣から陶也の手が伸びてきて、椅子《いす》の肘掛《ひじか》けを摑む郁の手をぽんぽんと撫でてくれた。始終守られているような感覚で、郁は映画を見終えた。

映画館を出た後は食事だった。海沿いの洒落たレストランに入り、美味しいイタリアンを食べながら、映画の感想を話した。郁は手話で、時々陶也が分からないようだと、紙ナプキンに文字を書いて。

食事を終えた後は、海岸沿いの遊歩道を少し散歩した。夏日で、太陽がじりじりと舗装《ほそう》された道を焼いて照り返しも暑い。街路樹の陰を歩いていたが、途中で陶也がちょっと待ってて、と言ったので、郁は上手につるが誘引されたヒルガオの陰に入って待っていた。淡い薄紫のつる花が潮風に揺れ、その上を、ひらひらとアオスジアゲハが飛んでいった。

「あそこの露天《ろてん》で売ってたから」

やがて戻ってきた陶也が手にしていたのは、小振りの、黒いシンプルな日傘だった。シンプルとは言っても裾はレースになっていて、明らかな女物だ。こんなデザインを陶也が買ってきたことに、郁は驚いてしまった。昔の、プライドが高かった陶也なら、絶対に買わなかったはずだ。

「ないよりいいだろ？」

と言って、陶也は郁にその傘を差しかけてくれる。水分補給にと思ったのか、手っ取り早く吸収できるスポーツドリンクまで渡された。

「駐車場まで歩いて、そしたら、帰ろうか。夕飯は俺の家でいい？」

訊かれて、なんだか顔をあげられずに郁は頷いた。どうしてこんなに優しくしてくれるのだろう、と思う。こうした扱いを女扱いだと落ち込む気も起きない。本当に郁のことばかり、陶也が考えてくれていると感じてしまうからだ。

（慣れてるだけ？　昔も、優しいところはあったけど、ここまでじゃなかった……）

離れている間に誰かと付き合ったりして、変わったのだろうか。それしか陶也の変貌を説明できる要素を思いつけず、郁の胸は小さく痛んだ。けれどそれに傷つくのは身勝手だと思う。

（おれとあのまま付き合ってたって、いつかおれが死んじゃったら、陶也さんはいずれ誰かと結婚もするんだろうし……）

そしてそうしてほしい、とさえ思っている。それが陶也の幸せなら。

（おれ、やっぱりまだ、陶也さんを愛してるんだな……）

好きという言葉では言えない。郁は深く、陶也を愛している自分を感じた。見上げると、陶也が郁を見下ろして微笑んでいる。その陶也の優しい笑顔の向こうに、青い空が見えた。はるばると続く海や、遠くを飛んでいくカモメも。潮風に、街路の支柱にからみついたヒルガオが揺らめく。

『いい日ですね』

ゆっくりと唇を動かすと、陶也が「そうだな」と言った。

いい日だ。短い自分の人生で、最上の一日かもしれない。

今この瞬間一緒に、並んで歩いていられる。

それだけでもう、考えられないくらい幸福だ、と郁は思った。胸の奥にじいんと熱いものが広がっていく。幸福だ。ほかになにもいらない。四年前にもう幸福は夢見ないと思った。あの幸せな日々のおまけに、今日がついてきたのだろうか。このおまけ一つでも、死んでも悔いはないような、そんな気さえした。


食材はもう買ってあるんだ、と陶也は言い、郁を家に連れて行ってくれた。相変わらずの小さな日本家屋で、郁は台所に立ち、陶也の手伝いをして一緒に夕飯を作った。

ゴーヤーを塩もみし、ひじき、大豆と一緒に醬油《しょうゆ》やごま油などで味付けしたドレッシングで和《あ》える。ししとう、カボチャ、なすなどを素揚げし、彩《いろど》りよく盛った上に冷たい薄出汁を回しかける。すると野菜の吸った油がきらきらと汁に浮いて、美味しそうな煮浸しになる。雑穀のご飯に、ヘチマの味噌汁《みそしる》。それに、新鮮なマアジのたたき。生姜《しょうが》とネギをたっぷりときかせてある。キュウリを塩昆布でもみ、香の物のかわりにする。

金はかかっていないが、贅沢な食卓に舌鼓《したつづみ》を打ち、食べ終えた頃、デザートに陶也が出してくれたのは涼しげな葛饅頭《くずまんじゅう》だった。これまたしっとりと甘く、美味しかった。

その時間になると、もうすっかり日が暮れていた。居間の窓は開け放し、蚊取り線香を焚《た》いている。「いく」は縁側でごろりと横になっており、庭の雑木《ぞうき》で冷やされた夏の風が、風鈴を鳴らしながら吹き込んできた。

「まだ少し時間、いいか？」

食器を運び終えた後、陶也に訊かれて郁は頷いた。なにかと思っていると、陶也は奥の部屋から買っておいたんだ、と言って花火を持ってきた。

「子どもみたいだろ？　花火大会とはいかないけど、これで……」

少し照れたように言う、その姿にも、郁は驚いてしまう。花火はコンビニエンスストアやスーパーなどでも売っている、千円程度の、子供だましのものだ。けれどそれを用意してくれた陶也の気持ちが、郁はなんだか嬉しかった。

家の電気を全て消し、バケツに水を張り、蠟燭《ろうそく》の火を準備して、小さな庭で二人、花火をした。

言葉もない。勢いよく弾けた火花に、猫の「いく」が縁側でびくっとし、眼を丸めているのに二人で笑った。ずいぶん小さな頃――それこそ、まだ口もきけた昔に、家の庭で篤郎も一緒に家族四人で花火をしたことを、郁は思いだした。

篤郎がぶんぶんと花火を振り回すので、母が心配そうに「あらあら、あっちゃん」と声を出した。郁は笑っていたし、篤郎も笑っていた。大きな打ち上げ花火の火をつけるのは父の役目で、篤郎と身を寄せ合い、固唾《かたず》を呑んで見守る間父の背中は逞《たくま》しく見えた……。

その優しい思い出に、陶也との時間が重なっていく。

派手な花火がすべてなくなり、残りは線香《せんこう》花火だけになった。二人で線香花火を見つめていると、ふと、陶也が呟いた。

「……お前と初めて会ったのって十一月だったよな。一緒にいられたのは、ほんの二ヶ月だった」

郁は顔をあげ、陶也を見た。線香花火の火花に照らされて、陶也の横顔はだんだらの橙色に染まっていた。

「俺は冬のお前しか知らない。……離れてから、それ以外の季節になると……春や夏のお前は、秋のお前はどんなだったろうなって思ってた」

季節の一巡りを、一緒にいたかった。

と、陶也は、小さくつけ足した。

「……そうしたら他になにもいらなかったなと、何度も、思った」

——どうして？

声には出せない気持ちが、胸に溢れてきた。

今見る陶也の横顔。その瞳の中に、再会してから一度も見なかった後悔が、ちらりと覗いていた。

「思い出のない季節がくるたびに、思ってたんだ。……もっといろんなこと、してやれたらよかったって。春や夏、秋のお前の笑顔を思い出せたら、俺は一生それを思い返して、それで十分、幸せだったたって……」

——一生それを思い出して。

と、陶也は言った。胸に痛いほどの切なさが、郁の中にこみあげてくる。

けれどその陶也の後悔は、過去のことだ。終わってしまった、過ぎ去ってしまった時間についての、悲しみだ。

線香花火の最後の火が、ぽつりと地面に落ちる。最後の火花を弱々しく散らし、火は消えてしまう。

その時、郁の鼻の頭に水滴が落ちてきた。

「あ、雨だ。郁、こっち」

ぽつ、ぽつ、と落ちてきた雨滴に、陶也が郁の腕を掴んで立ち上がらせた。一緒に縁側に駆け込むのと同時に、スコールのような激しい雨が雷をともなってザーッと降ってきた。

「間一髪《かんいっぱつ》だったな。ちょっと濡れたか？　今、タオル出すから」

部屋に駆け込み、タンスの引き出しを開ける陶也の背中を見つめながら、郁はふと思った。

(陶也さんは、おれに……あの時のことを、償おうとしてくれてるんだなあ)

付き合っていた頃、最初から陶也は優しいわけではなかった。そして別れる間際、暴行を受けた郁に、陶也は俺のせいだと何度も繰り返した。

陶也の今の優しさは、ただ、あの時の後悔からくるものかもしれない。あの当時、郁にしてやれなかったことを悔いる痛みから、陶也はやり残したことを、郁に与えようとしてくれているのかもしれない。

贅沢だと思うのに、そう思うと淋しくなった。

心のどこかで、今もまだ変わらず愛されている——と信じたい自分がいた。あの頃の陶也が、どれくらい愛してくれていたのかも、本当はよく分かっていないのに。

「あった。これで頭拭いて。なんなら風呂入るか？」

陶也がタオルを手にして振り向いたその時だった。背の低い和箪笥《だんす》の上に、猫の「いく」が飛び乗ろうとして、後ろ足が悪いためか失敗した。しがみついてがりがりとひっかきながらのぼった矢先、タンスの上に置いてあった大きな紙袋を太った体で押した。

紙袋が逆さまになり、畳の上へ落ちる。郁はあっと思って駆け寄り、思わず足を止めた。

こぼれた中身は、大量の包みだった。大小様々の、リボンをかけたプレゼントの包み。どれも開けられておらず、中には包装紙が黄ばんで古びているものもある。そしてその中に、見覚えのあるノートが一冊、混ざっていた。

「あ……」

陶也が気まずそうな顔になり、郁の頭にタオルをかけると、しゃがみこんで包みを拾い始めた。

「まったく、うちの猫はすぐこういうことするんだ。……郁、頭拭いて、あっちで座ってろ」

タンスの上で、「いく」がにゃあと鳴く。

けれど郁は陶也の言葉に従わず、そっと畳の上へ膝をつき、そのノートを持ち上げた。

それは、四年前まで郁のものだった。

開くと、見覚えのある字が並んでいた。

『蜂須賀郁、といいます。はちすが、いく、と読みます』

陶也と初めてちゃんと言葉を交わした時、書いた文字。

大学近くの喫茶店で、公園で、あるいはキャンパスの片隅で、二人で会話した痕跡《こんせき》がそのノートの中に残されている。

何度も何度も打ち消し線で消しながら、書いた、別れの言葉。

不意に耳の奥へ蘇ってきたのは、最後の日の陶也の震える声だった。

――このノートだけ、俺にくれ。お前のこと、覚えてたいから……。

あの言葉どおり、陶也は郁を覚えていてくれた。

(これ、ずっと、持って……)

喉の奥から、熱い塊《かたまり》がこみあげてくる。視界がにじみ、溢れた涙が、ぽたぽたとノートに落ちた。

「……ノートが濡れてるよ、郁」

隣にしゃがみこんだ陶也が、ノートを持つ郁の手にそっと手をかけた。たまらず、郁は泣き濡れた顔で陶也を見上げた。

その瞬間、陶也の顔に緊張が走った。戸外で、雷が鳴り、激しい雨が雨樋《あまどい》をがたがたと揺らしている——。郁は息を呑んだ。陶也が郁の肩を引き寄せ、きつく、抱き竦めてきたから。

「郁……郁」

どこか切羽《せっぱ》詰まった、陶也の声が耳元にかかる。わずかに雨の香りを含む、陶也の甘い匂いに、体中が満たされていく。

郁はしゃくりあげた。

（陶也さん。……陶也さん）

愛しさで、恋しさで、胸がいっぱいになってはち切れてしまいそうだった。郁を抱きしめてくれる陶也の大きな体が、小刻みに震えている。郁はそろそろと陶也の背に手を回し、そっと、しがみついた。

そうやって、互いに互いへすがるようにして抱き合っていたのはどのくらいの間だったのだろう。きっと数秒のことだったろうが、郁には何時間にも感じられた。

陶也がそっと腕を解き、郁の顔を覗《のぞ》き込んできた。

「……俺と一緒に、いてくれないか」

言われた意味を、郁は数秒理解できなかった。陶也がさらに、言葉を重ねる。

「お前が好きなんだ。愛してる。……残りの人生をずっと、お前と生きたい」

迷いもなく、てらいもない言葉だ。郁は涙さえ止まるほど、眼を見開いた。その言葉に、胸を撃ち抜かれたように感じた。

――陶也はまだ自分を、愛してくれている？

償いではなく愛情から、優しくしてくれていたのだと、郁は知った。知った瞬間、心臓が止まったような気がした。

「四年間、お前にもう一度会えたら言うつもりだった。一度も忘れたことなんかない。もう別れたくない。二度とあんな想いもさせない。一緒にいてくれ」

矢継《やつ》ぎ早《ばや》に言ってくる陶也が、真剣だということは、訊かなくても分かった。その眼、その声から伝わる真摯《しんし》さに、酔わされそうな気がした。それはもはや、懇願《こんがん》にさえ聞こえてくる。

「俺はお前しかいらない。お前だけしか、こんなふうに愛せない。もう愛してしまったから、終わることもない。こんなふうに、ただそばにいてくれたらいい。お前の苦しみや悲しみを一緒に感じたい。俺の喜びは、お前に分けたい。それだけだ。郁。頷いてくれ」

郁の唇がわななき、息は震えた。

一度引っ込んだ涙が、再び盛り上がってくる。

頷けない。頷けるはずがなかった。

(だめ)

郁は首を横に振った。

(できない……)

涙が溢れ、郁はぎゅっと眼をつむって、うつむいた。そうしてもう一度首を横へ振る。するとこらえきれずに、嗚咽《おえつ》が漏れる。

陶也を愛している。

郁だって陶也を、今もまだ、愛している。四年離れていた間、陶也が郁のノートをずっと持っていてくれたように、郁は陶也のくれた万年筆で、かわりばえのない毎日を綴《つづ》ってきた。そうすることで陶也を身近に感じられた。何度も何度も思い出をひもとき、また会えたらと空想した。一緒に、陰惨で苦しい思い出まで蘇ってきたとしても、それでも構わないくらい、陶也との思い出を愛してきた。

大学の図書館。陶也は郁に本を取ってくれた。講堂で、ノートを見せてくれた。ありがとう、と伝えると、不思議そうな眼で見られた。

喫煙所に座っている陶也を見つけ、勇気を出して声をかけたこと。付き合ってもいいと言ってくれたこと。初めて入ったファストフード店で、急いで食べようとした郁に、急がなくていいと言った陶也。

カフェでは、頭をくっつけるようにしてノートを囲み、いろんなことを話した。病院のベッドで初めて抱かれた時、陶也は優しかった。

待ち合わせの場所で待っていると、遠くから自分のほうだけを見て、急いで駆けてくる陶也が分かって、その瞬間がたまらなく幸せだった。

木々から漏《も》れていた、淡い陽《ひ》。冷たい空気の中で握った手。

銀杏並木《いちょうなみき》の黄金色の中を、一緒に歩いた。

公園の凍《い》てついた池の暗い色や、病院の窓辺から見えた冬の空の色まで、何度繰り返し思い出しても、色褪《あ》せず鮮明に蘇ってくる。

その記憶は郁に与えられた、一分《いちぶ》の隙《すき》もない、完璧で本物の幸福だった。

郁は陶也を愛している。陶也も、郁を愛してくれている。その愛は疑いようもない。陶也の愛情は嘘でもまがい物でもない。郁のことを本心から受け入れてくれている。けれどだからこそ、陶也の言葉を受け取れない。

カイコガでなければと思う。もっと普通の人なら、自分は陶也の言葉を今すぐ受け取った。けれど……。

「……最初に断られることは、分かってる。俺は、答えは急いでない。お前がダメだと言

って も諦《あきら》めないから、もう少し考えてほしい」

けれど陶也は、引き下がろうとしなかった。そう言って、郁の答えを保留にする。

(そんなこと言わないで)

迷わせる時間を自分に与えないでほしい。理性が愛に負け、欲望に負けて、頷いてはいけないのに頷いてしまったら困る。

(おれはあなたを苦しめたくない。……もう十分、おれはもう十分、幸せだから)

雷雨《らいう》はまだ続いている。郁のしゃくりあげる声が、障子戸を通して響いてくる雨音に混ざる。猫の「いく」が呑気《のんき》そうに、にゃあと間延びした声で鳴いた。

五

数日後、郁はため息をつきながら、夕暮れの商店街を歩いていた。今も仕事は休み期間。陶也からのメールは相変わらず毎日来るが、郁は先日の告白にまだ返事をしていなかった。

（絶対無理だって、断らなきゃいけないのは分かってるのに）

どうしてはっきり言えないのだろうと、郁は自分が情けなかった。

「あ、郁ちゃん。今日はジャガイモが安いよ。粒じゃが持ってく？」

八百屋に立ち寄ると、いつものように夫婦が陽気に迎えてくれる。売り物にならない小さなくずじゃがをくれるというのでもらっていると、おかみさんが、

「あの弁護士の先生と郁ちゃん、昔からの知り合いなんだってねえ。知らなかったわぁ、あんなかっこいい知り合いがいるなんて」

とうっとりしている。

「あの先生、本当にいい人なのよ」

「まったく、年甲斐《としがい》もなく浮かれちまって。恥ずかしいやつだな」

八百屋の主人は呆《あき》れ気味に言うが、「でもよくやってくれてるよ」とおかみさんに同意した。

「先生の事務所じゃ、ロウクラスの弁護を専門にしてるって話だ。ありがたいよ、安い支払いで朝から晩までこまめにまあ、働いてくれて」

夫婦が言うには、陶也立ち会いの話し合いのもと、立ち退《の》きはしないですむことになりそうだという。そのせいか、夫婦の顔も久しぶりに明るく見えた。

「こないだ、先生が倒れた郁ちゃん連れて帰ったでしょ。そりゃもう颯爽《さっそう》として、素敵だったのよ。郁ちゃんのことお姫様みたいに……」

「おい、いくらなんでもお姫様はないだろうが。全く、妙なこと言うな」

「あら、いやね、ヤキモチだわ」

夫婦の軽口に付き合い、郁も微笑んだ。けれど八百屋を離れると、ため息がこぼれた。

陶也は本当に変わった。夫婦が陶也を褒めるのを聞くと、郁も誇らしい気持ちになる。そんな陶也に求められて――嬉しいとも思う。けれど郁の心の中にはもやもやとわだかまったものがあり、どうしても、陶也の気持ちを受け入れてはならない、と思えた。

歩いている途中、ズボンのポケットで携帯電話が震えた。見ると、陶也からのメールだった。

『篤郎と会う段取りを整えたから、明日、時間あるか？』

郁は思わず立ち止まり、緊張に肩が強ばった。とうとう、篤郎に会える。緊張したまま、郁は『はい』と、陶也へ送った。

翌日、陶也が郁を迎え、連れて行ってくれたのは、興信所からもらったリストの中にも載っていたホテルだった。昨夜、篤郎はここに泊まっていたという。

「ホテルの喫茶室に呼び出したから、とりあえずそこで会うことになってる」

と、陶也が説明してくれた。ホテル内一階に設《しつら》えられた喫茶スペースへ来て、郁は驚いてしまった。そこに、先に座っていたのは篤郎ではなく兜《かぶと》だったからだ。

「郁ちゃん！　久しぶり！」

兜は会うなり、大柄な体で郁をぎゅっと抱きしめてきた。四年前と変わらず眼鏡に癖毛《くせげ》、仕事はなにをしているのか、スーツだがネクタイはしておらず開襟シャツのボタンをいくつか開けていた。

『ど、どうして兜さんが？』

眼を白黒させる郁に、陶也が説明する。

「俺が連絡しても篤郎は出てこないだろうから、こいつに頼んだんだ」

「あっちゃん、もうすぐ来るよ。二人が来ることは言ってない」

兜に促され、郁は陶也と二人、四人がけのテーブルについた。もうすぐ篤郎が来るのだと思うと、心臓がばくばくと大きな音をたてはじめた。

しばらく待っていると、喫茶スペースの入り口に向かって、兜が「あっちゃん」と手を振った。見ると、ちょうど背の高い男が一人、こちらに向かって歩いてくるところだ。痛んで乾燥した前髪の下で、鋭い瞳が郁を捉えた。瞬間、その眼が大きく見開かれた。

この四年間――郁は次に篤郎に会った時、自分は最後の夜の恐怖を思い出すのだろうと思ってきた。数人がかりで抑えつけられ、心にも体にも傷を負わされた夜のことだ。麻薬を打たれ、無理矢理体に押し入られ、ぶたれ殴られ、嘲弄《ちょうろう》されたあの恐怖は悪夢のように、時折記憶の中をかすめては、郁を狂いそうにさせてきた。あの時、男達の後ろで、篤郎は嗤っていた。ドラッグを呑んで、正気の飛んだ顔。嗤いながら、時折篤郎のうつろな眼からは、ぼろぼろと涙がこぼれていた。

あの狂気の記憶と恐怖が、一気に蘇るはずだ。そう、覚悟していた。

けれど篤郎の顔を見た時、郁の胸に浮かんだのはまったくべつの感情だった。懐かしい気持ちで胸が詰まり、会えた安堵《あんど》で、背を押された。

気がつくと、郁は立ち上がり、篤郎に駆け寄っていた。

『篤郎！』

眼の端に涙がにじみ、弟の、記憶よりいくぶん痩せた体に飛びつくように抱きついていた。ほんの数秒、篤郎が呆然とした顔で郁を見下ろす。そして次の瞬間、激したように、郁を突き飛ばした。

「なんだよ……お前っ、なんで郁と陶也が……、畜生、ハメやがったな。兜」

舌打ちし、帰ろうとした篤郎を引き留めたのは兜だった。

「まあまあ。ちょっと座ってよ。なんでも好きなもの奢《おご》るから。郁ちゃんも、ねっ」

無理矢理椅子に座らされた篤郎が、再び舌を打つ。篤郎を見る陶也の眼は冷たく、なんの感情も浮かんでいないように無表情だった。

「……で、そろいもそろってなんの用だ？　大した用じゃないならもう行く」

座ってから、最初に口を開いたのは篤郎だった。今、二十五になっているはずの篤郎を、郁はじっと見つめた。憎しみはかけらも湧いてこなかった。苛立った表情に、ややこけた頬、眼の下は真っ黒になっていて、顔色も悪かった。荒《すさ》み、やつれた姿にただ胸が痛んだ。

（クスリがぬけてないのは本当なんだ……。そのせいで、こんな顔に？）

どうすれば助けられるのかも分からず、郁は握った拳《こぶし》を震わせた。

「郁がお前に家に戻ってほしいそうだ。俺はどうでもいいがな。でもまあ、一応伝えると、家に戻ってドラッグをやめろ。人並の生活をしろ、と言いに来た」

陶也の言葉に、篤郎が鼻で嗤った。

「相変わらず郁の言いなりかよ、陶也。タランチュラのプライドもなにもねえな。お優しいことで」

「あっちゃん、そうツンケンせず。いい機会じゃない。郁ちゃんに謝って、お家に帰してもらいなよ」

兜が肩を竦めると、篤郎が地団駄《じだんだ》を踏んだ。

「なんで俺が謝るんだ？　なんで俺が、こんなカイコガの、ロウクラスなんかに、頭下げて家に帰してもらわないとならねんだ？　冗談言うなよ！」

篤郎は苛立たしげに怒鳴り、テーブルの脚をガン、と蹴ってくる。その音は静かな喫茶室に大きく響き渡り、周りの客がちらちらとこちらを振り返った。

「数年前お前が郁にしたことを思えば、豚箱にぶちこまれても仕方がないところだ。郁は誰にも言わずに、お前を守ってくれたんだ」

陶也に言われて、篤郎が「うるせえよ！」と唾棄《だき》した。

「お優しいカイコガ様、ありがとうって言やいいのか？」

『篤郎』

だんだんたまらなくなり、郁は口を開いた。篤郎は、郁の唇の動きを読める。イライラした表情でこちらを見てくる篤郎へ、郁は心の底から訴えるように、身を乗り出した。

『謝ってくれなくていい。おれを嫌いでいいから、帰ってきて。お願いだから』

（もうおれ、長くないから……）

言わないけれど、篤郎には分かっているはずだ。どうせ自分はいなくなるのだから、帰ってきてほしい。蜂須賀の家は、篤郎の家だ。

「……いい身分だよな、郁」

けれど篤郎は、郁を鼻で嗤った。

「相変わらず、強い男をはべらせて俺にお説教か？　しかもお慈悲《じひ》たれて。男どもに犯されまくった汚ぇ体のくせに、それでまだ、陶也をたぶらかしてんのかよ」

不意に、陶也の眼光が鋭くなった。

「汚いのはお前だ、篤郎。俺はな、郁がお前を愛してるからなにもしてないだけだ。本当は今すぐ、殺してやりたいんだよ」

陶也は、四年前の荒れていた頃を思わせる、どすのきいた声で言う。そこに大人の凄みが加わり、郁でさえゾッとするほど恐ろしい。篤郎の眼の中にも、怒りが灯《とも》る。

「俺を殺したいとさ……、郁。よかったなあ、こんなに愛してもらえて。どうせあと数年で死ぬのに」

言われて、郁はハッと息を呑んだ。

「あっちゃん、やめなよ」

「郁。お前は残酷なヤツだ。お前が死んだ後、こいつがどうなるのか考えたことねえのか？　すぐ死ぬくせに、他人の人生にかかわるんじゃねえよ！」

怒鳴られ、郁は震えた。

「お前なんかな、最初から死んでりゃよかったんだ。そうすりゃ俺も、こんなめにあってねえんだよ。お前が俺を不幸にしてんじゃねえか。お前が死んだら、いつでも家に帰ってやるよ。だから生きてる間は口出しすんじゃねえ！」

頭の奥が、冷たくなるようだった。

篤郎の言葉の一つ一つは、どれも、郁がいつも思っている言葉だった。自分自身で——自覚のある言葉だった。それだけに、鋭い矢のように郁の心をずたずたに引き裂いていく。

「じゃあな。もう俺に連絡してくるな」

篤郎はそう言い、立ち上がった。三人に背を向ける篤郎へ、兜が「あっちゃん」と声をかけたが、それも無視される。郁は立ち上がることさえできず硬直していた。

「郁が死ぬのが怖いのは、お前だろ」

その時、陶也がそう言った。

去ろうとしていた篤郎が、ぴくりと肩を動かして歩みを止める。陶也は静かな表情で、けれど眼だけに、深い怒りをたたえていた。

「俺はこいつに、さっさと死ねって言ったんだ。怖がってるわけねーだろ」

「……そんなふうに郁を傷つけても、お前の恐怖は消えない」

篤郎の言葉を無視し、陶也が続ける。

「お前は不幸だ。でもな、それはお前が不運だからじゃない。お前が、孤独だからだよ」

きっぱりと言った陶也に、篤郎の顔が歪《ゆが》んだ。手近にあった、空いた椅子を蹴り上げ、篤郎は無言で出て行く。兜が「あーあ」とため息をついた。

「行っちゃった。どうするの？　もう、オレの電話にも応じてくれないと思うよ～」

郁は、身じろぎできずに固まっていた。胸が、鋭いもので突き刺されたように痛かった。

「……郁。あれはもうだめだ。放っておけ」

陶也が切り捨てるように言う。郁は顔をあげ、すがるように陶也を見つめた。

『でも……』

「話なんか通じない。お前に、死ねなんて言えるやつだぞ。お前はお前のことだけ考えろ」

「郁ちゃん。オレもそれに賛成。あっちゃんはね、お金もなんもなくなって、追い詰められない限り、ダメだよ。もう何年もダメなものが、そう簡単には直らないよ」

『……でも、でも、本当は優しい子なんです』

郁は思わず、言い募《つの》る。陶也の眼に、憐《あわ》れむような表情が見えた。

「それは子どもの頃の篤郎だ。人間は変わるんだよ、郁。優しかった篤郎は、もういない」

（だけど……）

郁は唇が震えるのを感じた。人間が変わると言うのなら――優しかった篤郎に、戻ることもある。そのはずだ。

「正直な話、俺は篤郎を連れ戻せるとは思ってなかったんだ。ただ、一度でも会わないとお前が納得しないだろうと思った。……これ以上どうにかするつもりなら、悪いが、お前の親父さんに報告する」

陶也の言葉は、不意打ちだった。郁は息を呑んで、陶也を見つめた。父は郁が単独で篤郎を探すことに、反対するだろう。ヘタをすれば家に戻されてしまうだろうし、かといって父自身が篤郎を説得することはないはずだ。もう何年も、郁がどれだけ頼んでも父はそうしなかったのだから。

陶也は苦しそうな顔になり、郁の手を握ってきた。

「俺が大事なのはお前だ、郁。篤郎じゃない。だから、俺のエゴで言う。もうこれ以上篤郎とかかわるな。お前はお前だけのために、生きていいんだ」

兜がひゅうっと口笛を吹いた。

「言うねえ。……まあでも、この件に関しては陶也クンに賛成かな」

味方が誰もいなくなり、郁はそれ以上なにも言えなくなった。けれど陶也の言葉に、素直に頷くこともできなかった。


その日は金曜だったので、仕事へ行くという陶也や兜と別れて、郁はそのまま実家に戻ることにした。陶也は車で送っていくと言ってくれたが、郁は断った。どうしてか、今は一人になりたかった。

家に帰ると、仕事中の父はまだいなかったが母親が温かく迎えてくれた。

「郁が帰ってくるから、お父さん、帰りにケーキ買ってくるって張り切ってたわよ」

と、母は笑っていた。家の中はきれいに片付き、あちこちに花が飾ってある。温かな家庭の雰囲気のなかにいると、どうしてここに、篤郎がいないのだろう、と郁は思ってしまう。

自室は郁が家を出て行く前と同じ状態のままだ。郁の部屋は、一階の庭に面した場所にある。小さな頃、なかなかベッドから出られなかった郁のため、父は花壇の花を頻繁《ひんぱん》に入れ替えてくれた。買ってもらったオモチャも絵本も、すべてとってあり、クローゼットにしまってある。棚にはぬいぐるみが、ずらりと並んでいる。

ベッドに座り、窓の向こうを眺めると、美しいランタナやブッドレアが咲き盛って、蝶々が舞っていた。

郁の脳裏には、数時間前に会ったばかりの篤郎の姿が思い浮かぶ。

――優しかった篤郎は、もういない。

蘇ってくる陶也の言葉に、そうなのかな、と郁は思う。そうなのかもしれない。

篤郎に言われた言葉が、郁の胸にじくじくと痛みとなって響いてくる。

――お前なんかな、最初から死んでりゃよかったんだ！

ベッドの上にごろりと横になると、窓から見える風景は子どもの頃と変わらなかった。いつのことだっけ、と郁は思い返す。まだ声が出せ、口がきけた頃のことだ――。郁が八歳だか、九歳だったか……。

当時、既に郁より体の大きかった篤郎は、小学校から帰ってくるとまっすぐ、郁の部屋にやって来た。

『郁！　ただいま、郁！』

郁の瞼の裏には、今にもそう言って飛び込んできそうな、小さい頃の篤郎が見えた。ランドセルを置くのももどかしげに、篤郎は郁のベッドに駆け寄ってくる。きらきらした可愛い笑顔で、外の世界の自由さ、美しさ、楽しさを、子どもらしい健やかな体にたくさん詰め込んで、篤郎は郁のもとへ帰ってきてくれた。

ベッドのそばで、篤郎はその日あったことを最初から最後まで話してくれた。郁は篤郎の友達の名前も、全部覚えていた。

（篤郎……）

ある時、学校から帰る途中の河川敷《かせんじき》に、菜の花がいっぱいに咲いていると篤郎が教えてくれた。まだ、風も冷たい早春のことだった。

『いいなあ。見てみたい』

郁はそう言ったと思う。美しい庭花はいつも見ていたが、菜の花などは花壇に植わっていない。一面咲いた黄色い絨毯《じゅうたん》の上を、蝶々が飛んでいると篤郎は話してくれた。

いいなあ。見てみたい。でもきっと無理だろう、と思った。

けれど篤郎は『じゃあ、行こうよ！』と嬉しそうに言ってくれた。

『どうやって？』

『俺が連れてくよ！　俺ね、郁に見せたいと思ってたんだ』

篤郎は郁をこっそり、抱っこしていくと言った。親に見つかったら叱られてしまうから と。そうして本当に、小さな郁の体を抱っこして、窓から抜け出してくれた——。

早く、早く、と篤郎は走りながら、焦っていたようだ。あまり外に出たことのなかった 郁の頬を、風がびゅんびゅんと通りすぎていき、やがて、菜の花特有の鼻につく匂いとと もに、河川敷が見えてきた。

郁は『あっ』と声をあげた。

篤郎が言ったとおり——昼下がりの眠たい光の中に、黄色い絨毯が浮かんでいた。

『きれい……』

篤郎の首へしがみついたまま、郁は呟いた。篤郎はぜいぜいと息を切らしながら、にっ こり笑っていた。

『ねえ。きれいだろ……』

幅広の浅い川がさらさらと流れ、河川敷の菜の花畑の上を、白い蝶々が飛んでいた。夢のような光景だった。遠く、地平線に見知らぬ街が見えていた――。

(篤郎……)

今思い出しながら、郁の眼に、涙がこみあげてくる。昼下がりの眠たい光が、家の庭を照らしている。

篤郎は変わってしまった。けれど、親に怒られると知っていて、郁を抱き上げて菜の花畑を見せてくれたあの篤郎は、本当にもういないのだろうか? 篤郎の心の奥底に、本当はまだいる。四年前あれほどひどいことをされても、郁にはそう思えた。いや、ただそう信じたいだけかもしれない。

「郁、また出かけるの? 夕飯までには帰ってらっしゃいよ」

玄関へ向かうと、母がのんびり声をかけてくる。郁は返事もせず、家を出た。

あてなどなかったが、今日の午前中篤郎と会ったホテルへ、郁はまた向かった。今夜もここに篤郎が泊まるかは分からない。けれどどうにかして、篤郎に会いたいと思った。

広々としたロビーに着く頃には、いつしか日も暮れていた。ホテルの正面入り口がよく見える位置に置かれたソファへ座り、郁は篤郎を待った。

何十分か経った頃、正面口から待っていた姿が現われ、郁は飛び上がるように立った。

篤郎だった。一人ではなく、連れ合いがいた。背の高い、ハイクラスの男だ。体を寄せ合い、小声でなにか話しながら入ってくる。表情がどこか不自然に明るく、郁は直感的に、篤郎は今クスリを呑んでいるかもしれない、と思った。

「あ？　なに、このチビ」

エレベーターホールへ向かった篤郎を追いかけて行くと、気がついた仲間の男が眉を寄せて言った。篤郎は郁を見ると眼を見開き、すぐに顔をしかめた。

「さあ、知らねえ。放っといて行こうぜ」

無視されかけ、郁は篤郎の腕を掴んだ。とたん、涙がこみあげてくる。

『篤郎……、篤郎。お願い。帰ってきて』

篤郎の顔に、苦いものが走った。

「……帰ってこい、帰ってこいって、同じことしか言えねーのかよ、お前は！」

腕を振り払われ、郁はよろめいた。

「言っただろ、お前が死んだら戻ってやるって！」

刹那、頬をはたかれた。衝撃《しょうげき》で、郁は今度は尻餅《しりもち》をついた。

「あーっ、もう冷めた。俺、飲んでくるわ。お前、これ使って、そいつ好きにして」

篤郎は男にカードキーを渡すと、顎をしゃくって郁を指した。仲間の男は驚いているようだ。カードキーを受け取ると、郁と篤郎を見比べる。

「おい、なに？　どゆこと？」

「こいつ、むかつくの。俺につきまとってんだよ」

篤郎は苦々しげに言うと、踵《きびす》を返してしまう。

『待って……』

追いかけようと腰を浮かした瞬間、後ろから、男が郁の腰を抱き込んできた。

「なんか知らないけど、あんたとセックスしたほうがいいみたいだな。ロウクラスの子？　俺、そっちも好きだから大丈夫よ」

男は面白がっているらしい。エレベーターホールへと引きずられ、郁は青くなった。

『待って、違うんです』

そう言いたいけれど、出た声は無意味な「あ、あ、あ」という音だった。

「え、なに。口きけないんだ。でも喘《あえ》ぎ声が聞けたらいいか」

郁の額に、冷たい汗が噴《ふ》き出る。どうしたらいいのか――エレベーターに連れ込まれたら終わりだ。篤郎はとっくに、ロビーを出て行ってしまった。四年前の恐怖が、ぞっと郁の背を駆ける。男がエレベーターのボタンを押したその時だった。

「お客様。申し訳ありませんが、そちらのお客様をお離しいただけますか」

ホテルマンらしき中年の男が、静かに声をかけてきた。どうやら、ホテルの支配人らしい。背が高くて大柄な、ハイクラスの男性だった。

「あ？　なんだ？」

「失礼ですが、身分証明書をお見せいただけますか。当ホテルは、そちらのお客様をお守りする義務がありますので」

「はあ？」

郁を引っ張っていた男は、わけが分からない、という様子で眉を寄せた。

「申し訳ありませんが、そちらの方をお部屋にお連れになる場合には、お客様のことを警察に報告する義務があります」

「はあっ？　い、意味分かんねえな！　もういいよ、返す！」

男は面倒になったようで、支配人らしき男性へ郁を突き出すと、舌打ちして踵を返し、篤郎を追うようにホテルを出て行った。

（……な、なに？　どうして、ホテルの人が助けてくれたの？）

事情が分からないのは郁も同じだ。けれどホテルマンに「こちらへ」と案内され、ロビー奥のソファへ座らされた。

「お怪我はありませんか？　もうそろそろ、お迎えが参ります」

（迎え？）

郁が不思議に思って眼をしばたたいた時、ホテルの男性が入り口のほうに向かって深くお辞儀をした。

「郁！」

正面入り口から駆けこんできたのは、陶也だった。郁は眼を瞠り、息を呑んだ。

「すまない。ありがとう」

「いえ。ご無事でなによりでした」

ホテルの男性はもう一度お辞儀して、下がっていった。どうして陶也さんが、と思う間もなく、手を摑まれ、立たされた。陶也は苦虫を嚙《か》みつぶしたような顔をしている。

「とにかく、帰るぞ」

そう言って、郁は外へ引っ張られた。ホテルの正面入り口へ、陶也の車が無造作《むぞうさ》に停めてある。陶也は郁を助手席に押し込んで、すぐ車を発進させた。ホテルの敷地を出てしばらく走ったところで、陶也が道を逸れ、車を路肩《ろかた》へと停めた。そしてハンドルへ顔を伏せると、深々と息をつく。

「なに考えてるんだ……っ、お前は……っ」

陶也の声は、震えていた。ハンドルを握りしめているその手もまた震え、顔を上げた時、陶也の眼は血走ってさえいた。

「俺が……っ、先にホテルというホテルに根回ししとかなかったら、お前はっ、今頃……、四年前と同じようなこと、されてもよかったのか⁉　あの時お前は、犯されて、暴行されて、ヤク打たれて……足を折った、手にひびが入って、全身内出血して……っ、もう立てなくなるかもしれなかったんだぞ。あんなこと、また……っ」

激した陶也に、不意に肩を強く摑まれ、郁は揺さぶられた。

「またあんなひどいめに遭《あ》わされて、今度こそ、今度こそ死んでたかもしれない……っ」

陶也は叫んだ。そして、陶也の眼から涙がこぼれ落ちる。郁は言葉を失い、ただ身じろぎもできずに陶也の顔を見つめていた。

嗚咽を漏らし、うなだれると、陶也は郁の肩口へ額を押しつけてくる。郁の着ているシャツが、肩のところだけ陶也の涙で濡れた。

心臓を撃ち抜かれ、全身をバラバラに砕かれるようなショックに、郁は貫かれた。

陶也が泣いている。自分のせいで、泣いている。もう少しで自分を死なせたかもしれないと思い……泣いている。

不意に郁は四年前、郁を見舞ってくれていた陶也の表情を思い出した。いつも謝っているような眼をして、郁に付きまとう死の影に怯えていた陶也。

――郁。お前は残酷なヤツだ。お前が死んだ後、こいつがどうなるのか考えたことねえのか？　すぐ死ぬくせに、他人の人生にかかわるんじゃねえよ！

こだまのように、篤郎の言葉が郁の内側へ返ってくる。

『ごめんなさい……』

郁は陶也の頭を抱き、撫でた。顔をあげた陶也へ、郁の眼からも、こらえていた涙が一粒落ちる。もう一度、ごめんなさい、と郁は陶也に呟いた。けれどそこまでが限界だった。もう会えない、と思った。

郁は陶也を押しのけ、ドアを開けて外へ飛び出た。

「郁！」

陶也が慌てたように追いかけてきて、郁の腕を摑む。

「どこ行くんだ？　今、送っていくから」

郁の眼から、どっと涙が溢れる。優しい陶也。この人を愛している、と思う。振り向くと、初めて恋した時から変わらず愛しい、端整な顔がある。

『もう会えない。もう、お別れします』

郁はきっぱりと言った。陶也が読み取れなくて伝わらないことがないよう、手話もつけた。陶也が眉を寄せる。

「どうして。言ったはずだ。一緒にいてくれって。俺の気持ちは変わってない。お前が好きだ。その返事が、それなのか？」

『そうです。今までありがとうございました。一緒にいられて嬉しかった。でももう、お別れです。おれがどうなるかなんて、陶也さんはもう考えないで』

「……お前は、俺をまだ好きでいてくれてる。俺は、そう思ってる。違うのか？」

そうだ。

今でもまだ、陶也が好きだ。伝わらないはずがないと、郁も知っていた。自分の視線にも態度にも、その気持ちはきっと溢れていることだろう。

『……放してください。もう、お別れしましょう』

「そうやって、四年前と同じようにまた、自分一人で全部決めるのか？」

陶也が苦い顔になり、郁を責めてくる。

「四年前、俺は引き下がった。お前を守る力がなかったから。今は違う。もうなにもかも覚悟した。だから引き下がらない。俺とお前は別れるべきじゃない」

どうして陶也はそんなことを言うのだろう。人の想いだけでは動かせないものがある。郁はそれを知っているから、別れたいと言うのに。

「俺は諦めない。郁、お前は怖がってるだけだ。俺たちは一緒にいられる」

『……おれは死ぬのに？』

それ以上もう、言える言葉がなくなった瞬間だった。

郁はとうとう言っていた。これまで誰にも、一度も、そんなふうに言ったことはない、言わないようにしていた。言ったとたん、感情の箍《たが》が外れた。刹那、涙が溢れ、感情は堰《せき》を切った。

『おれは死ぬんです。死ぬんです、もうあと少しで！　長生きなんてできない。あなたを残して死ぬんです。あなたを傷つけると分かっていて、一緒にいろって言うんですか？

おれはあなたを愛してます。なのに、そんなことできない！』

陶也が、郁、と言葉を挟もうとした。それを無視して、郁は声にならない声で言う。唇の動きだけで、こんなにも早口では、陶也が読み取れるとは思えない。けれどもう構わなかった。分かってもらえなくてもいい。ただ気持ちが抑えられない。

『四年前別れたのは、あなたが辛そうだったから！　ずっと一緒にいても、きっと傷つけると思ったから……おれは自分が死んだ後に、誰かが苦しむのは嫌です。だから篤郎だって戻してあげたい……おれのエゴだけど、おれなんか、この世界に初めからいなかったみたいにしたい』

「自分が、死ぬときのために生きてるのか？　そんなことを、お前を愛してる人間が喜ぶと思ってんのか！」

『おれが死んだ後に、きっとその意味が分かります！』

「分かるもんか、俺はお前を好きだ。生き死には関係ない、お前が長生きしようがしまいが、一緒にいたい。郁、俺は分かったんだ。お前と一緒にいると嬉しい。でもその喜びは、いつかお前を失えば、苦しみに変わるかもしれない。それでも、苦しみは、喜びの一部だったと俺は思える」

郁は息を呑んだ。

「お前を愛することでいつか苦しむんなら、喜んで苦しんでやる。お前を愛さないでいるほうが、俺にはずっと苦しい！」

　郁の視界のなか、涙で、陶也の顔が歪んでいる。郁は陶也の胸を、思い切り押しのけて離れた。

『もしそうでも、いつか陶也さんだって、おれが死ぬのを待つようになります！』

　郁の喉から、音にならない金切り声のような、醜い音が迸った。

『おれが早く死ぬのを……待つようになります……！』

　叫んだ後は、陶也の顔を見るのさえ怖かった。郁は踵を返して駆けだした。涙がとめどなく落ちてくる。

（お父さん……おれを愛してくれてるお父さんは……おれが死ぬのを、待ってる）

　自分が死ねば、父はきっと号泣してくれるだろう。何日も何日も、悲しんでくれるだろう。思い出すたび、涙ぐんでくれるだろう。

　郁は一度だってその愛情を疑ったことなどない。

　けれど同時に、心の片隅でホッとするに違いない。いずれ来る郁の死に怯える生活から解放されたことに、安堵するに違いない。

　郁はそれが嫌だったのだと気づいた。相手の幸せのためだと、そんな言葉は偽善《ぎぜん》でしかなく、言い訳でしかなく、本当は自分は陶也にそう思われたくないのだ。

　自分が死んだ時、ホッとされたくないのだ。それが怖いのだ。そうやって、陶也の愛がほんの少しでも怯えに浸食されるのを、見たくないのだ。

（自分勝手なおれ――。篤郎のことも、お父さんのことも、全部そう。おれは本当は、自分がかわいそうなだけ……。自分の死を一番恐れてるのは、おれだ……）

涙に夜空が滲み、星が流れていくように見えた。陶也は追いかけてこない。郁は自分がどこに向かっているのかもよく分からないまま、泣きながら走り続けていた。

六

陶也と別れた後、どこをどう走ったか郁はようやく駅にたどりつき、家に戻った。実家では遅くまで帰らなかった郁を両親が心配していた。土日の間、陶也からはメールがきたが、郁は返事を返さなかった。

月曜になり、郁は一人暮らしの家に戻ろうとしたが、出勤はまだ来週まで待たねばならないのだからと両親に引き留められ、実家に残った。

けれど父は仕事、母もあれこれと忙しく、郁一人ですることもなく過ごしていると、憂鬱な気持ちがだんだん増していった。

（おれは、なんのために生まれちゃったんだろう……）

郁は何度かそう考えた。周りに心配をかけ、傷つけてまで、ほんの短い生を生きることに、なにか意味があるのだろうか。最初からいなければ、いないでよかったのではないか。

愛している、と言ってくれた陶也のことを想うと、涙が出た。自分が普通の人間なら、なんの迷いもなくあの胸に飛び込んでいける。郁だって、陶也が好きなのだから。

何度か、やっぱり謝ろうかとも思った。けれど踏《ふ》ん切《ぎ》りがつかず、陶也と生きていくこともやはりできないと思えて、連絡しなかった。

そんなことを考えながら日々を過ごしていた郁だったが、朝から両親ともそれぞれ出かけてしまったある日、郁のもとへ宅急便が届けられた。それは、陶也を振り切ってから四日後のことだった。

（なんだろ……これ。しかも、おれ宛て？）

届けられたのはA4サイズの封筒で、差出人を見た郁は、ドキリとした。陶也からだった。

自室に入って緊張しながら開けると、出てきたのはノートだった。それは四年前に別れる時、郁が陶也に渡した、あのノートだ。見たとたん、胸が貫かれるような気がした。

（……これを返してきたってことは、もう陶也さんは、おれを諦めたのかもしれない）

表面ではそうしてほしいと伝えながら、内心では想っていてほしかったらしい。そう考えたとたんに、郁は全身を打たれるようなショックを受けていた。なんて身勝手なのだろう、と思う。

けれどよく見ると、ノートの横から付箋《ふせん》が飛び出している。前にはなかったものだ。不思議に思って開き、郁はハッとした。

そこには、陶也の文字があった。つい最近書いたものらしい。見たことのない文章が、連ねられていた。――陶也から、郁へ宛てた手紙だった。

『郁へ
この間は、怒鳴ったりしてごめん。

でもあの時言ったことは、すべて、本心です。

俺は郁と生きたい。それがたとえ短くても、かまいません。折角《せっかく》また会えたのだから、神様が一緒に生きてもいい、と言ってくれたのだと思う。

俺が神、なんて言うのはおかしいかもしれない。でもお前と出会ってから、そんなものも信じてしまうようになったよ。

お前と出会って、生きることや死ぬことについて、昔は考えなかったのに、考えるようになった。なんのために、俺たちは生まれるんだろうって。

俺は、たぶん郁と出会うために生きてきたと思ってるよ。そしてお前は、俺と会うために生まれてきてくれたんだ。

お前を知らなかったら、俺は誰を愛することもできなかったと思う。お前を知ったから、今は、他人のために少しでも役立ちたいと思えるようになった。それが、お前に対してできる唯一のことだと、俺は思ったから。

郁。一人の人間の中に、生き死にが存在していて、でも、ほとんどの人はそれを考えないで生きている。

お前はたまたま、死が人より身近にある。でも俺は、そんなお前だから、愛せたと思う。

俺だって、明日には死ぬかもしれない。なにも特別なことじゃない。明日死ぬかもしれなくても、人は誰かを愛することを、やめられないんじゃないか。

俺みたいな人間が偉そうに書いても伝わらないかもしれないけどな。

愛してるよ。

本当のことを言うと、俺は、生まれてからずっと孤独だったと思う。もっとも俺はお前に出会うまで、自分が孤独だなんて、知らなかった。

四年間、お前に会えない間、俺はとても苦しかった。でもお前を愛していたから、一度も孤独にはならなかった。一度も。

お前がもしいつか俺より先に死んでしまったら、俺は泣くだろう。思い出すたび、苦しいと思う。でも、きっともう二度と、孤独にはならない。

生きて、俺と出会ってくれて、ありがとう。郁。

追伸
このノートは返したわけじゃない。俺がもらったものだから。俺のプロポーズを（そのつもりで言っているよ）受け取る気になったら、もう一度、俺に戻してください。

待っているから』

気がつくと視界が潤《うる》み、溢れた涙がノートの上にぽたぽたとこぼれ落ちていた。

いつの間にか郁の脳裏には、初めて出会った日の十九歳の陶也の姿が浮かんできた。澄也の名を呼び、淋しさに一人で泣いていた陶也。あの時郁は、陶也の孤独を慰めたかった。けれど今もう陶也の心は、孤独にはならないのだという。

（陶也さん……）

もしも――誰かたった一人の人生を、ほんの少しでもいい方向に変える手伝いができたなら、それだけで……生きてきてよかったのだと、思ってもいいのだろうか？

郁は神様ではないから、分からない。

ただ一文一文から、陶也の愛情が染み出てくるように感じる。並んだ言葉はすべて、陶也にとっての真実なのだと信じられる。

不意になにかに背を押され、郁は涙を拭《ぬぐ》うとノートを持ったまま、外へ出た。今日は晴天で、ひどく暑い。炎天下《えんてんか》のなか、帽子もかぶらず郁は駆けだしていた。陶也のところへ行くつもりだった。

と、家の門を出たところで、郁は足を止めた。

『あ……篤郎』

家のすぐ外に、篤郎が立っていたのだ。驚きで一瞬固まった郁は、けれど次の瞬間、思わず弟にしがみついた。

『戻ってきてくれたの？　今誰もいないんだ。中へ……』

「戻ったんじゃねえよ」

篤郎は郁を押しのけ、吐き出すように言った。その眼は血走り、ぎらぎらしていた。郁はゾッとして、篤郎を見つめ返す。だが様子がおかしい、と郁は気づいた。篤郎はいつも以上に切迫し、苛立った様子だ。

「……お前、お前が陶也を誑《たぶら》かしたからだろ。カードも、口座も使えねえ。親父のヤツ、差し止めやがった」

郁は眼を瞠った。そんなことは聞いていなかった。

「電話しても、更正施設に入れの一点張りだ。……弁護士の七雲先生からそう指導を受けたとさ。お前だろ？　お前のために、陶也は親父に入れ知恵したんだろうが……っ」

怒鳴られ、郁はごくり、と息を呑みこむ。

(陶也さんが……お父さんに、そんなことまで、してくれたの？)

ふと、篤郎を家に戻す協力をする、と言ってくれた当初、陶也が刺野に様々な指示を出していたことを思い出した。陶也はホテルのフロントにまで手を回していたし、兜と二人、連れ戻したいなら金の供給《きょうきゅう》を絶《た》たねば難しいとも話していたから、父に相談もしていたのかもしれない。

不意に篤郎が、郁の腕を摑んできた。ぎょっとして見上げると、篤郎はぎらぎらした眼で郁を睨《にら》みつけ、「来いよ」と引っ張ってくる。

『篤郎……なに？　どうしたの？』

「親父と陶也がその気なら、こっちも考えがある。お前を人質《ひとじち》にすんだよ。またドラッグ漬けにして、男どもに輪姦させてやる。それが嫌なら金を使わせろってな」

篤郎はどこか息苦しそうに言った。半分、正気ではない、と郁には知れた。

（薬物依存の人って……クスリが切れるとこんなふうになるって）

土気色《つちけ》の篤郎の顔を見て、郁はそう確信した。金がなくてクスリが買えず、篤郎は追い詰められているに違いない。

ハイクラス種の強い力でぐいぐいと引っ張られながら、郁は「あ、ああ、あー」と言葉にならない音を発して止めようとしたが、篤郎はきいてくれない。車の通りが激しい道に出たところで、郁は標識のポールに摑まり、足を踏ん張った。

「おい！　ふざけんな！　来いよ！」

篤郎に怒鳴りつけられたが、郁はきかなかった。

（ここで止められなかったら、篤郎がもっともっと……苦しむことになる）

郁を連れて行こうとする篤郎の血走った眼、土気色の顔は、どこか人間らしさを失ってしまっている。狂気じみたその表情を見ているうちに、郁はずっとずっと昔、自分を菜の花畑へ連れて行ってくれた時の、篤郎のあどけない笑顔を思い出した。

どうしてここまで変わってしまったのだろう。誰が悪かったのか。

「このやろう！　殺すぞ！」

『篤郎。……篤郎、篤郎は、おれの大事な弟だよ』

なにを言えばいいのかも分からず、郁は必死になって訴えた。家族の中で、郁の唇の動きを読み取れるのは篤郎だけだ。今でも篤郎は、読める——。

『大好きだよ。なのに、ごめんね。守ってあげられなくて、ごめんね』

涙がこみあげ、こぼれ落ちる。篤郎の表情が、ふと動いた。

「……ああ？　なに言ってんだ。誰がお前みたいな弱いやつに、守ってほしいなんて言ったよ！」

『雪の日に、物置に閉じこめられたの、お父さんに、篤郎のせいじゃないよって、言えなくてごめんね。篤郎はいつも、おれのためにしてくれた。おれは篤郎がいてくれて幸せだった』

「……うるせえな！　そんなこと、覚えてねえよ！」

『一人にして、ごめんね。本当は、お父さんも篤郎を愛してる』

「うるさい！　うるさい！　うるさい！　気持ち悪いんだよ、お前は！」

篤郎が怒鳴る。

「四年前、俺がお前にしたこと忘れたのかよ！　だったら、相当おめでたいな、だからお前はバカなんだよ！　俺はお前なんか大嫌いだ！」

ロウクラスもハイクラスも関係ないと、郁は思った。篤郎は自分の弟だった。守ってもらうばかりで、守ってあげられなかった。

篤郎の顔は、なにか恐ろしいものを見た時のように引き攣っている。

「おい、なにをしてるんだ、そこ！」

不意に通りすがりの警官が、自転車をひきながら大声を張り上げてきた。揉《も》めている郁と篤郎を妙に思ったらしく、彼は自転車に跨《また》がるとこちらへ近づいてくる。篤郎がさあっと青ざめる。ドラッグを常用している篤郎は、警察に捕まれば即、取り調べにあうだろう。

「くそ……っ」

舌打ちし、篤郎は郁を離すとガードレールを飛び越え、道の向こうへ逃げようとした。

その時、乗用車が一台、道路標示のスピードを無視して走り込んできた。

（篤郎……っ）

咄嗟《とっさ》に自分がなにをしたのか、郁にも分からなかった。投げ出したノートが空を舞う。

郁は自分もガードレールを飛び越え、無我夢中《むがむちゅう》で、篤郎を突き飛ばしていた。次に強い衝撃が全身を走り、ブレーキの音が聞こえた。

視界がひっくり返り、まっ青な空が見えた。遠く、飛行機が飛んでいく。

「郁……っ、郁……っ」

顔色を失くした篤郎が、ぶるぶると震えながら郁の顔を覗き込んでいる。どこかで警察官が、救急車、救急車、と叫んでいた。

仰向《あおむ》けになったまま、郁は篤郎が助かり、自分が車にぶつかったのだと理解した。

『怪我、ない？』

郁はわずかに唇を動かして、篤郎に訊いた。とたん篤郎が、信じられないものを見るような眼で、郁を見つめてきた。

「……ないよ。なんで……なんで？　なんで助けたんだ」

『おれ、お兄ちゃんだもの』

それは、言えていたか分からない。にっこりすると、篤郎の眼に涙がこみあげてくるのが見えた。

「郁……」

郁、郁、と、篤郎が何度も名前を呼んでいる。その涙が、郁の頬にぽたぽたと落ちてきた。郁は眼を閉じた。篤郎が郁の首元に、顔を伏せる気配がした。

「……郁、死なないで……っ」

涙に濡れた声が聞こえたのを最後に、郁の意識は途切れてしまった。

——早春の、少し肌寒い晴天のなかを、小さな篤郎が小さな郁を抱いて走っている。息せき切って、走っている。

風が吹くと、河川敷のほうから菜の花の匂いが香ってくる。

『見えた、郁、ほら、あれだよ』

篤郎が嬉しそうに声をあげる。

やがて郁の眼にも、視界いっぱいに黄色の絨毯が見えてきた。

春の河川敷には、菜の花がどこまでも連なって見えた。幅の広い、浅い川がさらさらと流れ、対岸には青草が揺れている。白い蝶々が飛び、地平線の向こうにはぼんやりと霞《かすみ》がかった、春の空と知らない街が見えた。

『きれい……』

篤郎の首へしがみついたまま、郁は呟いた。

『ねえ。きれいだろ……』

二人の頬を、優しい風が撫でていく。郁はそっと篤郎の顔を覗き見た。

『篤郎。ね、自分の足で歩いてみたい』

いいよ、と篤郎は言い、郁を地面へ下ろしてくれた。裸足の足に、柔らかな土の冷たさが染みてくる。郁は菜の花畑の中を、そろりそろりと歩き出した。背の高い黄色い花が、郁のまっ白なパジャマにこすれる。

ふと振り返ると篤郎はもういない。もう一度前を見ると、菜の花畑の向こうで、大人の陶也が笑っていた。

郁が笑いかけると、陶也はそれが見えているように、笑みを深くしてくれた。

ああ、今なら言えると、郁は思った。菜の花畑を、郁は陶也に向かって走り出す。

『陶也さん』

今なら、声が出る。はっきりと自分の声で伝えられると郁は思った。

『陶也さん。おれも、おれも本当はね……』

けれどその時、陶也の姿はゆっくりと薄れていった。どこへ行くの、と郁は手を伸ばす。

頭上から、まっ白な光が射しこんでくる――川の向こうの遠景も、菜の花畑も飲み込み、消してしまうほどの強い目映《まばゆ》い白い光に、郁は足を止めた。

光の中から、誰かの声が聞こえた。

そこで、その夢は終わった。

ぼんやりと開けた視界に、心配そうに覗き込んでくる両親が見えた。

「郁……っ、よかった……っ郁！」

父親が郁の首にかじりついて泣き出す。母がそっと目尻を拭っている。その向こうに、青ざめた顔で、小さくなっている篤郎がいた。

郁は泣き出した父の背中を撫で、そっと、篤郎へ微笑みかけた。篤郎が眼を見開き、座っていた椅子《いす》から立ち上がる。

『菜の花畑を、見に行ったんだよ』

と、郁は篤郎に言った。

『……走ってたら、白い光が見えて、声がしたんだ。……もう少し、生きてなさいって』

篤郎の目尻が、真っ赤になっている。郁の眼からも、熱いものがひと筋、こぼれた。

『もう少し、生きてなさいって……』


幸い郁の怪我は、右足の骨折だけだった。

事故を起こした車の運転手は、ぶつかる直前急ブレーキを踏みスピードを落としたらしい。おかげで、郁は一命を取り留めた。警察官が目撃していたこともあり、運転手の責任は最小限ですんだ。

ただ、郁は歩けるようにはなるだろうが、一生足を引きずるだろうと言われた。カイコガの郁では、回復力もそこまでが限界だと。

篤郎は、自らすすんで薬物依存症者の更正施設へ入った。篤郎がなにを思ったかは知れない。施設では家族や友人、これまで縁のあったすべての人との連絡を絶つことが条件となっており、病気が治って戻ってくるまでは、もう二度と篤郎とは言葉を交わせない。けれど一年後、二年後、三年後……いつか篤郎が戻ってきた時、まだ自分が生きていたなら、なにか聞けることがあるだろうと郁は思った。ほんの小さな一歩かもしれないけれど、篤郎もまた回復に向かって、歩み出したのだと。

ほどなくして、郁は病院で車椅子を貸してもらい、院内をそれで回れるようになった。入院して五日が経っていた。陶也へはまだ連絡をしておらず、郁はどうしようかと迷っていた。

陶也が送ってきてくれたあのノートは事故のどさくさで紛失しており、あの時の手紙の返事をどう伝えるべきなのか、郁はまだ決めかねていたのだ。

それに自分は、もう一生足を引きずる。ある程度歩けるようにはなっても、さらに迷惑をかけることは確かだった。それでも陶也は、自分を受け入れてくれるだろう。分かっているからこそ、郁はまだ迷っていた。

病院で意識を失っていた間に見た、あの白い光、そして、『もう少し、生きてなさい』と聞こえた声についても考えた。

あれは誰の、なにの声だったのだろう？

もう少しというのは、どれくらいだろうか……？

病院の共有スペースで、郁が車椅子に座って、窓辺から庭を覗いていた時だった。ぱたぱたと足音がし、見ると、小さな男の子が一人元気に走り回っていた。

(可愛いなあ。いくつだろ……?)

多分、五つくらいだろうか。真っ黒な髪に、涼しげな目元のきれいな男の子だ。見ていると、その子は郁の視線に気づき、にこにこしながら駆け寄ってきた。

「こんにちは!」

郁の車椅子に寄り添い、男の子は元気いっぱいに言ってきた。郁は微笑み、首を傾げた。声は出せないから、できる限り体を折り曲げて男の子と顔を近づけ、こんにちは、とゆっくり口を動かした。

すると男の子は琥珀色の眼を、くりくりと動かしている。

「お兄ちゃん、あんよがいたいいたいなの?」

その子は包帯を巻かれた郁の足を見て、訊いてきた。郁はこっくり頷いた。

「お兄ちゃん、口がきけないの?」

子どもは敏い。郁が頷くと、不思議そうな顔をして「ふうん」と首を動かす。それから郁の腕にきゅっと絡みついてきて、

「お兄ちゃん、すき!」

と、なんの脈絡もなく言ったので、郁はその可愛さに、つい笑ってしまった。

「こら、翔《かける》！　なにやってるの」

　やがて廊下のほうから、男の子の母親らしき——男にも見えるのだが、男の子はその人を見るなり「ママ」と呼んだ——人物が、走ってきた。

「いきなりいなくなったらダメだろ。すみません。ご迷惑かけて」

「ママ、このお兄ちゃんとおはなししてたの」

　郁は微笑んで、男の子の母親に会釈《えしゃく》した。なんとなく、この母親を見たことがあるような気がしたけれど、すぐには思い出せなかった。母親のほうは翔と呼ばれた男の子を抱っこすると、

「知人のお見舞いに来たところだったんですけど、ちょっと眼を離したらいなくなってて。なにか、失礼なことはしませんでした？」

　と訊いてきた。人好きのする、明るい笑顔だ。ロウクラスらしい、小さな体だが、男の子のほうはハイクラスのようで、もうその母親の手にはあまるほど大きい。

　郁は首を横に振る。すると男の子が、「お兄ちゃんはね、ママ。口きけないんだよ」と言った。ふと、母親がなにかに気づいたように、眼をぱちくりと見開く。

「……あの、もしかして、蜂須賀郁さん？　カイコガの……」

　言い当てられ、郁が眼を丸くすると、母親はぱっと頬を赤らめ、興奮した様子になった。

「やっぱり。あの、俺、七雲翼《つばさ》です。夫が、陶也さんのいとこで！」

郁はますます、眼を見開いた。そうだ。思い出した。ずっと以前、陶也と付き合っていた頃、郁は陶也のいとこの澄也《すみや》とその妻だという翼の写真を見せてもらったことがある。

(それじゃ、この人が性モザイクの……？)

七雲翼と名乗ったその人は、「あの、少しお話ししませんか？」と問いかけてきた。

人気のない共有スペースで郁は車椅子に、翼はベンチに座って並んだ。郁は看護師などに話しかけられた時のため、いつもペンとノートを持ち歩いている。それで、翼とも会話した。

「会えてよかったです。実は昨日陶也さんがうちに遊びに来たんですけど、元気なくて」

と、翼は話してくれた。

「あなたに一世一代《いっせいいちだい》の告白をしたけれど返事がないって。……まさか入院してらしたなんて、知らなかったです」

『ごめんなさい。どう連絡したものか、迷っていて』

「そうですよね。色々とご苦労があったんでしょ？」

翔は翼の膝の上で、おとなしく大人たちの会話を聞いている。よく見れば、何年も昔に一度だけ会ったことのある七雲澄也によく似ていた。

「……陶也さんて、昔は怖い人だったんですよ。でも今は人が変わったみたい。夫に、いつもいつもあなたの話をしています」

翼がおかしそうに言う。郁はなんだかそれが、恥ずかしかった。

「ずーっと、郁さんのことが好きだったみたい。俺も、よく写真を見せてもらってたから、お顔見て、分かりました」

それに郁は驚いてしまった。陶也の携帯電話の待受画面が郁だというのだ。四年間ずっと。知らなかった郁は驚いて、恥ずかしくて赤くなった。翼がそれを見て、

「郁さん、可愛いなあ」

と呟いたのでさらに恥ずかしくなった。

「あのね、陶也さん、四年間あなたのことが忘れられなくて……しょっちゅう、あなたにものを買うんです」

翼がそう言ったので、郁は首を傾げた。翼は、おかしそうにくくく、と笑う。

「クリスマスとか、郁さんの誕生日とか、そういう時にもだけど、街を歩いててふっと眼に留まったものとか、あなたが好きそうだなーって思うとほしくなるらしくて、全部ね、ラッピングしてもらったりして。だからあの人の家、あなたに渡すつもりのプレゼントが、四年分溜まってるんですすよ」

郁は、いつだったか陶也の家で、猫の「いく」が紙袋を落とした時、畳の上に散らばっ

た包みの数々を思い出す。

(あれ……もしかして……おれに?)

「夫が、そんなんなら、探し出してまとめて渡して来いって言うんですけど、自分が郁さんに相応《ふさわ》しくなったら、自然と渡せる時が来るはずだからって。信じて、偶然の再会を待って、そしたら最近本当に会えたって、すごい喜びようだったんですよ」

もう昔の陶也さんからしたら、考えられないくらいロマンチストになりましたよ、と言って翼はまた笑っている。郁はペンを握っている手が、震えてくるのを感じた。

『知らなかったです。そこまで……』

そこから先が書けなくなり、困った。どうしていいか分からなかった。うつむいた郁に、翼が首を傾げる。

「他人のことに口出しするなって言われるかもしれないけど……。俺も、性モザイクで、いつまで生きてけるのかなあって……今も思ってて」

翼の膝の上で、翔が母親の顔を見上げた。

「でももし、明日死んでも……それならそれで、あんまり長くない人生の中で、今の夫に出会えた確率ってすごいことかもしれないと思って。それに」

と、翼が言った。

「一度愛してしまったものは、もう仕方がないと思うんですよ」

それこそなにかの裁きのように――たとえそれが痛みであっても、切なさであっても。愛することは、一度愛してしまったら、もうやめられないのだから。

郁さんも、と翼が続ける。

「一度別れた人と、また会えるなんて。ほんの四年ですよ。それでまた会えた。これってすごいことだなって、俺は勝手に思ってます」

――生きて、俺と出会ってくれて、ありがとう。

ふとその言葉が、陶也の声となって郁の耳に響いた気がした。四年間、郁を愛していたことで陶也は一度も孤独にならなかったという、そのことを、郁は、信じてもいいのかもしれない。それなら……。

『翼さん』

と、郁は書いた。

『おれ、ちゃんと陶也さんに、連絡してみます』

翼が翔を胸に抱いたまま、郁を見て嬉しそうに微笑んでくれた。

陶也が見舞いに来たのは、郁がメールを打って数時間後だった。既に日は暮れて夜になっており、面会時間も終わるギリギリの時、どうやら仕事を切り上げて駆けつけてきたらしい様子の陶也が、慌てて郁の個室へやって来た。

「……郁っ」

ベッドの上で本を読んでいた郁は、入ってくるなり小さく叫んだ陶也に、眼を丸めてしまった。

いつもきれいに撫でつけられている陶也の髪は乱れ、上質そうなスーツもシャツも、よれてしまっていた。恐らくここに来るまでに相当取り乱したのだろう。

『陶也さ……』

「……なんですぐ連絡してくれなかったんだ！」

郁がなにか伝える前に、陶也が怒鳴った。

「メールには、車に轢《ひ》かれました、としかないし、他にはなにも書かれてないし、どんな状態なのか全然分からなくて、胸が、つぶれるかと思った……っ」

一気にまくしたて、それから陶也は、郁の頭を自分の腹に抱き寄せた。

「手紙の返事を、呑気に待ってたんだぞ、俺は。……まるで、バカみたいじゃないかっ」

そう言って上体《じょうたい》を折り曲げる。見上げると、陶也の眼から涙がこぼれて、郁の頬に落ちてきた。

この時になって郁は改めて、深く強く、悟った。この人は自分を愛してくれている。

（陶也さんはおれを、この世で一番、愛してくれてる……）

――一度愛してしまったものは、仕方がない。

翼の言っていた言葉が返ってくる。

『陶也さん……ごめんね』

郁はそっと陶也から離れ、その腕をひいた。陶也は子どものようにおとなしく膝を屈《かが》め、郁と目線を合わせるようにベッドへ腰を下ろしてくる。

郁はベッドサイドの棚からノートとペンをとると、そこに書いた。本当は陶也は郁の唇を、ほとんど読めるだろうけれど、これは文字で残しておきたい、そう思ったのだ。

『陶也さん、一つだけ、約束してくれる？』

なんだ？　というように、陶也が郁を見つめてくる。郁はまた、ノートに書いた。

『おれが先に死んでも、不幸せにならないこと。おれを……忘れないでいてくれること』

忘れてほしいと、今までの郁ならばそう書いた。

けれど本当はそうじゃない。郁を忘れなくても、陶也なら幸せになってくれる。郁はそんな気がした。陶也は郁の気持ちを汲《く》み取ってくれたように、自分の上着のポケットからペンをとりだし、郁の言葉のすぐ下に、書き足してくれた。

『言っただろう。お前を愛して、俺は孤独じゃなくなったって。……俺はもう二度と、これからも、孤独にはならない』

そう。そう言ってほしかった。

郁は微笑んだ。そして最後に書きつけた。

『おれもあなたを愛しています』

不意に陶也が、郁の体を抱き竦めてくる――。

生まれて生きて、死んでいくことに、もしも意味があるとするのなら、それは愛することと、愛されることなのかもしれない。それなら郁は、残りの時間のすべてを、たとえ短くても陶也に愛されることに、陶也を愛することに使おうと決めた。

もう愛してしまったのだから、仕方がない。

愛されること、愛することで傷ついたり傷つけることがあっても、その痛みさえ、愛の一部なのだろう。苦しみが喜びの一部で、死が生の、一部なように。

陶也が郁の顎をそっと持ち上げ、優しくキスをしてくれる。

唇を離すと、彼は泣き笑いのような表情を浮かべていた。

「四年ぶりのキスだ。……四年ぶりの、俺の、郁だ」

郁がもう一度眼を閉じると、今度のキスは深くなった。二人でベッドへ倒れ込み、それから四年分のキスと互いの体温を、じっくりと味わった。

面会の時間が終わり、見咎《みとが》めた看護師が注意しにくるまで、ずっと。

あとがき

初めましての方は初めまして！　お久しぶりの方はお久しぶりです。樋口美《ひぐちみ》沙緒《さお》です。『愛の裁きを受けろ！』をお手にとっていただき、ありがとうございます。なんと、『愛の巣へ落ちろ！』『愛の蜜に酔え！』に続き、ムシシリーズ三作目です。変な話なのによく出せたなあと自分でも驚いてます。

学生の頃の話ですが、ある先生にこんなことを言われました。

「明日死ぬのだと思って、今日を生きなさい」

根性なしの私は、当然そんなふうには生きられなかったのですが、「明日死ぬと思って生きている」人とはどんな人なのだろう、と思いました。そんなふうに生きられたら、すごいなあと。

なのでこのシリーズを最初に考えた時、「明日死ぬと思って生きている」人を書いてみようと決めました。そして今回の主人公の一人、カイコガの郁《いく》はこれまでで一番儚《はかな》い子になりました。そんな郁の相手役は、『愛の巣へ落ちろ！』で悪役だった陶也《とうや》です。ひねくれ者の陶也を変えるには、脆《もろ》くて今にも死んじゃいそうな子しかおるまい、と思ったのです。なんでも持っているパーフェクト男が、世の中から見ると弱くて脆くて小さな相手に惚れ込んで、その人がいなきゃ幸せになれなくなる、という構図が大好きです。跪《ひざまず》け、俺様！　裁きを受けろ、傲慢《ごうまん》男！　の、気概《きがい》です。

最終的に、陶也は自分が知らない郁の四年間を想像しては泣くような、愛深き男になりました。私もこのお話を書けて、本当に嬉しかったです。

さて、今回も可愛い絵で飾ってくださった街子《まちこ》マドカ先生。本当にありがとうございます！　できあがりの挿絵を見るのが、今からとっても楽しみです！

それから担当様。いつも私のわがままを聞いてくださり、ムシが苦手なのに、三冊も書かせてくださった担当さんには、感謝してもしきれません。

いつも支えてくださっている読者の皆様。前回お手紙で、三冊目も書いてほしい、と言ってくださった方々も、ありがとうございました。皆様のおかげで、こうして『愛の裁きを受けろ！』をお届けできました。

家族。友人たちも、いつも、本当にありがとう。

また次、お会いできることを願いつつ、感謝をこめて。

樋口　美沙緒

Something good

「きみならもっと、大きな事務所にも行けただろうになあ。本当によく働くね」

つい最近、陶也《とうや》が働く弁護士事務所に入ってきたばかりの、三十がらみの同僚が向かいのデスクから感心したようにため息をついた。

厄介《やっかい》ながら、儲《もう》けの少ない案件をまた一つ、陶也が抱え込んだのを見て、思わず本音が出た、という様子だ。陶也はこの事務所で働きはじめてから何度言われたか分からない言葉に微笑み、「幸福のお返しを、してるんですよ」と、答えた。とたん、同僚が訝《いぶか》しげな顔をする。それにはなにも言わず、

「所長、それじゃ玉川《たまがわ》さんの件で出てきます。帰りは直帰しますので」

と、陶也は立ち上がり、窓際《まどぎわ》で忙しくファイルの山と格闘している、事務所所長の有沢《ありさわ》に声をかけた。

有沢は陶也と同じくハイクラスで弁護士になっておきながら、小さな町に事務所を開き、安い依頼料でロウクラスの弁護に奔走《ほんそう》する珍しい人だ。息子は最近、クロオオアリの名家、

有賀《ありが》家の王になったと聞くが、有沢自身は実に腰が低く、気の優しい男だった。今も古びた銀縁眼鏡を少しずり下げ、ぼさぼさの前髪の下でまばたきすると、「ああ、そっか。よろしくお願いしますね」と柔らかな声で了承した。

外に出ると、日はもうずいぶん落ちていた。十二月、本格的な冬が始まろうとするなか、陶也は街路を歩いているうちに、自然と鼻歌が出てきてしまって困った。

（浮かれすぎかな、俺は……）

慌《あわ》てて口をつぐみ、スーツの上に羽織《はお》ったトレンチコートのポケットへ手を突っ込む。が、しばらくすると口元が緩《ゆる》んできて、ついつい、ひとりでに笑《え》んでしまう。

――仕事が終わって帰ったら、家には、郁《いく》がいる。

そう思うとつい、陶也は笑ってしまうのだった。

郁が陶也の住む、古い家屋《かおく》に引っ越してきたのは一ヶ月ほど前のことだった。

今年の夏、四年ぶりに再会し、再び郁と付き合えるようになったのは奇跡《きせき》だったと自分でも思う。とはいえ一緒に暮らせるようになるまで、それなりの苦労があった。まず郁の弟、篤郎《あつろう》を薬物嗜癖《しへき》の更正施設に入れた。そしてその後、陶也は郁の両親に許しをもらい、郁と暮らせることになった。近い将来、陶也は郁と法的にも家族になるつもりでいるし、その意志は郁の両親にも、郁にも伝えてある。

郁の体調や、仕事のこと。不安はいくつもあり、前途洋々《ぜんとようよう》というわけではないが、それでも家に帰れば郁がいるのだ――。

少し前までなら、夢物語でしかなかったような状況に、つい鼻歌が出てしまうのも無理はなかった。

陶也が仕事を終える頃、時刻は夕方の五時半になっていた。事務所から電車を一本乗り継いで出てきた場所は都心の繁華街で、夕方になると仕事帰りの人々と、夜の街に繰り出してくる若者たちが入り交じってごった返していた。

（このまま帰ったら、六時過ぎかな……）

携帯電話を取りだし、家で待つ郁にメールを送る。

『出先から直帰します。六時半までには着きます』

するとすぐに、郁から返事が来る。

『はい。夕飯は水炊きにしました。いいですか？』

もちろん、と返しながら、陶也の口の端にはまた笑みが浮かんでくる。こんな他愛《たあい》のないメールで有頂天《うちょうてん》になれる自分は、なんて単純なのだろうと思う。

携帯電話をコートのポケットに落とし、顔をあげると、通り沿いのデパートのディスプレイが眼に映った。

クリスマスが近いので、華やかなツリーや雪の結晶のオーナメントとともに、マネキンが暖かそうなニットやコートを着て立っている。行き過ぎようとした陶也は思わず、足を止めた。マネキンのしているハチミツ色のマフラーを見たとたん、郁を思い出したのだ。

（郁に似合いそうだなあ……）

郁は雪のように色白なので、明るくきれいな色が似合うが、本人は白や黒、茶色や灰色などの、地味な色しか選ばない。陶也はいつも、それを少し勿体《もったい》なく思っていて、明るく柔らかな、きれいな色の小物を見るとついつい、郁に合わせてやりたくなる。

郁と別れ、会えなかった四年間にも、陶也は郁に似合いそうなもの、郁が好きそうなものを見つけるたびに、贈るあてがないのに買ってしまっていた。

空《むな》しい買い物だと分かっていながら、贈ったら郁はどんな顔をするだろう、どんなふうに喜ぶだろうと思うと、買うことをやめられなかった。

そうやって郁を想い、郁のためになにかすることで、郁の存在を自分の日常に引き留めていたのかもしれない。今となっては、そう思う。

気がつくと、陶也はデパートの中に入り、店員にショーウィンドーに飾ってあるマフラーはあるか、と訊《たず》ねていた。店員はすぐに陶也を案内し、手触りのいい上質のカシミヤのマフラーを手渡してくれた。他にも、郁に似合いそうな空色、若草色、サーモンピンクなどがそろっていたが、結局最初に見たハチミツ色を選んで、陶也は包んでもらった。

クリスマスプレゼントのつもりではなかったが、時期が時期なのでラッピングにはクリ

スマスらしい包装紙が使われていた。きれいな包みを紙袋に入れられ、手渡された時、店員がニコニコしながら、

「喜んでいただけるといいですね」

と、つけ足した。

とたん、言いようのない幸福感が陶也の胸の中に満ちてきた。

——ええ。喜んでもらえると思います。今年は、これをちゃんと渡せるんです。ちゃんと、本人に渡せるんです、ともう一度、陶也は思った。

とうとう郁に、本当に、贈り物を手渡せる日が来たのだ。そう思うと胸が熱くなり、見も知らない店員に、これまでの四年間、どれほど自分がその日を心待ちにしてきたか、今がどれほどの奇跡《きせき》の上に成り立っているか、言いたい気持ちに駆《か》られた。

けれどもちろん、大人なので、そんなことは言えない。陶也はかわりにニッコリし、

「ありがとう。そうなると思います」とだけ、言った。女性店員は陶也の笑顔を見て、頬を薄く染めていた。

早く郁のもとへ帰るため、小走りになってエントランスへと向かっている時、おもちゃ売り場で親子連れとすれ違った。小さな子どもが母親の手に掴まるようにして歩きながら、しきりとなにかを訊《き》いている。

「ねえお母さん、ほんとなの？　ほんとに、サンタさんがあのおもちゃくれる？」

どうやらほしい物をねだったところ、サンタさんがくれるまで待ちなさい、と言われたらしい。母親は「くれますよ」と、答えている。

「もしいい子にしていたらね。善《よ》いことをしたら、ちゃんとお返しがくるのよ」

本当に？　じゃあぼく、クリスマスまでいい子にしてるね――。

子どもが決意している声が、後ろに遠ざかる。急ぎ足で通り過ぎた陶也は、思わず、足を止めていた。

――善いことをしたら、ちゃんとお返しがくるのよ。

子どもの母親の言葉が耳に返り、そうして陶也の瞼《まぶた》の裏に、ふと一年前の、クリスマスが浮かび上がってきた。あれは――あれもたしか、この街だったかもしれない。時刻は黄昏《たそがれ》時の少し前。あちこちからクリスマスソングが聞こえていた。

まだ郁と再会する前。郁と、再び出会えるかさえ分からなかった頃のことだ。

「なあ、悪い話じゃないだろう。まさか本当に、あのちっぽけな事務所で一生燻《くすぶ》るつもりなのか？」

午後四時、仕事で外出していた陶也は、珍しく大学時代の同期に呼び出され、繁華街の喫茶店で会っていた。「話がある」と言われた時からなんとなく察してはいたが、やはり、引き抜きの話だった。

同期の男はハイクラスで、つい最近業界大手の弁護士事務所に移ったばかりだ。その事務所の所長が、陶也の引き抜きに乗り気だという。

「お前がこないだ担当してた、ロウクラスが企業相手に勝訴したやつ。お前の勝ち方は判例史上に残る巧妙さだったって、所長が褒《ほ》めてたぞ」

「……わざわざ見に来てくれたのか。お礼を伝えておいてくれ」

同期との会話で、その時初めて、陶也は笑みをこぼした。

陶也は弁護士になってからずっと、ロウクラスの依頼ばかりを担当としている。たとえそれなりに大きな案件であっても、原告がロウクラス、被告がハイクラスの場合は注目度が低く、大手事務所の所長弁護士が眼に留めてくれることなど稀《まれ》だったので、それは純粋に嬉しかった。

「あんな不利な状況でも勝てるんだ。うちに来れば、もっと大きな仕事がやれる。お前の腕なら、いくつもの法人顧問を担当できるぞ」

「悪いが……そういう仕事には興味がないんだ。前も話したと思うけど」

熱を入れて誘ってくる相手に、陶也はやんわりと返した。相手に、がっかりされるのが分かる。

「前って……大学の時か？　あの頃お前、一時期、ロウクラスの子と付き合ってたよな」

陶也は答えなかった。

陶也が郁と付き合っていたのは、大学四年生の冬。ほんの短い期間だった。それでも構内で毎日のように待ち合わせていた自分たちは、結構目立っていたらしい。別れたあとで、何人かの友人から「ロウクラスなんかと付き合って、どうしたのかと思ってた」と笑われたことがある。けれどその後、脇目《わきめ》もふらず勉強に打ち込みはじめた陶也に、やがて昔の仲間は、誰も近寄ってこなくなった。

「卒業の時、ロウクラス専門の弁護をやりたいって言ってたの聞いて、あの子の影響なんだろうとは思ってたけど。なんか辛いことがあったんだろ？　でもそこまで自分を押し殺して、たった一人のロウクラスに囚《とら》われることもないだろ？」

肩を竦《すく》めて、同期はカップに残っていたコーヒーを口に含む。

「ちっぽけな正義よりも、もっと上を目指せよ。お前が我慢して、誰の得になるんだ？」

彼は、茶化《ちゃか》しているわけではない、心底陶也の価値観が理解できないといった顔で諭《さと》してくる。きっと親身《しんみ》になってくれているに違いない。だから陶也は思わず、小さく笑ってしまった。そういうことじゃない、と思う。

「……違うんだよ。俺はべつに、囚われてるわけでも、我慢してるわけでもないんだ」

小さな町の弁護士事務所には、好きで勤めている。大変なわりに儲けの少ない依頼も、好きで受けている。けれどそれは犠牲精神とか、贖罪《しょくざい》からではないのだ。

「ただ、まだあの子のことを、愛してるんだよ」

それだけなんだ、とつけ足すと、相手は眼を丸くし、呆気《あっけ》にとられた顔になる。なぜだか、陶也は愉快な気持ちになっていた。悪戯《いたずら》が成功したような気持ち、と言えばそれに近いかもしれない。立ち上がり、伝票を掴むと、「いい話を持ってきてくれたお礼に、ここは持つよ」と言って、先に喫茶店を出た。

外へ出ると、ちょうどクリスマス前の街中はどこか浮かれた雰囲気だった。

道行く人混みの中、ふと陶也は前のほうを歩いている、小柄な少女に眼をとめた。ロウクラスの女の子で、歩くのが遅いらしい。後ろから来た人にぶつかっては、慌ててぺこぺこと頭を下げている。

(郁に似てるな……)

どうしてだか、そう思った。郁も、人混みでよく人にぶつかり、何度も頭を下げていた。初めてデートをした時、駅前で転びそうになりながら陶也のもとに駆けてきた郁の姿が脳裏《のうり》をよぎって、陶也は優しいような、切ないような気持ちになる。もう何度となく、繰り返し思い返している記憶の一つだった。

そのまま気になって少女を見ていると、彼女はぶつかった相手に、小さく手話を使っている。どうやら口がきけないのだろう。相手は眉をひそめて通り過ぎていったが、すぐまた別の人にぶつかり、彼女は持っていた荷物を取り落としてしまった。

なにかを考える間もなく、陶也は駆け寄っていた。

『大丈夫？』

彼女を助け起こし、そう、手話で話しかける。少女はびっくりしていたが、陶也は急いで道に落ちていた荷物を拾い上げ、渡してあげた。

『ありがとうございます。手話が分かるんですか？』

彼女に訊《き》かれて、陶也はにっこり微笑んだ。一時期、陶也はボランティアで聾唖者《ろうあしゃ》の人々とかかわっていた。手話はその時に覚え、今は読唇《どくしん》もできる。もしいつかまた、郁に会えたら、手話ができていたほうがいい——本音を言えばそんな下心から覚えたのだが、こうして時折役立つことがあり、それは自分で努力したことだけに、我ながら誇らしかった。

陶也は彼女を駅まで送ることにした。

道々話をきくと、クリスマスのプレゼントを買いに、来慣れない繁華街まで出てきたのだという。彼女は小さなサークルに所属していて、そこに手伝いで来てくれるハイクラスの男性に、淡《あわ》い恋心を抱いているらしかった。

『叶《かな》わないって分かってるんですけど、プレゼントだけでも買おうかなって……』

そんなふうに言う彼女に、陶也は『渡せるなら、頑張って渡したほうがいい』と伝えた。

『いい子には、サンタクロースが来るものだろ？』

冗談めかして励ますと、少女は可愛い頬を染めて、くすくすと笑った。陶也には、贈り物をできる距離に好きな人のいる彼女が、ほんの少し羨《うらや》ましい気がした。

『こんな善いことをしてくださるんだもの。きっとあなたにだって、サンタさんは来てくれますね……』

別れる間際《まぎわ》、少女はそう手話で語り、頭を下げて改札に消えていった。

――こんな善いことをしてくださるんだもの……。

どうしてか陶也には、その言葉が胸に響くように感じられた。

彼女とは違う路線を使っていたので、一旦《いったん》入った駅を出て再び街中へ戻ると、デパートのショーウィンドーにクリスマスギフトのディスプレイが見える。今年のクリスマスも、渡せないと分かっていながら、郁にはもうプレゼントを用意してしまっている。

私鉄の駅に入り、ホームに滑《すべ》り込んできた電車へと乗った陶也は、空《あ》いた座席に座って、いつの間にか暮れはじめていた街並を見つめた。

――お前が我慢して、誰の得になるんだ？

ついさっきまで会っていた同期の言葉が耳に返り、陶也は電車の窓にこつん、と頭を預けた。そうして胸の中で、「違うんだよ」と呟《つぶや》いた。

（違うんだ。得したいとか、そういうことじゃないんだ。俺は、神様に借りを、自分がやったことの、負債《ふさい》を……返してるんだよ。……善いことをして）

そう、善いことをして。なるべく、善いことをして。

できうる限りの善いことをして、陶也は郁と出会わせてくれた運命に、借りたままの負債を支払いたいのだ。一度は陶也のかわりに、郁が負《お》った負債。郁を傷つけ、郁を陶也から奪っていった負債を、返したい。そうして返し終えても、もっともっと善いことをし続ける。そうすればいつかきっとまた、郁に会える。いや、たとえ二度と会えなくても――。

(俺の負債を、郁が引き受けてくれたように。俺が善いことをしたお返しを、全部、郁がどこかで受けられたなら、それでいい)

自分には、サンタクロースはいらない。贈り物はいらない。一生涯、なにもいらない。ただ郁に必要な幸福を、ありったけ、陶也の善いことの見返りを贈りたい。もしも郁の幸福に、陶也が含まれることがあれば……会えるだろうし、そうでなければ二度と会えない。次に二人が出会えるとしたらそれは、陶也のためではない。郁のためだと、陶也は固く信じている。そして、それでいいのだ。

ただこの世界のどこかで、郁が生きていてくれさえしたら……。

窓のガラスに、どこか思い詰めたような、自分の顔が映っている。オレンジ色の夕映えを受けて光る家々の壁を見ながら、

(善いことをしよう。……善いことを、郁のために)

そう、陶也は祈るような気持ちで思っていた。

古い日本家屋のわが家に戻り、玄関を開けると、昆布出汁のいい香りと一緒にぐつぐつ

と食材の炊《た》ける幸福な音が聞こえてきた。廊下の先からすぐに郁がやって来て、満面の笑みで『お帰りなさい』と口を動かす。それを見たとたん、陶也は胸の底からしみじみと溢《あふ》れてくる充足感で、同じように顔いっぱいに微笑んでいた。

「ただいま。いい匂いだな、駅前で食後のデザート買ってきたぞ」

熱い鍋の後には、甘くすっきりしたシャーベットがいい。包みを見せると、郁は嬉しそうに眼を細めた。と、その腕にでっぷりと肥《ふと》った飼い猫の「いく」が抱かれているのを見て、陶也は不思議に思った。

『いくが、悪戯《いたずら》したんです』

居間へと連れだって歩く途中で、郁が説明をしてくれる。どんな悪戯だと思って襖《ふすま》を開けたところで、陶也は理解した。居間と続きになっている座敷に、紙袋が落ち、大小様々なプレゼントの包みが散乱している。それはこの四年、陶也がことあるごとに郁に買っては、渡せずにとっておいた贈り物の数々だ——。

機会を逃して、まだ渡せないままになっていたその包みの一つが、破けている。どうやら「いく」が爪でひっかいたらしい。自分に用意されたものだと分かっている郁が、気まずそうに『ごめんなさい……』と口を動かす。

「芸がないんだなあ、俺は」

けれど陶也は飛び出した包みの中身を見て、思わず、照れ笑いを浮かべた。

破かれていたのは、一年前のクリスマスに買った包みだった。中から覗《のぞ》いていたのは、カシミヤの、柔らかなハチミツ色のマフラーだ。買った場所は違えど、無意識のうちにまた今年も、同じようなものを選んでしまっていたなんて――。

よほど郁に、この色のマフラーを贈りたかったに違いない。今年の贈り物は買い直しだなと思いながら、陶也は床に落ちていた去年のマフラーを拾い、郁の首に巻きつけた。

思ったとおり、色白の郁の顔に柔らかなレモンイエローはとても似合っていた。

「とりあえずこれは、去年のクリスマスの俺から。メリークリスマス」

郁は頬を薄桃色に染めて微笑み、恥ずかしそうに、マフラーの中へ顔を半分埋《う》めた。

『おれ、まだ陶也さんに贈り物を選んでる途中だから、今度、渡しますね』

そんなふうに言う郁に、陶也は優しい気持ちで眼を細めた。

いらないよ、と本当は思っている。

郁からはもう、一生分の贈り物をもらっている。郁がこうして陶也のそばにいてくれるだけで、陶也は、死ぬまで贈り物をされ続けるだろう。そのために陶也はただ、今日も明日も明後日も、善い人間であろうと思える。

けれど陶也はなにも言わなかった。今はとりあえず、キスがしたかったのだ。

そうして郁の腕をひき、その小さな唇に、そっと自分の唇を重ね合わせたのだった。

Hanamaru Bunko

作家・イラストレーターの先生方へのファンレター・感想・ご意見などは
〒101-0063 東京都千代田区神田淡路町2-2-2
白泉社花丸編集部気付でお送り下さい。
編集部へのご意見・ご希望などもお待ちしております。
白泉社のホームページはhttps://www.hakusensha.co.jpです。

白泉社花丸文庫
愛の裁きを受けろ!

2013年1月25日　初版発行
2020年1月25日　4刷発行

著　者　樋口美沙緒 ©Misao Higuchi 2013
発行人　高木靖文
発行所　株式会社白泉社
〒101-0063 東京都千代田区神田淡路町2-2-2
電話 03(3526)8070(編集部)
03(3526)8010(販売部)
03(3526)8156(読者係)
印刷・製本　図書印刷株式会社
Printed in Japan　HAKUSENSHA　ISBN978-4-592-87697-7
定価はカバーに表示してあります。